마당
깊은
집

문지클래식 2 / 장편소설
마당 깊은 집

초 판 1쇄 발행 1988년 11월 1일
초 판 29쇄 발행 1997년 9월 10일
2 판 1쇄 발행 1998년 8월 29일
보급판 1쇄 발행 2002년 11월 9일
보급판 14쇄 발행 2006년 5월 30일
2 판 21쇄 발행 2018년 3월 16일
3 판 6쇄 발행 2024년 5월 30일

지 은 이 김원일
펴 낸 이 이광호
편 집 조은혜 최지인 이민희 박선우
펴 낸 곳 ㈜문학과지성사
등록번호 제1993-000098호
주 소 04034 서울 마포구 잔다리로7길 18 (서교동 377-20)
전 화 02)338-7224
팩 스 02)323-4180(편집) 02)338-7221(영업)
전자우편 moonji@moonji.com
홈페이지 www.moonji.com

ⓒ 김원일, 1988, 1998, 2018. Printed in Seoul, Korea

ISBN 978-89-320-3457-7 04810
ISBN 978-89-320-3455-3(세트)

이 도서의 국립중앙도서관 출판예정도서목록(CIP)은 서지정보유통지원시스템 홈페이지
(http://seoji.nl.go.kr)와 국가자료공동목록시스템(http://www.nl.go.kr/kolisnet)에서
이용하실 수 있습니다. (CIP제어번호: CIP2018026226)

문 지
클 래 식
2

김원일

마당 깊은 집

장편소설

문학과지성사

1.

고향 장터거리의 주막에서 불목하니 노릇을 하며 어렵사리 초등학교를 졸업하자, 선례 누나가 나를 데리러 왔다. 나는 누나를 따라 대구시로 가는 기차를 탔다. 그때, 심한 차멀미 탓도 있었겠지만, 풀 죽은 내 신세가 팔려 가는 망아지 꼴이었다. 왠지 어머니와 함께 살아갈 앞으로의 생활이 암담하게만 느껴졌다. 3년 동안의 전쟁이 멈춘 휴전 이듬해였으니, 1954년 4월 하순이었다. 나는 전쟁이 났던 해 겨울부터 가족과 떨어져 살았으므로 3년 만에야 비로소 식구들과 한솥밥을 먹게 되는 셈이었다. 대구시는 내게 낯선 도시였다. 누나를 따라 진영에서 대구시로 오니 이미 중학교 입학 시기는 끝난 뒤였다.

우리 집은 대구시의 중심부에 해당되는 약전골목과 중국인이 많이 거주하는 종로통을 낀 장관동(壯觀洞)이었다. 아니, 우리 집이 아니라 우리 가족은 장관동 어느 한옥 아래채 방 한 칸에 사글세를 들어 살고 있었다. 장관동은 번지수가 250 정도에서 끝나는 작은 동으로, 손수레나 지나다닐 수 있는 좁장하고 꼬불꼬불한 골목길을 남북으로 3백 미터 남짓 빠져나가면 양쪽 끝이 다른 동과 경계선으로 구획 지어졌다. 골목길 가장자리에는 덮개 없는 하수구가 있어 겨울 한 철을 빼곤 늘 시궁창 냄새가 났고, 여름이면 분홍색을 띤 장구벌레 떼가 오골거렸다. 동(洞)을 마름모꼴로 잘라낸 사방은 포장된 대구시 간선도로에 싸여 있었다. 우리 가족이 세 들어 있던 집은 장관동을 남북으로 비스듬히 뚫어 약전골목에서 종로로 빠져나가는 그 긴 골목 중간쯤에 있었다. 장관동은 일제 시대를 거치며 개수된 3, 40평의 나지막한 ㄷ자형 기와집이 태반이었는데, 우리 가족이 세 들었던 집은 장관동에서도 몇 되지 않는 칸수 많은 널따란 대갓집 중 하나였다.

내가 초등학교를 졸업하고 대구시로 올라온 그 무렵부터 저 강원도 양구 최전방에서 육군 사병으로 만기 제대한 1960년대 중반까지, 우리 가족은 줄곧 장관동 언저리에서만 다람쥐 쳇바퀴 돌 듯 옮겨 다니며 살았다. 물론 그동안 우리 집은 셋방살이 신세를 면하지 못했다. 상서여자상업학교(내가 대구로 왔을 무렵에는 본교사를 군에 징발당한 경북고등학교가 그 건물을 가교사로 쓰고 있었다) 옆담을 끼고 있는, 어머니 앞으로 등기된 우리 집을 장관동에 처음 마련한 1966년까지 우리가 그 부근에서 옮겨 다닌 셋방만도 아홉 집이나 되었다. 짧게는 1년을 못 채웠고 오래 산 집은 3년 가까이 살기도 했다. 그래서 내가 대구시로 나왔을 때 살던 집을 다른 셋방 집과 구별하려 우리 식구는 그 너른 집을 말할 때 '마당 깊은 집'이라 불렀다. 간난스럽던 지난 시절을 이야기할 적이면, 으레 "그 마당 깊은 집에 살 적에……"란 말을 곧잘 쓰곤 했다. 그 마당 깊은 집은 내가 대구시로 오기 전 해 여름, 역시 장관동에 살던 이모님이 주인댁 아주머니와 안면이 있는 사이라 쉽게 세를 얻을 수 있었던 모양이었다. 마침 피난 내려와 살던 서울내기 한 가구가 3년 동안의 그 지긋지긋한 전쟁이 막을 내리고 남북 간에 휴전 조인이 체결되자, 그 셋방을 비우고 본집을 찾아 상경해버린 것이다.

휴전이 되고 해가 바뀌었다지만 그 무렵까지 대구시에는 2군사령부, 군 통합병원, 미 8군사령부 외에도 육군본부가 미처 환도하지 못한 채 있었고, 군부대에 기댄 각종 기업체와 군수공장과 하청공장이 많아 전쟁 경기가 좋았다. 시내 중심 거리인 중앙통·향촌동·송죽극장 일대에는 넥타이 맨 양복쟁이와 양장 차림에 뒷굽 높은 뾰족구두를 신은 젊은 여자들로 넘쳤고, 군복 차림의 한국군과 미군도 민간인만큼이나 흔하게 볼 수 있었다. 한편, 피난민·실업자·잡상인·지게꾼·거지·구두닦이 또한 발에 차이는 돌멩이만큼이나 널려 있었다. 그 시절 문자로 말하자면 '빽' 있는 부유층은 잘 먹고 살며 흔전만전 돈을 썼으며, 빽 없고 가진 것 없는 서민은 수제비로 하루 끼니를 잇기에도 부대꼈다. 전쟁이 난 뒤 피난민들이 몰려들어 시장 규모가 몇십 배로 커져 속칭 '양키시장'으로 불린 교동시장에는 별난 외제 물건이 나돌았지만, 칠성시장 같은 서민 상대의 장거리는 생존의 아귀다툼으로 온갖 사투리가 난무했다. 전쟁 후유증에 따른 인심 사나운 그런 세상일수록 양극화 현상은 두드러져, 종로 거리 일대와 덕산동 뒷골목에 자리 잡은 요릿집은 밤마다 불야성을 이루어 노랫가락과 장고

소리가 그치지 않았다. 내가 대구시로 올라왔을 때, 어머니는 그런 요릿집 기생들의 조선옷을 맡아 삯바느질을 하고 있었는데, 그 일감으로 세때 끼니를 그럭저럭 해결하는 형편이었다.

내가 대구시로 오니 선례 누나는 중학교 3학년이었고, 겁먹은 큰 눈만 껌벅거려 조금 멍청해 보이는 길중이는 그해 막 초등학교에 입학해 있었다. 전쟁이 나던 해 4월에 태어나 젖은커녕 미음조차 제대로 먹지 못해 꼬치꼬치 말랐던 막내아우 길수는 벌써 다섯 살로 푸른 풀코를 인중에 달고 다녔다. 내가 고향에 있을 때 나를 보러 더러 내려온 어머니가, 아무래도 막내놈은 사람 되기가 글렀다고 푸념했던 그대로, 내가 보기에도 길수는 신체나 건강에 문제가 있었다. 아직 사팔뜨기가 고쳐지지 않았고, 팔다리가 앙상하게 마른 데다 앙가발이걸음을 걸었다. 그 나이 또래에 비해 말이 어눌한 만큼 생각 또한 아둔했다.

"인제사 우리 식구가 세끼 밥은 겨우 묵을 만큼 돼서 니를 대구로 불러올린 기다. 길남이 니를 진영 바닥에 그대로 놔뒀다가 니 입이사 우째 해결하겠지만 그 촌 바닥에서야 꼴머슴 아니모 장돌뱅이밖에 더 되겠나. 그래도 니는 이 집안으 장잔데 소학교만 마쳐서야 장차 멀 해묵고 살겠노. 노동판에 나설라 캐도 약골이 니 몸 가꼬는 어데 한 달인들 제대로 배기내겠나. 그런데 길남아, 보다시피 중학교 입학 시기를 떨가뿌렸으이께 니는 한 해를 집에서 놀 수밖에 읎구나. 니를 한 달 빨리 데리고 와서 우째 중학교에 넣어볼 마음도 묵었으나 아직은 우리 식구 입 살기에도 빠듯해 니를 당장 학교에 넣을 행핀이 몬 돼서 마 그래 됐다. 그러나 집에서도 열심히 공부해서 내년에는 일차 중학교에 꼭 입학해야제. 이 에미가 죽을 마디가 나더라도 너그만 공부 열심히 하모 학교는 남들이 시키는 만큼 시킬 끼다."

대구에 온 나를 앞에 앉혀두고 어머니가 맹모삼천지교(孟母三遷之敎)의 일화를 들려준 뒤 했던 말이다.

전쟁이 나기 전 우리 가족이 서울에 살 적에도 어머니는 당신 옷은 물론 우리 형제의 옷까지 손수 지어 입혔다. 눈썰미와 침선 솜씨가 있어 당신이 잘 다듬은 조선옷을 입고 집을 나설 때면 이웃 아주머니들이, 참으로 잘 지은 옷이라며 한결같게 칭찬말을 했다. 그래서 회사에 다니던 아버지가 생계를 맡고 있었지만 어머니는 이웃 아주머니들의 간청에 못 이겨 찬값을 보태는 정도의 품삯을 받으며 심심풀이 삼아 조선옷을 만들어주는 일품도 팔았다. 그때 우리 집에는 흔치 않은 싱가 재봉틀이 있었다. 그 틀은 어머니가 첫아들을 생후 한 달 만에 잃고 상심해할 때, 아버지가 어머니를 위로하는 방편으로 사준 발틀이었다. 틀을 사줄 당시 마산상업학교를 나온 아버지는 고향 진영읍 금융조합 서기여서 집안 살림이 꽤 반반했다고 들었다. 여자가 손재주 있으면 과수댁 팔자 되기 쉽다는 말대로, 1950년 가을 국군의 서울 수복 직전 나머지 가족은 아버지와 생이별을 하고 말았다. 서로 연락이 닿지 않아 당신 혼자만 월북해버렸던 것이다. 그해 가을이 다 갈 동안 전쟁 상황을 지켜보며 아버지 소식을 기다리다 못해 나머지 가족은 11월 초에 피난민 수송용 남행 열차를 탔다. 서울살이 이태 만에 알거지가 되어 서울을 떠난 셈이었다. 아버지와 헤어진 뒤 우리 가족은 호구를 위해 돈이 될 만한 물건은 닥치는 대로 팔아치웠는데, 마지막으로 어머니가 아끼던 그 재봉틀마저 팔아 치우지 않을 수 없었다. 피난민 수용 열차의 무개차 칸에서 허기를 끈 주먹밥도 재봉틀을 판 덕분이었다. 서울에서 피난을 내려와 어머니는 한동안 고향 바닥에서 어떻게 생활을 꾸려가려 했으나 서울로 이사할 때 집과 전답을 팔아버렸기에 빈손으로, 생계가 막막했다. 거기에다 북한 치하 석 달 동안 서울에서의 아버지 행적과 그 뒤 실종을 좇아 추적하는 지서의 시달림까지 당하게 되자, 어머니는 나를 고향 장터거리 주막집에 얹혀두고 당신과 세 자식은 외가붙이 몇 집안이 살고 있던 대구시로 가서 주저앉게 되었던 것이다. 대구시에 정착하고 이태 가까이, 어머니는 세 자식을 이모댁 문간방에 맡겨놓고 남의 집 고공살이로 떠돌았다 했다. 그 시절은 식구가 하루 두 끼를 죽이나 수제비로 때우기에도 힘에 부쳤던, 뒷날 어머니의 회상으로는 '배를 가장 많이 곯았던 시절이요 가장 더러운 세월'이었다. 그러다 작년 봄부터 어렵사리 모은 돈으로 중고 손재봉틀 한 대를 마련하여 바느질을 시작했던 모양이다. 시내 중심부 장관동은 그런 일을 하기에 맞춤한 동네였고, 어머니 솜씨가 입에서 입으로 평판을 얻자 일감이 연줄로 찾아들었다. 어머니는 당신 말대로, '어짜든동 애새끼 넷을 믹이고 공부시킬라고 뼈마디가 내려앉도록' 새벽부터 자정까지 손 재워놓을 틈 없게 재봉틀을 돌렸다.

대구시로 나와 며칠 동안 누나와 길중이가 학교에 가고 나면 나는 막내아우 손을 잡고 큰길로 나가 낯선 도회지의 가까운 지리를 익히며 하릴없이 빈둥거렸다. 약전골목은 이름이 골목이지 차가 다니는 포장된 훤한 한길이었다. 길 양쪽으로는 단층 기와집에 유리 문짝을 내단 약제 도매상과 한약방이 즐비했고 그 안과 처마 아래는 갖가지 약초가 건초 더미처럼 쌓여 있었다. 그 거리로 나서면 감초 따위를 작두로 잘게 써는 구경을 할 수 있었고, 무엇보다도 향긋한 약초 내음이 상큼하게 코에 스몄다. 약전골목에서 직각으로 꺾어 종로통으로 내려가면 '군방각'이라는, 대구시에서 가장 큰 청요릿집이 있었는데, 무슨 연회라도 있는 날은 정문 앞에 버스며 승용차가 여러 대 대기하고 있었다. 나로서는 제비처럼 날렵한 까만 고급 승용차를 보기도 서울 생활 이후 그때가 처음이었다. 군방각 맞은쪽에는 중국인 학교가 있었고, 쉬는 시간이면 중국 애들이 좁장한 운동장에서 질러대는 낯선 말의 고함 소리가 나로 하여금 마치 이국땅에 온 착각에 들게 했다. 그렇게 큰길로 나오면 도회의 모든 풍정이 신기했고, 아직 촌티를 벗지 못한 나로서는 두렵기도 했다. 어떤 날은 마당 깊은 집에 셋방살이하는 순화 누나와 함께 장관동에서 2킬로쯤 떨어진 방천까지 길수 손을 잡고 따라가보기도 했다. 순화 누나는 제 엄마가 가져오는 갖가지 헌 중고 군복을 세탁하러 날마다 방천으로 나갔던 것이다. 방천은 대구시를 관통하는 유일한 큰 개천으로, 그곳에 나가면 시골 장판보다 더 많은 사람들을 만날 수 있었다. 대체로 아녀자들이었다. 당시 수도 사정이 아주 나빴던 대구 사람들은 모두 그 방천을 빨래터로 이용하고 있었다. 자갈 바닥에 드럼통을 세워놓고 그 아래 장작불을 지펴, 빨래를 삶아주고 돈을 받는 희한한 장사치도 있었다. 그곳에 나가면 알아듣기 힘든 이북 사투리가 질펀했고, 몸 앞뒤로 바둑판만 한 광고판을 달고 다니는 사람 또한 심심찮게 만났다. '고향은 함경

남도 장진, 흥남부두에서 헤어진 정훈 엄마와 정훈이 말숙이를 찾습니다. 정훈 엄마는 귀밑에 점이 있고……' 광고판에는 이런 글귀가 씌어져 있었다. 몇 년 전 텔레비전에서 본 이산가족 찾기를, 나는 그 당시 이미 방천에서 구경했던 셈이다.

내가 그렇게 바깥으로만 나돌아도 어머니는 한동안 모른 체 버려두고 있었다. 나 또한 단칸방에서 바느질하는 어머니와 마주 보고 앉아 있기가 고역스럽기도 했다. 아니, 어머니보다 우리 방을 찾아오는 손님 탓으로 방 안에 죽치고 앉아 있기에는 눈치가 보였다. 바느질감을 맡기랴, 독촉과 확인을 하랴, 맡긴 옷감이 진솔옷이 되면 찾아가랴, 이래저래 집에는 여자 손님 발길이 잦았다. 그들은 대체로 한창 피어나는 아리따운 젊은 여자들이어서 옷을 찾아가려 함빡 웃음을 물고 와서, 서둘러 새 옷을 입고 치수와 모양새를 보기 위해 입고 있던 치마저고리를 서슴없이 활활 벗었다. 그럴 적이면 치마말기 속에 가려진 뽀얀 젖가슴을 들킬세라 선머슴인 내 눈치부터 살피게 마련이었다. 또한 철없는 여자들은 내가 듣기에 거북한 술집 세계 특유의 남녀 문제를 서슴없이 지껄여, 어머니가 내 눈치를 살필 때도 있었다. 멍충아, 이럴 땐 자리를 떠야지. 나는 어머니의 눈흘김을 그렇게 받아들여 슬그머니 밖으로 나와버리곤 했다.

벌써 30년 넘는 세월이 흘렀다. 우리 가족만 하더라도 그 사이에 두 사람이 이 세상에 있지 않으니, 마당 깊은 집에 살던 나이 많던 분들은 얼추 세상을 떠났을 것이다. 그러나 살아 있는 사람들은 그동안 어떤 모습으로 바뀌었는지, 이제는 길거리에서 만나도 알아보지 못할 많은 얼굴이 떠오른다. 아니, 나이 많던 분들까지 그 시절 그 모습대로 고스란히 떠오른다. 그만큼 당시 그 마당 깊은 집에는 여러 가구가 휴전 직후의 어수선한 세월을 함께 넘겼다. 내게는 그 집이 대구 생활의 첫 시작이었기에 비록 사람 수는 많지만 그 모습이 더욱 선명히 기억 속에 각인되었는지도 모른다.

우선 그 마당 깊은 집 구조부터 설명하자면 아무래도 솟을대문부터 시작해야 순서일 것이다. 동향(東向)인 솟을대문은 한쪽 처마가 기우뚱 내려앉아 있었다. 지붕 골기왓장 틈새에는 여름철이면 풀이 자랄 정도로 고색창연한 대문이었다. 솟을대문은 주인댁 노마님이 자나 깨나 문단속을 당부했으므로, 늘 빗장이 질려 있었다. 빗장을 질러놓지 않는다면 하루에도 수십 차례 잡상인과 거지가 들락거렸을 터였다. 솟을대문 앞에서 큰 소리로 왜자긴다 해도 그 소리가 안채에까지 들리지 않을 텐데도 아침과 저녁 무렵이면 몇 차례씩 대문을 흔들며, 밥 좀 주세요, 하고 소리치던 거지가 한동안 문틈으로 귀기울이며 기다리다 힘없는 발길을 돌리곤 했다. 홧김에 발길질로 대문을 걷어차고 가는 거지도 있었다.

주인댁 노마님 말로는, 그네가 한창 곱던 새댁 시절이었던 일정 초기, 동양척식주식회사 대구 지점의 높은 자리에 있던 시어른을 뵈오러 시가댁 의성에서 가마 타고 대구로 나왔을 적만도 솟을대문 안 바깥마당에는 마구간과 마부 가족이 살던 세 칸 초가가 있었다 했다. 그 초가는 어느 무렵인가 없어지고 잡초만 무성히 덮였기도 했고, 어느 시절에는 채전이 되기도 하다 해방되던 해 가을, 함석집 한 채가 들어앉게 되었다. 일본에서 귀국한 주인아주머니 일가붙이가 날림으로 집을 지어 살았다는 것이다. 그러다 전쟁이 나던 해 여름, 그 가족이 홀연히 떠나버리고 새로 들어온 식구가 김천댁이었다. 김천댁 역시 주인아주머니 일가붙이였다. 그네는 대문 왼켠 흙담을 헐고 골목길에 가게를 내어 사탕이나 건빵 따위의 아이들 주전부리와 드럼통을 엎어놓고 풀빵을 구워 팔고 있었다. 기미 잔뜩 앉은 얼굴이 늘 근심에 전 채 겁먹은 작은 눈을 빠꼼하게 뜨고 있는 김천댁은 아직 학교에 입학할 나이가 안 된 아들 하나를 데리고 살았다. 그래서 마당 깊은 집 안채 사람들은 늘 닫혀 있는 솟을대문을 이용하지 않고 김천댁 가게를 통해 간이 부엌을 거치는 쪽문으로 바깥출입을 했다. 오직 주인아저씨와 주인아주머니만이 그 육중한 솟을대문 빗장을 열곤 돌쩌귀 삐걱이는 대문을 활짝 밀어붙이며 당당하게 외출했다. 그 솟을대문 문단속 책임은 김천댁이 맡았기에 그네를 대갓집 청지기라 불러 마땅했다.

바깥마당과 안마당 사이에는 하늘색 페인트칠이 허물을 벗어 얼룩이 진 중문이 있었다. 미닫이로 여닫는 지붕 없는 그 문은 안채 사람들 중 가장 늦게 귀가하는 주인아저씨나 야간 상업고등학교에 다니는 경기댁 딸 미선이 누나가 닫을 때까지 늘 열어두고 있었다.

고색창연한 솟을대문에 비해 격에 맞지 않는 그 중문으로 들어서면 다섯 층계의 돌계단 아래 땅이 우묵하게 꺼진 쉰 평 정도의 너른 안마당이 나섰다. 선례 누나 뒤를 따라 잔뜩 주눅이 든 채 내가 그 집 안마당으로 옷 보통이를 끼고 처음 들어섰을 때, 옆집과 경계를 이룬 흙담 가장자리 수채를 겸한 개골창에는 벌써 잡초가 수북이 자라 있었다. 그 개골창은 중문 층계 아래 판자때기로 지은 변소에서 시작되어 언제나 퀴퀴한 냄새를 풍겼다. 마당 가운데는 작은 연못이 있었고 연못 주위로 청석을 얹어 운치를 낸 화단이 꾸며져 있었다. 붕긋하게 솟은 화단의 갖가지 나무와 화초가 위채와 아래채를 웬만큼 가려주었다.

남향으로 앉은 위채는 대청을 가운데 두고 방이 네 개인 안채와 한 칸 사랑채로 나뉘어 있었다. 위채 두 동 한옥은 다섯 벌 돌층계 위에 덩실하게 앉은 골기왓집이었다. 이끼 긴 지붕에는 풀이 자랐고 깃을 치는 추녀에는 풍경이 달려 있었다. 사랑채 쪽마루 끝에는 모양을 낸 난간을 붙여 조선 목조 건축의 격조를 살렸으나 왜정 시대 개수했다는 안채만은 대청에 유리 끼운 문짝을 달고 서양식 응접의자를 놓아, 한옥도 양옥도 아닌 어정쩡한 모양새를 히고 있었다. 그 대청에는 쌀 뒤주 옆에 큼지막한 전축이 있어, 내가 그 마당 깊은 집에 첫발을 디딘 일요일 오후, 알아들을 수 없는 영어 유행가가 시끄럽게 쏟아지고 있었다.

안채 끝 부엌 앞 수돗간을 사이에 두고, 안채와 ㄱ자를 이룬 길다란 아래채는 중문을 마주 보는 동향이었다. 선대에 행세깨나 하던 시절, 아래채는 행랑 식구가 썼음 직한 나지막한 평기왓집이었다. 그래서 아래채에서는 눈길을 들고 보아야 할 정도로 다섯 벌 돌층계 위의 위채가 높게 터를 잡은 셈이었다. 상하의 법도가 분명했던 시절, 지체 높은 사람은 집을 지을 때도 그렇게 높낮이를 두었던 모양이다.

아래채는 크기가 같은 방이 네 개였는데, 그 무렵 우리 식구가 쓰는 방까지 합쳐 네 가구가 살았다. 아래채 뒤란이래야 굴뚝이나 빼낼까 곧장 담이어서 부엌을 낼 수가 없었다. 그러다 보니 방마다 쪽마루 앞 한켠에 판자로 한 평 정도의 가건물을 내 키만 한 높이로 짓고 루핑을 덮어 부엌으로 사용하고 있었다. 방은 장이나 다락이 없어 편리하게 쓰도록 선반을 달아 잡동사니 물건을 얹었다. 피난민 신세가 모두 그렇듯, 부엌 세간 또한 사과 궤짝을 찬장 삼아 포개어놓고 동두깨비(소꿉질) 같은 살림을 살았다. 사실 아래채 네 가구는 모두 피난민 떨거지들로, 그 당시 장관동은 대체로 한두 가구의 피난민이 문간방이나 곁채·아래채에 세를 들어 살았다. 우리 식구가 살던 네 평이 채 안 되는, 어머니 표현대로 분갑만 한 방은 아래채 가장 끝방으로, 변소에서 시작되는 수채 겸한 개골창이 집 가장자리로 흘러 늘 퀴퀴한 냄새가 들창으로 스며들었다. 원래 아래채는 방이 두 칸이었는데, 전쟁이 나자 여러 가구의 세를 들이려 방 가운데 판자벽을 쳐서 네 칸으로 만들었으므로 우리 다섯 식구가 누우면 방 안이 거의 찼고, 귀 기울이지 않아도 옆방 말소리가 재잘재잘 들렸다. 그러나 대구 변두리 야산을 뭉개고 피난민이 마구잡이로 판잣집이나 거적집을 지어 하수구나 변소조차 제대로 갖추지 못한, 허리 숙여 들랑거리는 날림집에 비한다면, 마당 깊은 집 셋방이야말로 사람 살 만한 터라 아니할 수 없었다.

이제 아래채와 위채에 살던 사람들을 집어내자면, 요즘 연립주택 한 동 가구와 그 구성원을 모두 열거해야 할 만큼 사람 수가 많을 수밖에 없다. 그러나 나는 그 얼굴들 하나하나를 주머니 속에 넣고 다니는 소지품만큼 지금도 선명하게 기억하고 있다.

　수돗간에서부터 첫째 방은 경기도 연백군에서 피난 나온 경기댁 가족이 살았다. 식구는 셋이었다. 경기댁은 나이 쉰 초반이었는데 그 나이로서는 드물게 개성에서 고등 여학교까지 다닌 유식한 아주머니였다. 키가 멀대 같은 경기댁 아들 홍규 씨는 변두리 치과 병원 기공사(技工士)로 노총각이었다. 그는 키 큰 사람이 싱겁다는 말 그대로 사람 좋아 보이는 웃음을 늘 입에 달고 있었다. 젖통과 엉덩이가 큰 경기댁 딸 미선이 누나는 마당 깊은 집에서 멋쟁이 처녀로 통했는데, 늘 껌을 씹으며 입안에서 소리 내어 터뜨렸다.

　둘째 방은 퇴역 장교 상이군인 가족이 살았다. 역시 세 식구였다. 오른팔을 전쟁터에서 잃어 고무팔 달린 쇠갈고리 두 개가 손가락 구실을 하는 준호 아버지는 사람을 볼 때 그 쏘아보는 눈초리가 전쟁터의 적군을 대하듯 적의(敵意)를 품은 데다, 말수 적은 조용한 사람이었다. 얼굴이 주근깨투성이인 준호 엄마는 내가 대구로 갔을 때 아기를 배고 있어 바가지를 배속에 엎은 듯 배가 불렀다. 다섯 살배기 준호는 바깥마당 김천댁 아들 복술이와 비슷한 또래여서 자주 싸우고 금세 친해지는 동무 사이였다. 내 막내아우 길수는 앙가발이걸음으로 그 개구쟁이 둘을 졸졸 따라다니며 늘 빙충맞은 짓을 도맡아 했다. 강원도 평강이 고향인 상이군인 가족은 내가 대구로 올라온 그해 이른 봄에 세를 들어와, 가장 늦은 입주자였던 셈이다.

　셋째 방은 평양댁 가족이 살았다. 모두 네 식구였다. 경기댁보다 나이가 서너 살 아래인 평양댁은 양키시장에서 헌 군복을 파는 장사를 하고 있었다. 그네는 딸 하나에 아들 둘을

두고 있었다. 깜조록한 얼굴에 쌍꺼풀진 눈이 예쁜 순화 누나
는 혼기 찬 처녀였다. 늘 화가 끓는 상판의 말라깽이 큰아들
정태 씨는 폐가 나빠 집에서 놀고 있었다. 여드름이 울긋불긋
난 둘째 아들 민이 형은 정태 씨와 달리 몸이 실했고 집과 가
까운 경북고등학교 졸업반 학생이었다.

이렇게 아래채 네 가구는 서로 빤한 살림 규모로 하여 그
속내를 잘 알고 있었다. 누구네 반찬 그릇이 밥상에 몇 개 오
르는지, 심지어 안남미에 보리쌀을 얼마쯤 섞어 밥을 짓는지
도 알고 있는 형편이었다. 다달이 전기세니 수도세니 변소 치
는 값을 낼 때면 한 푼이라도 적게 내려 입싸움이 잦았지만,
모두 아등바등 열심히 생활을 꾸려나갔다. 이 집 흉을 저 집에
살짝 퍼뜨리기도 하며, 제 실속은 감춘 채, 집 없는 객지살이
설움으로 서로를 다독거려주기도 하며, 이웃사촌으로 고리를
맺고 있었던 셈이다.

위채에 사는 주인집은 여러 대에 걸쳐 경북 의성군에서
알려진 토호 집안으로, 주인아저씨 증조부 되는 이는 조선 말
대구부(大丘府) 도사(都事)를 지낸 문벌이었다. 대구시 장관동
에 집을 지은 이는 주인아저씨 증조부인 도사 어른이었다고
들었다. 그분이 향리로 은퇴한 뒤로 일본인 토지 회사인 동양
척식주식회사(동척)에 다닌 아들 대를 거쳐, 왜정 시대 한동안
장관동 집은 향리에서 대구로 나와 공부하던 집안 자녀를 위
한 살림집으로 쓰였던 모양이다. 동척에 다니며 왜정 시대 한
시절 영화를 누렸던 분의 장손인 지금 주인아저씨가 장관동
집을 차지하게 되기는 해방되던 해였다. 그는 그즈음 이미 사
업가로 나서서 뛰고 있었다.

위채 식구는 모두 여덟이었다. 주인아저씨는 출근 때나 그 얼굴을 잠깐 볼 수 있을 만큼 늘 바쁜 사람이었다. 외박이 잦았고, 허구한 날 밤이 깊어서야 술에 취해 집으로 돌아왔다. 주인아저씨는 대구 변두리 침산동에 면방적기 열몇 대를 차려 놓은 공장을 운영했다. 모란꽃처럼 얼굴이 훤하고 몸이 피둥한 주인아주머니는 집안 살림살이보다 바깥으로 나도는 활동가였다. 그네는 서방이 사업체를 가졌다 보니 그 안면으로 대구시 번화가 송죽극장 입구에 귀금속과 시계를 파는 점포를 열었고, 유한층 부녀자를 상대로 계주(契主) 노릇을 하고 있기도 했다. 생활비만 들이밀었지 집안 사정은 콩을 쑤는지 팥을 쑤는지 모를 만큼 내외가 밖으로만 나도니, 안살림은 노마님이 맡아 살았다. 노마님은 칠순에 이른 연세였으나 아직 허리가 꼿꼿할 정도여서 장을 보러 갈 때도 식모 안 씨를 거느리고 나서서 장사치에게 셈을 손수 치렀다. 노마님은 아래채를 사람들에게, 안살림을 나 몰라라 하며 시어머니를 우습게 아는 며느리 흉으로 하루 해를 보낸다 할 정도였다. 그 상대는 주로 아들과 딸이 벌이를 해 날마다 낮잠을 한잠씩 잘 정도로 팔자가 좋은 경기댁이었다. 경기댁은 배운 만큼 아는 것도 많아 했던 말을 소 여물 씹듯 주절대는 노친네의 잔소리를 잘 달래어 주었다.

주인아저씨와 주인아주머니 사이에는 대학교 2학년에서 중학교 2학년까지 아들만 셋을 두고 있었다. 성준 형·짱구형·똘똘이 형이었다. 시내 사립학교 법대를 보결로 들어갔다는 성준 형은 다른 학생들과 달리 머리칼에 포마드를 발라 빗고 넥타이 맨 정장 차림으로 학교에 다녔다. 그런 건달 대학생이 그렇듯 공부는 뒷전이고 집에 있을 때면 늘 전축을 크게 틀어놓고 대청에서 혼자 춤 연습을 해서 아래채 사람들에게는 '연애 대장'이란 별명이 붙어 있었다. 고등학교 2학년인 짱구 형과 중학교 2학년인 똘똘이 형은 평양댁 둘째 아들 민이 형이 저녁나절 두 시간씩 주 닷새 동안 공부를 가르쳤다. 이를테면 시간제 가정교사였다. 그리고 주인아저씨 조카로 의성에서 대처로 유학 나온 고등학교 3학년인 여고생이 껴 붙어 살았다. 위채 나머지 한 식구는 식모 안 씨로, 경북 고령이 고향이었다. 그네는 뒷머리에 쪽을 쪘지만 이제 스물 중반의 새파란 과수댁이었는데, 촌색시답게 부지런하고 심성이 고왔다.

이제 아래채 네 가구 열네 명과, 위채 여덟 명의 인물 소개를 대충 끝낸 셈이다. 바깥채 김천댁 두 식구를 제외하고, 마당 깊은 집에 사는 스물두 명이 다 모였을 아침 정경은 마치 시장 바닥같이 분잡하고 활기에 넘쳤다.

위채는 아래채와 떨어져 있어 노마님이 손자들 잠을 깨우는 소리만 들릴 뿐 그 내밀한 사정은 잘 모르지만, 아래채만은 한 식구 같았기에 지금도 그들이 맞는 아침 광경이 또렷이 떠오른다. 날이 훤하게 밝아오면 네 가구가 거의 동시에 풍롯불을 피우는 일로 하루 일과가 시작되었다. 네 개의 방 앞은 연기가 자욱했고 풍로 아궁이에 부채 부치는 소리가 요란했다. 몸이 재빠르고 야무진 선례 누나는 중학 3학년이라 새벽같이 일어나 입시 공부에 몰두했으므로 우리 집은 내가 늘 풍롯불을 피웠다. 네 가구 중 늦게 일어나기는 경기댁네여서 미선이 누나는 먼저 피운 숯불을 생숯 몇 쪽을 들고 빌리러 다니기 일쑤였다. 미선이 누나가 우리 집의 불을 빌릴 때는 내게 빰우

물을 지으며 미제 껌을 주기도 했다. 나는 껌도 반가웠지만 미선이 누나가 불이 핀 숯 두 쪽을 가져가며 생숯 서너 쪽을 주는 이득을 좇아 누나가 다른 셋방으로 걸음을 돌릴까 봐 "미선이 누나, 우리 집 불 피았심더" 하고 스스로 청할 적도 있었다. 순화 누나한테서는 그렇지 않았으나 미선이 누나가 옆에 오면 언제나 코끝을 자극하는 향수 냄새가 났다.

아침 풍경 중에 무엇보다 기억에 남는 장면이 있다면 변소였다. 중문 옆 판자로 얼기설기 붙여 만든 변소 앞은 아침부터 성시를 이루게 마련이었다. 그 변소는 아래채 네 가구와 바깥채 김천댁네 전용이었으나 바쁠 때는 위채 학생들까지 마당을 질러와 사용할 적도 있었다. 그래서 대충 아침 8시까지는 한두 사람이 그 앞에서 발걸음 동동거리며 대기해야 하는 형편이었다. 위채는 대청 뒤에 타일로 내장을 꾸민 깨끗한 옥내 변소가 따로 있었으나 그 변소는 아래채 사람들에게 사용이 허락되지 않았다. 아래채 사람들은 모두 요강을 갖추어 급할 때는 요강에 소피를 해결했으므로, 정 급하면 요강을 쓰는 한이 있더라도 위채 변소는 일체 사용 말라는 주인아주머니의 엄명이 지켜지고 있었다.

변소 앞에서 대기하는 사람 중 하루도 빠지지 않는 이가 경기댁이었다. 얼굴이 검누렇게 뜬 데다 늘 부기가 있는 그네의 변소 출입은 비단 아침뿐 아니라 자고 나서 가장 먼저 변소를 다녀오고도 30분을 못 채워 다시 변소로 갔다. 그때는 이미 아래채 식구 중 누군가 변소 안에서 용변을 보고 있기에 그네도 변소 앞에서 차례를 기다릴 수밖에 없었다.

"오래두 누누만. 대충 싸구 나올 일이지, 빈 뱃구레로 구린내 맡기 지겹지두 않남."

경기댁은 변소 앞에 쪼그리고 앉아 이렇게 쑤얼거리며 손톱이 타도록 담배를 태웠다. 그네는 첫애를 낳은 뒤 배앓이가 심해 담배를 배웠다 했는데, 위나 장이 좋지 않은지 그렇게 기다릴 동안도 대중없이 방귀를 흘렸다.

어머니는 변소 앞에 쪼그리고 앉아 있는 경기댁을 볼 때마다, 변소가 안방인지 모르겠다며, 변소 치는 값은 경기댁네가 곱으로 물어야 마땅하다고 빈정거렸다. 그러나 변소 치우는 값을 아래채 네 가구와 김천댁네까지 합쳐 다섯 가구가 나누어 내게 될 때, 토를 달고 나서는 쪽은 늘 경기댁이었다. 아들딸이 출근하면 당신 혼자 집에 남았으므로 식구가 적은 상이군인 댁과 합쳐 한 가구분만 내는 게 경우에 맞다는 그네의 주장이었다. 상이군인 댁 내외 역시 아침밥 먹고 나면 준호만 남기고 일터로 나가기 때문이라 했다.

방방마다 부산하게 아침밥을 지어 먹은 뒤 부리나케 먼저 집을 나서기는 아무래도 학생들이었다. 위채는 대학생까지 합쳐 넷, 아래채는 평양댁 둘째 아들 민이 형과 선례 누나였다. 갓 입학하여 가슴에 이름표와 손수건을 달고 다니는 길중이는 한 주일을 번갈아가며 오전반과 오후반으로 나뉘어 등교 시간이 일정하지 않았다.

학생들에 이어 어른으로 처음 집을 나서는 이는 경기댁 두 자식이었다. 경기댁의 아침 변소 출입이 유독 잦다 보니 아침밥은 늘 미선이 누나가 지었다. 홍규 씨는 휘파람으로 「이별의 부산정거장」이니 「전선 야곡」 따위의 유행가를 어깨까지 흔들며 부는 버릇이 있었는데, 도시락 보자기를 들고 늘 휘파람을 날리며 싱글거리는 얼굴로 집을 나섰다. 6·25전쟁 전 개성에서 살았던 시절 치과 병원에서 일한 경험을 바탕으로 전쟁 때 군 생활을 위생병으로 근무하여 익힌 기공 기술이라 했는데, 경기댁은 아들을 두고 늘 자랑스럽게 '치과 의사'라고 말했다. 미선이 누나는 양장 차림에 결 고운 긴 머리채를 등 뒤로 흩뜨려 늘이고 핸드백을 멘 채 껌을 딱딱 터뜨리며 집을 나섰다. 뒷굽 높은 뾰족구두를 신어 맵시 있는 걸음으로 둥그런 엉덩이를 씰룩거리며 마당을 질러갈 때면, 평양댁 큰아들 정태 씨는 물론, 주인집 큰아들로 대학생인 성준 형까지 좋은 눈요깃감이라는 듯 그 뒷모습을 흘깃거렸다. 미선이 누나는 미 8군 피엑스에 판매원으로 근무하며, 저녁이면 집으로 돌아와 교복으로 옷을 갈아입곤 학교로 갔다. 그녀는 야간 고등학교에서 전쟁으로 놓친 때늦은 공부를 하고 있었던 것이다.

그들이 떠나고 나면 주인아저씨 출근과 상이군인 준호 아버지의 출근이 비슷한 시간대에 이루어졌다.

주인아주머니는 아침밥을 먹다 말고 나와 정장 차림으로 출근하는 서방을 위채 지대에서 배웅하는 시늉만 했고, 노마님은 꼭 바깥 솟을대문까지 아들을 따라 나갔다. "애비야, 오늘은 지발 술 묵지 말고 일찌감치 들어오너라. 사업도 좋지만 몸생각도 해야제." 노마님은 아침마다 아들을 배웅하며 같은 말을 되풀이했다. "어무이, 공장이 파리 날릴 쩍이 엊그제 아닙니꺼. 사업 운이나 섬유 경기가 늘 있는 게 아니랍니더. 경기 좋은 시절에 왕창 벌어놔야제, 언제 또 떼돈 만지겠어예." 주인아저씨의 대답도 늘 엇비슷한 이런 투였다. 사업이 잘되고 있음은 주인아저씨의 불룩한 아랫배와 기름기 흐르는 얼굴에서도 잘 나타났다. 침산동에 있는 주인아저씨 방적공장 '오성직물'은 전쟁 동안 원사(原絲) 구입이 힘든 데다 시장 경제가 막혔다 보니 수요 또한 격감해서 개점 휴업 상태로 쉬었다. 쌀은 고향 의성에서 가져다 먹는다지만 아래채 월세는 자녀들 학비, 용돈과 찬값에나 보태려 그 무렵에 들이게 된 모양이었다. 그러나 휴전을 앞두고부터 원사 구입이 원활해졌고, 전쟁 통에 피난 나서며 미처 꾸릴 수 없었던 입성을 그제서야 갖추기 시작했기에 수요가 급증할 수밖에 없었다. 방적기는 밤낮으로 쉴 틈 없게 가동되었다. 그래서 그즈음, 전쟁 뒤끝이면 입는장사와 먹는장사가 호황을 누린다는 이치대로, 돈을 갈퀴로 긁는 횡재를 맞고 있었다. 봄부터는 공장이 증설 확장 중이었는데 관계와 군의 요직에 일가붙이가 박혀 있어, 집안의 그런 덕도 톡톡히 본다는 소문이 있었다.

준호 아버지는 계급장 없는 장교용 작업모에 군복을 입고 도시락이 든 자그마한 군용백을 들고 집을 나섰다. 그의 입성은 준호 엄마의 잦은 빨래와 다리미질 덕분으로 늘 깔끔했다. "몸이 불편한데 옷까지 추레하면 어디 온당한 대접을 받는 세상입니까." 준호 엄마가 서방을 두고 하는 말이었다. 그네 말로는, 서방이 군속으로 2군사령부 원호과에 출근한다지만 마당 깊은 집에서 그 말을 믿는 사람은 아무도 없었다. 준호 엄마는 언제나 바깥마당 솟을대문까지 서방을 공손하게 배웅하고 돌아와 설거지를 마치면 준호가 점심때 혼자 먹을 밥상을 챙겨두고 부른 배를 앞세워 과일 행상에 나섰다. 여윈 얼굴이 볕에 그을려 구리색이었고, 목과 팔이 가느다란 그네는 한번도 웃는 얼굴을 볼 수 없을 만큼 늘 피곤에 찌들어 있었다. 준호네 식구 이야기가 나온 김에 한 가지 더 보탠다면, 준호 엄마가 복덕방 영감을 앞세워 셋방을 얻으러 왔을 때의 일화는 마당 깊은 집 사람들이 모두 알고 있었다. 셋방을 얻으러 왔을 때는 복덕방 영감과 준호 엄마 혼자만이 왔다. 준호 엄마는 주인댁 노마님에게, 달린 아이는 하나뿐이며 바깥분은 고향에서 초등학교 교편을 잡다 전쟁이 나자 장교로 입대하여 제대한 뒤 지금 군속으로 2군사령부에 근무한다고 말했다는 것이다. 속삭이듯 차분한 말씨에 순한 눈매가 마음에 들었고, 바깥사람이 어엿한 직장을 갖고 있는 데다 달린 아이가 하나뿐이란 말에 노마님은 선뜻 세를 놓기로 승낙했다. 방 구하기가 여간 어렵지 않던 때였으나 그만하면 월세 꼬박꼬박 낼 수 있는 괜찮은 조건이었다. 열흘 뒤, 약속한 날짜에 이사를 올 때 보니 준호 아버지는 오른손에 쇠갈고리가 달린 상이군인이었다. 마당 깊은 집 사람들이 그 흉측한 쇠갈고리 손을 보고 섬뜩해했음은 물론이다. 준호 아버지는 이불 보퉁이와 낡은 가죽 트렁크를 새끼줄로 걸빵하여 짊어졌고 손에는 항아리 하나가 들려 있었다. 준호 엄마는 큼지막한 목판에 솥과 자잘한 단지 몇 개를 담아 머리에 인 채 밥상을 들었고, 준호는 큰 광주리를 쓰고 왔다. 이삿짐은 그게 모두라 했다. 피난길에 나섰다 해도 이삿짐이 그보다는 많을 거라며 주인댁 노마님은 세를 잘못 놓았다고 후회했으나 그렇다고 결정한 약속을 취소할 수도 없었다.

과일 담긴 목판을 머리에 이고 준호 엄마가 나가고도 한참 뒤가 평양댁과 그네의 딸 순화 누나 차례였다. 중공군 참전에 따른 1·4후퇴 피난길에 미군 비행기의 폭격으로 서방을 잃은 그네는 군복으로 만든 여자용 홀태바지 차림에 역시 헐렁한 군복 윗도리를 입고 허리에는 전대를 차고 다녔다. 목소리가 굵직했고 몸이 옆으로 퍼진 팡파짐한 그런 여자들의 시원한 성미 그대로 활달한 '니북 여자'였다. 그네가 쉰 벌쯤 되는 군복 싼 보퉁이를 머리에 인 채 한 손에 다리 긴 도마의자를 들고 아침 10시쯤 집을 나서면 땅거미 깔릴 때까지 양키시장에서 전을 벌였다. 전이래야 평양댁 자신의 말처럼 비바람 가릴 데도 없는, 송곳 꽂을 만한, 반 평이 채 안 되는 한길 통로였다. 순화 누나는 제 어머니가 집을 나설 때 헌 군복 빨랫감을 다라이에 담아 이고 방천으로 나가면 점심쯤 되어서야 돌아왔다. 집으로 돌아와 빨래를 빨랫줄에 널곤 오후 시간을 군복 수선으로 보냈다. 저녁밥을 지어놓곤 날마다 양키시장으로 어머니 마중을 나갔다. 평양댁과 함께 돌아올 땐 다른 보퉁이를 하나 더 들고 왔는데, 그 보퉁이는 절어빠진 헌 군복 빨랫감이었다.

가장 늦게 점포로 나가는 사람이 주인아주머니였다. 그네는 아침밥을 먹은 뒤 공들여 화장을 하곤 조선옷으로 날아갈 듯 떨쳐입고 집을 나섰다. 금목걸이에 금팔찌를 자랑하며 구슬백을 팔에 걸치고 골목길로 나서면 장관동 아녀자들이, 귀부인이 출동하신다며 뒤꼭지에 대고 쑤군거렸다.

썰물 빠지듯 모두 그렇게 집을 나가버리면 마당 깊은 집은 절간 같게 조용했다. 위채는 노마님과 식모 안 씨만 남았고, 아래채는 경기댁과 평양댁 아들 정태 씨, 그리고 어머니와 나였다. 준호와 길수는 밥만 먹고 나면 바깥마당 복술이와 작당해서 골목길이나 한길로 나가 놀았다.

2.

안마당 정원에 철쭉꽃이 활짝 핀 5월 초순 어느 날이었다. 길중이가 오전반 공부를 끝내고 돌아와, 길수까지 합쳐 네 식구가 점심밥을 먹고 나서였다. 어머니는 나를 불러 재봉틀 앞에 앉히더니, 재봉틀 서랍에서 돈을 꺼내어 내 앞에 밀어놓았다.

"얼만가 세어봐라."

돈을 세어보니 80환으로, 공작담배로 따지면 네 갑을 살 수 있었다. 나는 어머니가 무슨 심부름을 시키려는 줄 알았다. 어머니는 나를 빤히 바라보았다.

"길남아, 내 말 잘 듣거라. 니는 인자 애비 없는 이 집안의 장자다. 가난하다는 기 무신 죈지, 그 하나 이유로 이 세상이 그런 사람한테 얼마나 야박하게 대하는지 니도 알제? 난리 겪으며 배를 철철 굶을 때, 니가 아무리 어렸기로서니 두 눈으로 가난 설움이 어떤 긴 줄 똑똑히 봤을 끼다. 오직 성한 몸뚱이뿐인 사람이 이 세상 파도를 이기고 살라 카모 남보다 갑절은 노력해야 겨우 입에 풀칠한다. 니는 위채에 사는 학생들과 처지가 다른 기라. 양친 부모 있고, 집 있고, 묵을 것 넉넉하이까 저들이사말로 머가 부럽겠노. 지만 열심히 공부하모 좋은 대학 졸업하고 좋은 직장을 가지겠제. 돈 있고 집안 좋으이 남보다 출세도 빨리할 끼라. 니가 위채 학생들보다 갑절로 노력해서 어른이 되더라도 그 차이는 하나 달라지지 않고 지금 처지와 똑같을란지 모른다. 그렇다고 가뭄 심한 농사철에 농사꾼이 하늘만 쳐다본다고 어데 양식이 그저 생기겠나. 앞으로도 지금처럼 늘 위채를 올려다보고 살게 되더라도, 니는 니대로 우짜든동 힘자라는 대로 노력해보는 길밖에 더 있겠나. 내사 인제 너그 성제간 잘 크고 남한테 눈총 안 받으며 사람 구실하고 사는 기나 바라보고 살아갈 내리막 인생길 아인가……"

어머니 목소리에 물기가 느껴졌다. 머리 숙이고 있던 나는 눈을 조금 치켜떠 어머니를 보았다. 어머니 속눈썹에 눈물이 묻어 있었다. 아직 마흔 살도 안 된 나이에 어머니는 노인티를 내고 있었다. 사실 어머니는 전쟁이 나고 서너 해 사이 나이를 곱절로 먹은 듯 윤기 흐르던 탱탱한 살결은 어디에도 찾아볼 수 없었다. 어머니는 손수건에 물코를 풀곤 말을 이었다.

"길남이 니는 앞길이 구만리 같은 창창한 세월이 남았잖나. 그러이 지금부터라도 악심 묵고 살아야 하는 기라. 내가 보건대 지금 우리 처지에서 니 장래는 두 가지 길밖에 없다. 한 가지는, 공부 열심히 해서 배운바 실력이 남보다 월등하여 훌륭한 사람이 되는 길이다. 평양댁 정민이 학생 봐라. 아부지 읎이 저거 엄마가 군복 장수해도 공부를 얼매나 잘하노. 위채 학생 둘 가르쳐서 번 돈을 가용에 보태고, 12시 넘어까지 호롱불 켜놓고 자기 공부를 안 하나. 그러이 반장하고 늘 일등이라 안 카나. 갸는 반드시 판검사나 대학교 교수가 될 끼다. 또 한 가지, 니가 이 세상 파도를 무사히 타 넘고 이기는 길은, 세상 살이를 몸으로 겪어 갱험을 많키 쌓는 길이다. 재주 읇고 공부 하기 싫으모 부지런키라도 해야제. 준호 아부지는 한 팔이 읇 어도 묵고 살겠다고 매일 아침에 집을 나서잖나. 남자는 그렇 게 밥숟가락 놓자마자 밥상을 걸터 넘고 나서서 부랄이 요령 소리 나도록 뛰댕겨야 제 식구를 믹이 살린다. 그러이 내 하는 말인데, 니도 이렇게 긴 해를 집에서마 보내기 오죽 심심하겠 나. 그래서 내가 궁리를 짜낸 끝에 그 돈을 니한테 주는 기다."

"이 돈으로 멀 우째 하라고예?"

나는 어리둥절하여 손에 쥔 돈을 내려보았다.

"길남아, 그 80환으로 신문을 받아서 팔아봐라. 신문 팔아 돈을 얼매만큼 벌는 기 문제가 아이라, 니 힘으로 돈벌이해보 모, 돈이 얼매나 귀한 줄 알 수 있을 끼다. 이 세상으 쓴맛을 알 라 카모 그런 갱험이 좋은 약이 될 테이게. 초년 고생은 돈 주 고도 몬 산다는 속담도 있느니라……"

내가 감히 거역할 수 없는 어머니의 옹이 박인 말이었다.

지금 생각해보면, 어머니 그 말씀은, 입학기가 지난 뒤 나 를 대구로 불러올렸을 때 이미 예정해둔 계산임이 분명했다. 시골서 내놓은 망아지로 지내며 초등학교나마 근근이 마치고 올라왔으니 한 해 동안 도시 물정이나 익히게 하며, 제가 벌어 제 학비를 조달할 수 있는 길을 뚫게 해주자, 어머니는 그런 궁리를 해두었고, 내가 대구시로 나온 지 열흘쯤 지나자 드디 어 실행의 용단을 내렸음에 틀림없었다.

나는 돈 80환을 주머니에 넣고 막막한 심정으로 집을 나섰다.

"신문을 팔지 몬하겠거덩 그 돈으로 차비해서 다시 진영으로 내려가 술집 중노미가 되든 장돌뱅이가 되든 니 마음대로 해라." 어머니의 아귀찬 마지막 말을 떠올리자, 나는 용기를 내지 않을 수 없었다. 길거리나 어슬렁거리다 돌아가면 어머니는 틀림없이 저녁밥을 굶기고, 어쩌면 방에서 잠을 자지 못하게 내쫓을는지도 몰랐다. 어머니는 누구보다 자식에게만은 엄격하고 냉정한 분이셨다.

당시 대구에는 '대구매일신문' '영남일보' '대구일보', 이렇게 세 종류 신문이 간행되고 있었다. 모두 석간이었다. 어머니는 이미 그 정보도 갖추고 있었다. 큰길로 나와 주머니에 손을 꽂고 힘없이 걸으며 어떻게 신문사를 찾아갈까 하고 걱정하다, 나는 마침 우체부를 만났다. 세 신문사의 위치를 물으니 영남일보사가 집에서 가장 가까웠다. 영남일보사는 대구경찰서에서 서문시장으로 가는 길목에 있었다.

신문사 뒷마당으로 쭈뼛거리며 들어서니 신문 나오기를 기다리는 내 또래 맨숭머리 머슴애들이 스무 명 남짓 와글거렸다. 그들은 처음 보는 나를 힐끔거렸으나 멀찌감치 떨어져 섰는 내게 말을 걸지는 않았다. 오후 2시쯤 되었을까, 빵모자쓴 젊은이가 금방 찍혀 나온 신문을 한 아름 들고 나왔다. 아이들은 그 젊은이로부터 신문을 사자마자 옆구리에 끼고 날쌔게 한길로 내달았다. 나도 맨 끝으로 신문 열 부를 샀다. 거리로 나서자 목청이 제대로 트이지 않아 신문을 끼고 땅만 내려다보며 걸었다.

"사이소. 영, 영남일보 사이소." 외치기는 했으나 그 말은 내 귀에도 잘 들리지 않았다.

나는 사람이 많이 끓는 중앙통 일대와 양키시장을 택하여 신문을 들고 다녔다. 신문팔이 아이들 역시 내가 생각했던 대로 그 영역을 터 삼아 누비고 다니며 신문을 팔았다. 물찬 제비처럼 다른 아이들은 신문을 쉽게 잘 팔았다. 신문을 살 만한 사람이면 마치 구걸하듯 앞길부터 막고 신문을 턱밑에 내밀며, 오늘 무슨 새 기사가 났다며 주워섬겼다. 나는 그렇게 할 보짱이 없었다.

첫날 나는 신문 여섯 부를 팔았는데, 그중 두 부는 의자에 앉아 구둣발을 구두통 위에 내맡긴 양복쟁이였다. 힘없이 털레털레 걸을 때 "어, 신문!" 하고 누구인가 나를 부르면, 나는 신문 한 부 팔면 남게 되는 이문을 따지기 전, 그 기쁨이 얼마나 컸던지 가슴부터 활랑거렸다. 그러나 어디에 숨었다 튀어나오는지 다른 신문팔이가 잽싸게 내 손님을 가로채곤 했다. 영남일보만이 아니라 대구매일신문과 대구일보 가판원일 경우도 있었다.

그날 나는 신문 네 부를 남겨 집으로 돌아왔으나 오히려 이문 5환을 남겼고, 팔다 남은 신문 역시 내 노력의 대가로 얻게 된 셈이었다. 어머니는, 길남이 덕으로 우리 집도 신문 보는 팔자가 됐구나 하며 대견해했다. 반찬은 늘 물김치에 된장국이었지만 그날 저녁은 어느 날보다 밥맛이 좋았다.

일주일 뒤부터 나는 신문 열다섯 부를 받아 팔았다. 신문을 들고 다니다 보면 밑엣장은 옷에 스치고 손때를 타서 활자가 번지거나 보푸라기가 생겼으므로 나는 빳빳한 누런 부대종이로 싸서 다닐 줄도 알게 되었다. 그리고 역이나 다방처럼, 사람들이 한가하게 기다릴 짬이 많은 장소에서 신문이 잘 팔린다는 사실도 터득했다. 하루는 군 통합병원 면회 대기실로 가서 신문 다섯 부를 손쉽게 판 적도 있었다.

군 통합병원은 전쟁으로 군에 징발당하기 전까지 경북의 과대학이어서 교정이 넓고 교정에는 나무숲이 우거져 경치가 좋았다. 띄엄띄엄 놓인 벤치에는 회복기의 상이 환자나 그 가족이 쉬고 있을 적이 많았다.

어느 날, 나는 면회 대기실에 들렀다 나오다 단풍나무 아래 벤치에 앉아 서투른 왼손 젓가락질로 도시락을 먹고 있는 준호 아버지를 보았다. 옆에는 작은 군용백이 놓여 있었다. 사무실이 아닌 정원 벤치에서 왜 식사를 할까 하고 의아하게 생각했으나 신문을 끼고 있는 내 꼴이 부끄러워 나는 걸음을 서둘렀다. 그러다가 어쩌다 훔쳐본 게 그만 준호 아버지와 눈길이 마주치고 말았다.

"안녕하십니껴."

내가 꾸벅 인사를 했다. 준호 아버지는 밥을 먹는 자신의 꼴이 민망한지 멋쩍은 웃음을 웃었다.

"느가 신문 판다는 말은 들었지. 어린 나이에 고생이 많구나."

"점심 식사가 늦었네예."

"음, 면회 왔다가…… 한 부대에서 같이 근무하던 전우가 입원해 있거든. 고향 사람 소식두 들을까 해서……"

준호 아버지는 반쯤 먹던 도시락 뚜껑을 덮었다. 서숙밥에 반찬이래야 도시락 귀퉁이에 찍어 붙인 고추장이 다였다.

평소의 그 검세 보이던 표정과 달리 서먹해하는 준호 아버지로부터 나는 빨리 떠나야 한다고 생각했다. 나를 주체스러워하는 태도가 역력했기 때문이었다.

"그라모, 저는 먼첨 갈랍니더. 이 신문 저녁답까지 다 팔아야 하거던예."

나는 정문 쪽으로 바삐 걸었다.

신문팔이를 시작한 지 보름을 넘기자 비로소 내 목청이 트였다. 나는 "영남일보, 영남일보! 방금 나온 영남일보, 기사 특보 실렸심더!" 하고 외치며 바람 같게 내달릴 줄도 알게 되었으니, 신문 열다섯 부를 어렵지 않게 팔 수 있었다. 물론 내 신문팔이에도 일정한 행로가 정해져 중앙통 일대, 송죽극장 주위의 다방, 양키시장, 대구역, 군 통합병원을 차례대로 거쳤다. 구두닦이 아이나 불량패에게 신문을 빼앗기고 주머니를 털려 울며 집으로 돌아온 날도 있었다. 그럴 적이면 어머니는 내 어깨를 다독거려주며, "그기 바로 돈 주고도 몬 살 갱험 아인가. 어데 다친 데 없으이 다행이다. 여게서 니 용기가 꺾이모 다른 더 큰 난관은 넘어설 마음을 몬 가지지러. 우짜든동 악심 묵고 용기를 내라" 하고 격려해주셨다. 신문팔이 일에도 차츰 요령이 생겼고, 양키시장 안에 단골로 내 신문을 사주는 사람도 셋이나 되었다. 그중 두 사람은 평양댁이 그 좋은 입심으로 주선해주었다. 두 단골은 이북 사람 장사치였고, 그들은 신문을 펴 들 때마다, 고향 사람 소식이나 실렸는가 어디 보자는 말부터 했다.

신문 열다섯 부를 일찍 다 팔아버리는 날이면 나는 곧장 집으로 돌아가지 않고 시내 중심거리를 구경 삼아 돌아다녔다. 일찍 들어가보아야 어머니와 마주 앉아 있거나, 젊은 여자 손님이 올 때마다 자리를 비켜주어야 했고, 늘 뻔한 어머님 잔소리를 들을 터였다. 그래서 학교에 갔다 온 선례 누나가 저녁밥 지을 때쯤 집으로 발걸음을 돌렸다. 그러다 보니 양키시장에서 평양댁을 하루 두세 차례는 만났고, 그네가 점심 요기를 하고 남긴 떡이나 감자를 얻어먹을 적도 있었다. 양키시장에서 동성로만 건너면 송죽극장과 자유극장이 대각선을 이루어 길 양쪽에 있었다. 그 화려한 거리에는 양품점·귀금속점·시계점·양복점·라디오점방 들이 자리 잡았고, 한껏 멋을 내어 차려입은 통행인들로 늘 붐볐다. 나는 그 거리의 진열장을 즐겨 구경했다. 자연 '보금당'이란 주인아주머니 가게의 화려한 진열장을 유리벽 너머로 구경하기도 했다. 정 기사라는, 서른 중반쯤 된 남자가 은수저에 대못 같은 끝이 뾰족한 쇠막대 뒤축을 작은 장도리로 톡톡 쳐서 '壽' 자나 '福' 자를 새기는 작업을 보고 있으면 그 솜씨가 신기했다. 쓰기에도 까다로운 획이 많은 한자인데, 그분은 점으로 이어 글짜를 모양새 있게 찍어 내었다. 그분은 상고머리를 했고, 눈이 작고 턱이 뾰조록해 고슴도치 같은 인상을 주었다. 복덩이같이 훤한 얼굴에 입술연지를 빨갛게 칠한 주인아주머니는 가게 안에서 손님을 상대로 웃음을 터뜨리고 있기 일쑤였다.

어느 토요일 오후, 나는 주인아저씨 조카 되는 여고 3학년 동희 누나를 송죽극장 앞에서 본 적 있었다. 그녀는 흰 바탕에 자잘한 붉은 꽃무늬 있는 원피스를 입고 두 갈래로 묶은 머리칼을 풀어 흩뜨려 하마터면 내가 모르고 지나칠 뻔했다.

"어, 누나, 웬일입니껴?"

모른 체 지나쳐야 옳았는데 나는 그만 인사를 하고 말았다. 동희 누나 옆에 섰던 까까머리에 여드름 숭숭한 남방셔츠 차림의 껑다리 남학생이 나를 내려다보았던 것이다.

"길남이구나."

동희 누나 뺨이 금세 빨개졌다.

"혼찬 줄 알고…… 나 그라모 갈랍니더."

내가 뒷머리를 긁적거리며 자리를 뜨려 하자, 동희 누나는 얼른 왕사탕 두 개를 주머니에서 꺼내어 내게 주었다.

"집에 가모 내 보았다는 말 아무한테도 하지 마. 사실은 고향 친척 오빠야. 우연히 이 앞에서 만났거던."

내가 중앙통 쪽으로 빠지며 뒤돌아보니 동희 누나는 사복 차림의 남학생과 나란히, 주위를 힐끔거리며 송죽극장 매표구 앞으로 다가가고 있었다. 송죽극장에는 미국 영화 「역사는 밤에 이루어진다」란 묘한 이름의 영화가 상영되고 있었다. 입간판 그림도 서양 남녀가 껴안고 입을 막 맞추려는 장면이었다. 대학생 성준 형이 누님뻘은 될 법한 양장 차림의 늘씬한 중년 여인과 중앙통 거리를 나란히 걸을 때는 그저 그랬으나, 동희 누나 경우는 조금 이상하다는 생각이 들었다. 누나는 아직 고등학생이기 때문이었다. 만약 학교 선생한테 들키면 경칠 일을 당할 터였다. 나를 두고 이상한 생각이 들기는 동희 누나 옆에 섰던 남학생도 마찬가지일 것이다. 동희 누나같이 잘사는 집 처녀가 어떻게 신문팔이 소년과 아는 사이일까 하고 잠시 어리둥절해했음에 틀림없었다.

교복 차림으로 책가방 든 내 또래 학생들이 집으로 돌아가는 모습을 보면 학교도 다니지 못하고 신문이나 파는 내 신세가 서러워져, 그럴 때면 내가 찾는 소일터가 역전이었다. 역전으로 가면 많은 거지아이와 실업자를 볼 수 있었다. 겉보기에 멀쑥한 사람을 졸졸 따라다니며 애처롭게 구걸하는 깡통든 아이들의 남루한 차림이나, 때에 전 군복을 입고 역 광장을 무료히 거닐며 땅에 버려진 담배꽁초를 주워 피우는 초췌한 실업자를 보면, 사람 사는 일이 저렇게 힘들구나 하는 마음이 들기도 했다. 역 광장으로 흩어져 나오는 승객을 쫓아 우르르 몰려드는 지게꾼이나 뙤약볕 아래 목판을 벌여놓고 파리 떼 쫓으며 과일과 떡을 파는 장사꾼을 볼 적도 마찬가지였다. 어렵게 하루하루를 살아가는 사람들의 그런 모습이 내게는 적잖게 위안이 되었다.

가로의 버즘나무 잎사귀가 넓어지고 더위가 쪄오던 6월 중순 어느 날이었다.

신문을 옆구리에 끼고 뛰던 나는 중앙통 한국은행 앞길에서 우연히 준호 아버지를 본 적이 있었다. 역시 계급장 없는 장교 작업모에 군복 차림이었다. 하루 낮 중 가장 무더운 오후 3시쯤이라 그분 군복 어깨는 땀에 젖었고 오른쪽 소매 아래에는 쇠갈고리 두 개가 비어져 나와 있었다. 그분은 3층 건물 계단을 막 빠져나오던 참이었는데, 나를 보지 못한 모양이었다. 아니, 모자챙을 눈썹 위까지 내렸고 눈길을 네댓 발 앞 포도에 떨어뜨려 통행인은 안중에 없다는 태도였다. 왼손에는 작은 군용백을 들고 있었다.

준호 아버지는 3층 옆 2층 건물 계단으로 들어섰다. 아래층은 세탁소였고 2층은 다방이었다. 나는 몇 걸음 처져 그분 뒤를 따라 삐걱이는 나무 계단을 올라갔다. 2층 다방은 내가 신문을 팔러 자주 들르는 곳이기도 했다. 준호 아버지가 다방 문을 밀고 들어가자, 나도 문이 미처 닫히기 전에 재빨리 뒤따라 들어갔다. 나는 준호 아버지 등 뒤를 돌아 다방 구석 자리부터 찾았다. 다방 안은 손님으로 붐볐다. 대체로, 왜 차를 시키지 않느냐며 여종업원의 독촉을 받는 손님이 절반은 되는데도 중심 거리 다방은 어느 다방이든 의자가 거의 찼다. 태반이 하릴없이 빈둥거리는 실업자이거나 실업자와 비슷한 신세로 돈이 될 그 무엇을 찾아 안면 있는 끼리끼리 모여 죽치고 앉아 쑥덕거리는 사람들이었다. 3대 민의원 총선거가 5월 스무 날로 끝났지만 다방 손님들은 지겨우리만큼 선거 후일담이나 정치판 이야기를 주워섬기고 있었다.

　나로서는 이제 신문 파는 일은 뒷전이었다. 준호 아버지가 군용백 속에 든 물건을 팔러 왔을까, 아니면 누구가를 만나러 왔을까 하고 다방문 옆에 있는 계산대 쪽만 곁눈질하기에 바빴다. 조선옷을 곱게 차려입은 여주인이 계산대 앞에 앉아 축음기판을 갈아 얹고 있었다. 준호 아버지가 그 앞에 우뚝 서더니, 갈고리 오른손부터 소리 나게 계산대에 얹었다. 물건을 팔러 다니는 상이군인은 군복을 입었어도 그 얼굴이나 차림이 꾀죄죄하게 마련이어서 다방 종업원은 그런 부류의 사람을 금세 알아보게 마련이었다. 그래서 장사꾼만 들어서면 종업원이 성가시다는 얼굴로 그들을 서둘러 내몰았다. 그러나 준호 아버지는 비록 군복 어깨쯤이 땀으로 젖었으나 빳빳하게 풀 먹여 다리미질 잘된 윗도리를 입었고 면도를 자주 하여 얼굴이 깨끗했으므로 장사꾼티가 나지 않았다. 방심 상태에 있던 여주인은 쇠갈고리 손을 보고 섬뜩 놀랐다. 준호 아버지는 빚 받으러 온 사람처럼 여주인을 쏘아보며, 군용백을 열고 계산대에다 주섬주섬 물건을 내놓았다. 연필·공책·빗·칫솔 따위의 일용품이었다. 준호 아버지는 그 물건을 꺼내놓을 동안 아무 말도 하지 않았다.

나 역시 준호 아버지가 그런 일을 하려니 했는데, 내 눈으로 직접 확인하게 된 셈이었다. 경기댁 말로는, 어느 날 저녁 무심코 준호네 방문을 열어보다 준호 아버지가 헌 잔돈을 방바닥에 늘어놓고 셈하는 걸 보았다며, 아마도 시내 다방이나 사무실을 돌며 껌이나 연필 따위를 팔 거라고 살짝 소문을 낸 적이 있었다. 그러면 그렇지, 저 손으로 어떻게 사무를 보겠냐며, 마당 깊은 집 사람들은 경기댁 말을 그럴싸한 추측으로 받아들이고 있었다. 그래서 나 역시 시내 중심 거리를 돌며 신문을 팔 때, 준호 아버지와 자주 맞닥뜨리려니 기대했었다. 그러나 그런 일이 그때까지 한 차례도 없었기에 나는 경기댁 말을 곧이곧대로 믿지 않았다. 중심 거리에서 그런 물건을 팔지 않는다면 그 물건을 팔 마땅한 장소가 있을 리 없었다. 그렇다고 집집마다 대문을 두드리며 강매를 하고 다녀서야 명색 장교 출신에 그 작태가 무엇이며 하루 수입인들 얼마쯤 되랴 싶었던 것이다.

"오늘 벌써 몇 사람째야. 아이 지겨워. 이따위 물건은 너무 많이 샀기에 한 달은 쓰고도 남겠어요." 여주인이 팩 쏘아 말했다.

준호 아버지는 우두커니 선 채 적의에 찬 눈으로 여주인을 쏘아보기만 했다. 여주인은 서랍에서 1원 아니면 5원짜리가 틀림없을 잔돈을 꺼내어 계산대에 놓았다.

"이따위 물건 필요 없으니 다 넣어가요."

여주인이 부채로 바람을 일으키며 다방 안쪽으로 얼굴을 돌려 준호 아버지를 외면했다.

준호 아버지는 말없이 계산대에 꺼내놓았던 물건을 군용백 속에 다시 담았다. 물건을 다 챙겨 담자, 그분은 흐트러지지 않은 꼿꼿한 자세로 묵묵히 다방문을 열고 나갔다.

"벙어린가 봐."

여주인이 닫힌 문짝을 보며 혼잣말을 했다.

나는 준호 아버지를 뒤따라 나오며 계산대에 놓인 잔돈을 볼 수 있었다. 그분은 그 돈을 가져가지 않았던 것이다. 나는 준호 아버지가 깜빡 잊고 그 돈을 챙기지 않았다고 생각할 수 없었다. 성깔 있는 사람이구나 하는 느낌과 더불어, 준호 아버지의 그 행동은 내게 적잖은 충격을 주었다.

30미터쯤 거리를 두고 나는 준호 아버지의 뒤를 따랐다. 신문을 팔아야 한다는 것조차 잊고 있었다. 나는 준호 아버지가 다방이 아니면 점포로 또 들어갈 줄 알았는데 그는 역을 향해 중앙통 가로를 내처 걸었다. 준호 아버지가 물건을 파는 장면을 한 번만 더 보리라 하고 나는 부지런히 군복 뒷자태만 쫓았다. 그러나 준호 아버지는 역에서부터 동쪽으로 길을 꺾어, 즐비한 홍등가를 지나 동인로터리로 향해 내처 걸었다. 도시락을 먹을 수 있는 한적한 장소를 찾아가는 것일까. 그러나 나는 여태 걸은 이수가 아까워서도 이제 돌아설 수 없었다. 준호 아버지는 철길 아래로 뚫린 굴을 지나 칠성시장으로 가고 있었다. 그가 걸음을 멈춘 곳은 장꾼들로 복작거리는 채소전 어귀였다. 길가 통로에 목판을 벌인 행상하는 아낙네들이 진을

치고 있었다. 나로서는 준호 엄마 장사터를 처음 보게 된 셈이
었다. 그네는 두리번거리며 누군가를 찾고 있는 서방을 보자
얼른 자리에서 일어섰다. 포대기를 두른 허리쯤에 갓난아기를
처지게 업고 있었다. 나는 장꾼들에 껴 붙어 그들 뒤쪽으로 걸
어갔다.

"정말 배알 틀려 못 해먹겠수. 장사두 영 되잖구." 준호 아
버지의 볼멘소리였다.

"그래요. 준호 아버지루선 행상이 무리야요. 사람 눈에 덜
띄는 다른 목을 찾아보면 몰라두. 시외버스 정류장이 아닌, 역
안이나 학교를 몇 군데 따루 맡는다든지……"

"사병은 몰라두 장교 출신은 더욱 행상을 금한다지 않수."

"강매를 하는 것두 아닌데……"

"장교 출신이라 사회적 체면에 문제 있다는데, 즈이들 말
두 맞소. 혹시나 하구 오늘두 시외버스 정류장으루 나갔더니
헌병들이 행상하는 상이군인을 검색하구 있습데다. 할 수 없
이 시내루 나왔지만. 내 참 더러워서 어디 해먹겠수!"

"재활원에서 직업 알선 통기가 올 때까지 당분간 집에서
쉬시우. 제가 더 열심히 벌이를 할 테니깐요."

준호 엄마가 머리에 쓴 수건을 벗어 땀에 젖은 서방 얼굴
을 닦아주었다.

"즈이들이 언제 알선해줄지 모르는 직장인데, 놀구 앉았
으믄 누가 밥 멕여주우."

"그렇다구 굶는 건 아니잖아요."

"부지런히 뛰어 몇 푼이라두 벌어야 어떻게 사글셋방이라
두 면할 게 아니우."

그때, 호루라기 소리가 요란하게 들리자 행상 아주머니들이 재빨리 자기 목판이나 광주리를 챙겨 들었다. 준호 엄마도 풋능금이 담긴 목판을 머리에 이고 호루라기 소리가 들리는 반대쪽으로 쫓음걸음을 놓았다. 그네 등에 업힌 갓난아기의 머리통이 애호박처럼 대롱거렸다.

준호 엄마는 내가 신문팔이를 시작한 뒤 보름 만에 아기를 낳았다. 아기를 낳던 날, 그네는 일을 나가지 않았다. 낮부터 아래채 둘째 방에서는 준호 엄마의 신음 소리가 간간이 들렸다. 어머니가 그 방으로 건너갔다 오더니, 모질기도 해라 혼자서 알라를 낳겠다니, 하며 혀를 찼다. 내가 신문을 팔고 와서 보니 준호 엄마의 고함이 한층 높아졌고 그 간격도 빨라졌다. "알라를 받아본 아래채 누가 우째 도와주야지러." 위채 노마님 말에 경기댁은 잠자코 있었고, 어머니가 그 일을 맡고 나섰다. 평양댁은 일터에서 아직 돌아오지 않았던 것이다. 준호 엄마는, 곧 서방이 올 거라며 서방이 애를 받을 테니 괜찮다고 어머니에게 말했다. 준호 엄마가 아기를 낳기는 통행금지 사이렌이 불고 나서였다. 그 해산바라지는 어머니와 평양댁이 했고, 그동안 준호 아버지는 안마당을 서성거렸다. 낳은 아기는 딸이었다. 준호 엄마는 이틀 동안 몸조리를 하곤 갓난아기를 업고 장삿길에 나섰다. 아래채 사람들이 일곱 날은 쉬어야 한다며 말렸으나, 그네는 막무가내였다. 호구가 또 하나 늘었으니 더 열심히 팔아야 한다며 그네가 햌쑥한 얼굴로 중문을 나갈 때, 어머니가 보란 듯 내게 말했다. "길남아, 봐라. 묵고 살라고 저 퉁퉁 부은 얼굴로 장삿길 나서는 거를. 저런 마음을 묵어야 배 안 곯고 사는 기라. 상이군인 저 식구는 은젠가는

반드시 일어설 끼다. 예전 이 집에서 능금 팔며 고생하고 살던
시절을 웃으미 말할 좋은 날이 올 끼라."

3.

1954년 그해 여름 장마는 길고 지루했다. 국토를 잿더미로 만든 3년 동안의 전쟁 찌꺼기를 다 쓸어낼 듯 홍수 또한 예년에 볼 수 없을 만큼 대단하여, 엎친 데 덮친 격으로 간난 끝에 겨우 터전을 잡아가는 도시나 농어촌 서민들 삶에 또 한차례 재난을 끼얹었다. 6월 스무아흐렛날부터 시작된 장마는 7월 스무닷새까지 이어졌고, 신문에 보도된 기사에 따르자면 집중적으로 강타당한 삼남(三南) 지방 피해 상황만도 마흔네 명 사망에 피해액이 4억 5천만 환에 이르렀다.

그동안 하루도 맑은 하늘을 볼 수 없을 만큼, 더껑이 진 구름은 밑창이라도 뚫렸는지 쉼 없이 비를 뿌렸다. 낮조차 어둑신한 가운데 세상은 온통 비에 젖었고, 도시는 습기 속에 중병 환자로 앓는 꼴이었다. 배급쌀조차 제때 나오지 않는 데다 농산물값이 한 달 사이 두 배로 뛰었다. 밤 10시까지 들어오던 전등도 정전이 잦았다. 곳곳이 물난리를 겪는데도, 하루 두 시간씩 오줌 갈기듯 나오던 식수마저 아예 끊기고 말아 물장수가 대목을 맞았다. 그렇게 단수가 이틀씩이나 계속되다 느닷없이 한밤중에 수돗물이 한두 시간 쏟아져, 아래채 네 가구는 물을 받아두느라 짧은 여름밤 잠조차 설치곤 했다.

장마가 시작되기 전에 나는 신문을 스무 부 받아 팔았는데, 비 오는 날은 열 부를 팔기도 어려웠다. 그래서 점심밥을 먹고 신문사로 나설 때 시름시름 따르던 빗발이 또 세차지면, 숫제 열 부에서 여덟 부로 부수를 줄여 신문을 사 들고 빗발치는 거리로 나섰다. 한 손에 귀 떨어진 지우산을 들고 한 팔에는 부대종이로 둘둘 싼 신문을 끼고, 오늘 석간신문요, 하고 목청껏 외치고 다녀도 선뜻 신문 사는 사람이 드물었다. 하늘에는 먹장구름이 덮여 해 지는 시간을 가늠할 수 없다 보니 저녁 무렵이면 시계 점포를 기웃거리다 저녁밥 짓는 시간을 가늠하여 집으로 걸음을 돌렸다. 신문이 잘 팔리지 않는 날은 반바지 아래 비에 젖은 썰렁한 종아리가 후들거릴 정도로 집으로 걷는 걸음이 다른 날보다 무거울 수밖에 없었다. 비에 쫄딱 젖은 옷을 통해 느껴지는 한기도 그렇지만, 물 괸 고무신 안에 뽈작거리는 소리만큼이나 허기가 배를 볶아대었다. 김천댁 구멍가게까지 오면 그네가 드럼통 철판에 익혀내는 풀빵 내음이 절로 입안에 군침을 돌게 했다. 고기 반찬에 쌀밥 한번 들퍽지게 포식해봤으면, 할 정도로 대구 생활의 내 소원은 그저 먹는 생각뿐이었다. 짜구난다, 식충이 된다, 머리가 나빠진다는 말을 달아 사기 밥그릇에 보리쌀을 칠 할이나 섞어 솜사탕처럼 부스스 담아주는 밥그릇을 비워낸 뒤에도 숟가락을 상에 놓기 싫었다. 그렇다고 늘 일정한 양으로 짓는 밥이라 내가 더 먹을 밥이 남아 있지 않았다.

"길남아, 오늘도 신문 다 못 팔았어여? 쯔쯔, 비를 그렇게 맞고 감기 들겠어여. 어린 나이에 고생이 많구만."

김천댁은 장마가 들고부터 내가 귀가할 적마다 이렇게 한 마디씩 위로의 말을 해주었다.

그렇게 궂은비 내리던 어느 날이었다. 그날도 신문 여덟 부에서 두 부나 남겨 집으로 돌아왔을 때, 김천댁 가게 처마 아래 흰 노타이 차림에 서른 줄의 사내가 풀빵 굽는 김천댁에게 무슨 말인가 묻고 있었다. 얼굴이 팔초하게 생긴 사내였다.

"……글쎄요. 아주머니가 그렇게 말해도 우리를 속이진 못해요. 그 새끼가 어디에 거처를 두고 나다니는지만 대라니깐요." 말하던 사내가 나를 보자 말을 끊었다.

김천댁은 두려움에 찌든 얼굴로 나를 흘낏 보았을 뿐 아무 말이 없었다. 나는 우산을 접고 드럼통 옆을 거쳐 가게와 붙은 부엌으로 빠져나갔다. 바깥마당에서 중문으로 걸을 때, "학생, 나 좀 보자구" 하는 말이 뒤쪽에서 들렸다. 나는 우산을 펴 들고 걸음을 멈추었다. 김천댁 가게에서 나온 사내는 내 우산 아래로 들어왔다.

"고학생이로군. 내, 말 좀 묻겠어. 근데 말이야, 너 복술이 엄마 찾아오는 사람 더러 봤지? 뺨에 칼자국이 있는 사람인데 내 나이와 비슷할까. 그런 남자 말야."

사내가 매서운 눈길로 나를 갈마보며 물었다.

"그런 사람 한 분도 본 적 읎는데예."

내가 어물거리며 대답했지만 나는 단박 사내가 말한 사람을 기억해내었다. 두 차례인가 나는 그를 본 적 있었다. 내가 신문팔이를 막 시작했던 어느 날 낮, 내가 신문사로 가려 집을 나서다 김천댁 방에서 부엌으로 나서는 그를 처음 보았다. 깜조록한 살갗에 뺨에서부터 턱으로 긴 생채기가 있어 기억하게 된 얼굴이었다. 그는 전쟁이 끝나고 한동안 서민들의 평상복이라 할 만한 검정물 들인 군복을 입고 있었다. 또 한 차례는 한 달쯤 전 저녁 무렵이었다. 우연이겠지만 장관동 긴 골목길로 들어서서, 내가 그의 뒤를 따라온 적이 있었다. 그는 휘적휘적 걷다 이따금 뒤를 돌아보았는데, 나와 눈이 마주치자 알은체 계면쩍은 미소를 입가에 흘렸다.

"보아하니 중학생이구나. 몇 학년이니?"

"학교에 안 댕기는데예."

"그럼 신문팔이냐?"

"예."

그 질문에서 나는 어른들이 신문 배달은 고학생, 신문팔이는 학교조차 다니지 않는 아이로 나누어 구별함을 깨달았다.

"너 말이야……"

중문께에서 저벅거리는 발소리에 사내가 말을 끊었다. 내가 돌아보니 평양댁 맏아들 정태 씨였다. 그는 우산 없이 기침을 콜록거리며 바깥마당으로 나서고 있었다. 우리를 보는 그의 핏발 선 퀭한 눈이 이상한 열기로 번득였다.

"그럼 가봐. 다음에 또 보자고."

사내가 하려던 말을 중단하고 빗발을 피해 가게 부엌으로 몸을 돌렸다.

나는 중문을 거쳐 안마당으로 들어서며 사내에게, 칼자국 있는 사람을 본 적 없다고 하기를 잘했다고 생각했다. 전쟁 났던 해 9월 하순, 서울이 수복되고 어머니는 누나와 내게, 아버지에 대해서 누가 묻는다면 비행기 공습으로 돌아가셨다고 대답하라고 신신당부했다. 누가 우리 식구 서울 생활을 두고 무엇을 묻든 무조건 모른다고만 대답하라고 주의를 주었다. 그래서 나는 국군이 서울을 수복할 무렵부터 집과 발걸음을 끊어버린 아버지가 비행기 공습으로 돌아가셨다는 말을 결혼할 때까지 진실로 믿었다. 그 뒤부터 지금까지는 아버지가 정말 그렇게 돌아가셨는지, 납치, 아니면 단신 월북해버렸는지, 비명횡사했는지 확실히는 모르지만, 어쨌든 전쟁 통에 행방불명되었다고 여기며 살아왔다. "내가 보기에 니 애비가 전쟁 나기 전에사 무신 사상 관계에 나서서 뒤에서라도 그런 일을 보지사 않았다. 그러나 전쟁 나고 그 아수라 판에 남정네가 목숨 부지할라 카모 무신 일이든 몬 했겠노. 피난 가지 말라 캐놓고 고관들 먼첨 살짝 한강 넘어 피난 갔다며 이 박사를 욕할 때까지사 그렇지 않았던 것 같은데, 그해 7월 중순부터 집발이 뜸해져, 내가 이상하게 생각했지러. 그래도 니 애비가 집에 와서는 밖에서 무슨 일을 한다고 말하지 않아 남정네가 무슨 꿍꿍이 수작질을 하는지 몰랐지러. 그래도 어데서 구해오는지 그 귀한 양석을 지고 오곤 했지러. 전쟁 통에 웬 쌀이요, 하고 내가 물어도 대답을 않데. 남정네가 밖에서 하는 일을 집에 앉은 여편네가 꼬치꼬치 묻기도 그렇고……" 내가 결혼 날짜를 받아뒀을 무렵 어머니가 아버지의 마지막 전쟁 적 행적을 두고 들려준 유일한 말씀이었다. 내가 가정을 갖게 될 그 무렵만 해도 전쟁으로부터 세월은 물처럼 흘러 아버지가 살아 식구 앞에 나타나리란 희망은 포기하고 있었다. 어머니는 그런 뜻에서 내게 아버지를 두고 어릴 적 입에 담았던 비행기 공습이 아닌, 행방불명 사실을 밝혔을 터였다.

내가 아래채로 들어서자 어머니는 쪽마루 앞에 나앉아 비가 내리는 하늘을 멍하니 바라보고 계셨다. 얼굴은 수심에 차 있었다. 선례 누나는 간이 부엌 앞에 쪼그리고 앉아 한 손에 영어 단어장을 들고, 다른 손에는 솥이 얹혀진 풍로 아궁이에 부채질을 하다 나를 보았다. 인제 오나, 하고 누나가 작은 소리로 말했다. 준호 아버지를 닮았는지, 애늙은이처럼 장난치거나 재담을 떨거나, 심지어 웃을 적도 없는 길중이는 방바닥에 엎드려 몽당연필에 침칠해가며 숙제를 하고 있었다. 막내는 숙제하는 형 옆에 엎드려 폴코를 빨아 먹으며 구경했다. 집안 공기가 늘 그렇듯 날씨처럼 음울했다.

본격적인 장마가 들고부터 어머니의 일거리가 뜸해져, 내가 물에 빠진 새앙쥐 꼴로 돌아와도 누구 하나 반겨주는 사람이 없었다. "길남아, 비 오는 날은 신문팔이도 쉬어라. 신문도 안 팔릴 낀데 고생이 너무 많구나." 어머니가 이렇게 말로 위로해주어도, 나는 "괜찮심더. 할 때까지 열심히 해볼랍니더" 하고 대답했을 터였다. 그러나 어머니는 새앙쥐 꼴이 되어 오들오들 떨며 집으로 들어서는 나를 봤음에도 아무 말이 없었다. 다른 집 아이들과 달리, 아니 누나와 길중이도 학교에 가는데, 학교도 못 다니며 돈 버느라 고생한다는 말씀조차 안 해주시다니. 그런 말을 목구멍 안으로 중얼거리면 나는 서러움으로 눈물이 핑글 돌았다.

저녁밥을 먹을 때 어머니는, 물난리가 이렇게 심한데 아무리 팔자 좋은 한량이라도 누가 요릿집에 퍼질러 앉아 상다리 부러질 술상 받게 됐느냐는 말만 했다. 이렇게 일거리가 없어서야 우리도 굶어 죽겠다며, 어머님은 밥맛조차 없는지 밥을 반 그릇도 못 비우고 숟가락을 상에 놓았다. 어머니가 남긴 밥을 보자 내 숟가락질이 더욱 빨라졌다. 내 밥을 어서 먹고 어머니가 남긴 반 그릇을 내 몫으로 차지하기 위해서였다.

"길남아, 내 남긴 밥 니가 묵거라."

쪽마루에 나앉은 어머니 허락까지 떨어지자, 나는 어머니가 남긴 밥을 호박잎 넣고 끓인 내 된장국에 얼른 부어버렸다.

"비가 이래 안 와도 여름철은 너무 더부인께 어데 술장사가 잘되겠습니껴. 막걸리 파는 집 아지매들도 여름에는 장사가 잘 안 된다 카던데예."

나는 기분이 좋아 어머니에게 한마디했다.

"나돌아 댕기다 보이 니도 세상 물정 다 아는구나. 제법 시근(식견)이 텄어."

나를 돌아보며 어머니가 힘담없이 웃으셨다.

전등불이 몇 차례 깜박였으나 불은 들어오지 않았고, 바깥은 빗발 속에 땅거미가 자욱 내리고 있었다.

나는 저녁밥을 먹으면서도, 왜 김천댁이 나를 찾아 안마당으로 들어오지 않을까 궁금해하며 열려 있는 중문에 자주 눈을 주곤 했다. 틀림없이 김천댁이, 팔초하게 생긴 그 사내가 무슨 말을 묻더냐고 내게 확인할 줄로 알았던 것이다.

나는 저녁밥을 먹은 뒤, 바깥마당으로 나가보았다. 김천댁의 부엌으로 들어가자 다른 날과 달리 일찍 가게문은 닫혀 있었고 깜깜한 방 안에서 훌쩍이는 소리가 들렸다.

"어무이, 어무이······" 엄마를 찾는 복술이 울음소리였다.

"복술아, 울지 마"하며, 나는 방문을 열었다.

"길남인가."

깜깜한 방 안에서 들려온 목쉰 남자 목소리에 나는 하마 터면 방문턱에 주저앉을 뻔했다. 복술이나 김천댁 외는 남자 어른이 방에 있을 줄 미처 생각을 못 했기에, 놀란 나머지 그 목소리 중니조차 가려낼 수 없었다.

"누, 누굽니껴?"

"나 정태디. 어서 들오라구."

사람은 보이지 않고 목소리만 들렸다.

"어두버서······ 호롱불이라도 켜고 있지예."

"켜나 마나디 뭘."

나는 무릎걸음으로 방에 들어가 방문을 닫았다. 핏기 도 는 퀭한 눈에 광대뼈가 불거진 정태 씨의 평소 모습이 어둠 속 에 우련하게 떠올랐다. 폐가 나빠 징집이 면제된 정태 씨는 평 양댁이 어렵사리 구해오는 정제로 된 약을 먹고 있었는데, 그 네 말로는 약이 효험이 있어 경과가 썩 좋다고 했다. 미군 의 무대에서 몰래 빼돌린다는 나이드라지드란 염소똥만 한 알약 을 입에 털어 넣는 정태 씨를 나는 여러 차례 본 적 있었다.

"복술아, 니 어무이 어데 갔노?"

"그 사람이 우리 어무이 데불고 갔데이. 내 밥도 안 주고 마 그 사람 따라 가뿌렸데이." 복술이가 훌쩍거리며 대답했다.

"팔다 남은 풀빵을 내가 줬는데두 이렇게 짜군"하곤, 정 태 씨가 내게 물었다. "길남아, 턱이 뾰주룩헌 그 간나이새끼 말이디, 그 새끼가 너한테 뭘 묻디?"

"뽈대기(빰)에 칼자국 있는 남자가 혹시 복술이 어무이 찾아 안 오더냐 캅디더." 내가 망설이다 대답했다.

정태 씨가 마당 깊은 집 사람들 중에는 김천댁과 가장 가깝게 지냈다.

"개새끼, 무슨 꼬투릴 잡아내갔다구."

"그 사람이 머 하는 사람인데예?"

"사냥개 아닌가."

"개라고예?"

"형사 말이디."

"복술이 어무이가 멀 잘몬했는데예?"

"넌 아딕 몰라두 돼. 그런 니유를 알려면 더 크야디. 조국 해방이 어서 되든가."

나는 왠지 무서운 생각이 들었다. 어둠 속에 그와 마주 보고 앉아 있기가 섬뜩하여, 엄마가 찾을는지도 모른다며 나는 밖으로 나와버렸다. 내가 밖으로 나오자, 잠시 잠잠하던 복술이의 울음이 다시 터졌다. 정태 씨의 쿨룩이는 기침에 이어, 그가 복술이를 달래는 소리도 들렸다.

정태 씨는 오전 동안은 방에서 나오지 않은 채 책만 읽었다. 오후에는 더러 산책 삼아서인지 누구를 만나러 가는지 외출할 적이 있었지만 주로 김천댁 구멍가게 문턱에 걸터앉아 있을 적이 많았다. 나는 정태 씨가 김천댁과 정답게 이야기를 나누는 모습을 자주 볼 수 있었다. 준호 아버지가 마당 깊은 집 어느 누구와도 사귀지 않는다면, 정태 씨는 제 식구 외 오직 김천댁하고만 말길을 트고 지냈다. "야, 너 김천댁하구 너무 친하디 않아? 듣자 허니끼니 행길에 나앉아 얘기 자주 한다더만. 그러니 동네 사람들이 입을 안 댈 수 있갔어. 총각과 과부가 정분 튼다는 소리 듣기 좋아 기러기니?" 평양댁이 아들에게 핀잔 놓는 말을 나는 판자벽을 통해 듣기도 했다. 그러나 정태 씨는 제 어머니 말에 그리 신경을 쓰지 않는 눈치였다. 그러다 보니 김천댁 가게 앞의 오후 시간에는 정태 씨 아니면 경기댁을 볼 수 있었다. 어떤 때는 두 사람이 함께 나앉아 있을 적도 있었다. 남의 일에 참견 잘하고 수다스러운 경기댁이 끼었을 때 정태 씨는 골목길을 오가는 사람들을 그 퀭한 눈으로 뜯어보며 입을 꿰매고 있었다.

이튿날 아침, 내가 잠자리에서 일어나니 구름이 무겁게 실리기는 했으나 비는 그쳐 있었다. 날씨는 갤 것 같지 않았다. 중문 변소 앞에 쪼그리고 앉아 손톱이 타도록 담배를 피우던 경기댁 옆을 거쳐 나는 바깥마당으로 나갔다. 밤사이 김천댁이 돌아와 부엌 앞에서 아침밥을 지으려 풍로에 불을 피우고 있었다.

"돌아오셨네예. 어제저녁에 복술이가 많이 울어쌌던데예."

"쪼매 전에사 왔다. 복술이를 혼자 두기 머했던지 어젯밤에는 정태 그 사람이 여게서 같이 잤어여."

김천댁은 밤새 잠을 못 잤는지 기미 앉은 푸석한 얼굴에 눈이 충혈되어 있었다. 머리 매무새도 검불처럼 부스스했다.

"어데 갔다 왔습니꺼?" 대충 짐작이 갔지만 내가 당돌하게 물었다.

"아, 저…… 친척집에 댕겨왔어여. 쌀을 쪼게 얻어왔제."

내가 아래채로 돌아가려 하자, 김천댁이 생각난 듯 물었다. "길남아, 너거 아부지는 우짜다가 돌아가셨다 캤어여?"

"서울 살다 폭격 맞고예."

"니 눈으로 그 시신을 봤어여?"

"몬 봤심더. 하여간 그렇게 돌아가셨심더."

"참말로 모두 우짜다가 이 지긋지긋한 땅에 태어났는지 모르겠어여."

김천댁이 찢어진 부채로 풍로 아궁이에 바람을 넣으며 한숨을 쉬었다. 잔솔가리 불쏘시개 얹힌 풍로에서 푸른 연기가 피어올랐다.

"아래채 어른들 말씀 들으이께 복술이 아부지는 살아 계시다 카던데예?"

나는 그동안 궁금히 여기던 말을 꺼냈다. 아무도 본 적 없는 복술이 아버지를 두고 아래채 사람들이 자주 쑥덕거렸었다. 그 말 끝에는 반드시 김천댁 친척 된다는 주인아주머니가 함께 오르내렸다.

"글쎄, 그 사람이야말로……"

김천댁은 말꼬리를 흐리며 치마귀를 걷어 눈물을 닦았다. 풍로에서 피어오르는 연기 탓만은 아니었다.

내가 아래채로 돌아오자, 옆방에서 평양댁의 목청 높은 소리가 들렸다. 김천댁 방에서 잠을 잔 정태 형을 꾸짖는 소리였다.

그해 여름 장맛비에 마당 깊은 집이 겪은 물난리는 모두 세 차례였다. 그 세 차례 중 마지막으로 겪은 7월 하순의 물난리는 정말 대단했다.

그날은 종일 바람이 세차게 몰아치고 비가 줄기차게 퍼부었다. 내가 신문팔이를 끝낼 즈음 동성로 라디오 가게의 처마 아래 내놓은 스피커를 통해 들은 뉴스에 따르면, 저녁 6시 현재 대구 지방 일일 강우량이 110밀리가 넘는다 했다.

그날도 전깃불은 감감무소식이었다. 우리 식구는 어둑신한 방에서 모두 말없이 저녁밥을 먹었다. 이렇게 바느질 일감이 들어오지 않으니 내일부터는 점심밥을 굶기로 하자고 어머니가 말했다. 옆방에서도, 장맛비로 장사가 안 되니 첫애 약값이며 둘째 월사금도 못 대겠다는 평양댁의 푸념 소리가 들렸다.

저녁밥을 먹고 나자 호롱불을 밝혀 선례 누나와 길중이는 밥상에 머리 마주 대어 공부를 했고, 어머니는 일감이 없어 일찍 자리를 차지하여 누웠다. 나와 막내아우는 쪽마루에 나앉아 어둠에 묻혀가는 빗발을 바라보고 있었다.

간이 부엌 루핑 지붕을 때리는 빗소리, 마당에 꽂히는 빗소리, 우리 방 옆 담벼락의 개골창에 콸콸 소리치며 쏟아붓는 물소리, 세상이 온통 빗발에 갇혀 있는 듯 느껴졌다.

"길남아, 너 그쪽 수채가 어찌 됐는가 한번 가봐. 장대비가 이렇게 쏟아지는데 그 물이 다 어디로 빠져나가."

쪽마루에 나앉아 담배를 피우던 경기댁이 두 방 건너 아우와 내 쪽을 보고 소리쳤다.

나는 고무신을 꿰고 처마 아래를 거쳐 집 모퉁이로 돌아나갔다. 짙어오는 어둠 속에 흙탕물이 개골창을 따라 소용돌이치며 내려갔으나 물이 시원하게 빠지지 않았다. 뒷집은 우리가 사는 아래채보다 지대가 두 계단쯤 높았고, 개골창은 그 집과 막아선 판자담 개구멍으로 이어져 있었다. 잡초 더미에 덮여 늘 퀴퀴한 수채 내음을 풍기던 개골창이 장대비로 말끔

히 씻겨 내려가는 것까진 좋았으나 비가 계속 쏟아지고 물이
잘 빠지지 않는다면 언제인가 마당에도 물이 차게 될 터였다.
나는 담벼락에 세워둔 작대기로 집 모퉁이를 돌아 나가며 개
골창을 쑤셨다. 그러나 뒷집 개구멍으로 물이 빠져나가는 속
도가 느려, 그쪽은 웅덩이를 이루고 있었다. 나는 개구멍을 작
대기로 몇 차례 더 쑤시곤 안마당으로 돌아 나왔다. 어느 사이
러닝셔츠와 반바지가 비에 흠씬 젖고 말았다.

"정말 그놈으 비 지긋지긋이두 내리누만. 아랫구멍 조리
개가 풀렸나 봐. 그런데 얘는 왜 아직 안 들어와. 전깃불두 없
는 데서 어디 공부가 제대로 되나." 경기댁이 담배꽁초를 마당
에 내던지며 열려 있는 중문께를 보고 중얼거렸다.

야간학교가 방학을 맞자 미선이 누나는 영어학관에 다니
고 있었다. 미선이 누나는 모양깨나 내는 멋쟁이 처녀지만 부
지런하고 살뜰한 개성 처녀였다. 저녁밥 짓기는 경기댁 몫이
었으나 아침밥 짓고, 직장과 야간학교에 다니고, 일요일이면
교회에 다녀와 게으른 제 어머니 대신 밀린 빨래를 죄 해치웠
다. 이틀에 한 번씩 긴 머리채를 빨고, 출근 때의 양장복과 학
교 교복을 깔끔하게 차려입고 다니자면 그 세탁과 간수가 보
통이 아닐 텐데 그녀는 그런 모든 일을 수월하게 해내었다.
"껌 씹는 소리가 안 날 때모 잠자는 모양이지만 저 개성 처자
는 언제 잠자는공 모리겠다"고 어머니가 말할 정도로 미선이
누나는 곰바지런했다.

"비가 이렇게 계속 쏟아부으면 마당에 또 물이 찰 텐데 이
를 어쩌누?"

경기댁이 혼잣말을 하며 우리 방 쪽을 바라보았다.

"길남아, 니한테 또 머를 시키모 가지 마. 자기는 어데 손발이 읎나. 답답하모 장성한 자식을 시키제, 모자가 손 재워놓고 앉아 꼭 어린아만 부리묵으려 들어."

방 안에 누웠던 어머니의 빈정거림이었다.

휘파람 소리가 들리는 것으로 보아 멀대키의 흥규 씨가 방 안에 있었다. 그런 빈정거림만큼 어머니는 평소에도 경기댁을 곱게 보지 않았다. 경기댁을 싫어하기는 평양댁도 마찬가지여서, 경기댁의 수다스러운 말상대는 늘 고분고분한 준호 엄마와 위채 노마님이었다.

그날 밤, 기어코 일이 터지고 말았다. 줄기차게 따르는 빗소리를 들으며 우리 식구가 한잠이 들었을 때였다.

"이기 무신 소린고."

어머니 말에 나는 잠에서 깨어났다. 칠흑의 어둠과 빗소리만이 내 눈과 귀에 들이찼다. 비 오는 날은 모기장을 치지 않았지만 늘 그렇듯 방문은 닫아두고 있었다. 어머니는 여름철에도 방문을 닫고 문고리를 단단히 채우고 잠을 잤던 것이다. 도둑이 가져갈 물건이라곤 손재봉틀이 고작이었으나 내가 더 커서 깨닫게 된 점이었지만, 그것은 과수댁으로서의 습관이었다.

"이 집에는 사람도 없나! 집이 떠내려가도 그만이란 말인가. 아무리 세 들어 사는 남의 집이라지만 이건 해도 해도 너무하잖나 말이다!"

번개가 문살을 하얗게 밝히다 스러진 뒤, 바깥에서 들려온 땡고함이었다. 술 취한 목소리로 보아 주인아저씨가 틀림없었다. 나는 시간이 몇 시쯤이나 되었는지 알 수 없었다. 주인아저씨는 야간 통행증을 지니고 다녔기에 그분의 귀가는 12시 통행금지 시간과 상관이 없기도 했다.

어머니는 어둠 속에서 서둘러 겉옷을 찾아 입었다. 바쁜 일감이 밀렸을 때나 선례 누나가 공부를 할 때가 아니면 석유를 아낀다고 호롱불조차 켜지 않는 당신이 그때는 등피를 들치고 호롱 심지에 불을 당겼다.

"마당이 바다가 돼도 잠만 자면 다냐! 그 방에는 물이 안 들어올 것 같아 잠만 자!"

바깥에서 주인아저씨가 다시 혀 꼬부라진 소리를 질러대었다.

그제야 아래채 방마다 웅성거리는 소리가 들렸다. 아우 둘만 잠에 곯아떨어졌고, 선례 누나도 일어나 옷을 챙겨 입었다. 어머니가 문고리를 따고 방문을 열자, 호롱불빛에 드러난 마당은 장관이었다. 방문 앞 쪽마루가 남실거릴 정도로 마당은 물바다를 이루었고, 마당 가운데 붕긋 솟은 화단은 섬이 되어 떠 있었다. 번개가 하늘을 가르자, 중문 쪽에서 우산을 펴든 주인아저씨가 무릎까지 물에 잠긴 채 위채로 비칠걸음을 걷는 모습이 얼핏 보였다. 마당에 넘실대는 물 위로 장대 같은 빗발이 꽂혀 내렸다. 빨래판과 고무신짝 따위도 물에 둥둥 떠 있었다.

"풍로며 부엌살림이 물에 다 잠겼겠다. 숯까지 물에 잠겼으니 아침밥을 어찌한담."

"이거 덩말 웬 비가 이렇게 쏟아디누. 마당이 대동강이 됐겠수다."

"아이구, 우리 신발 다 떠내려갔겠다!"

"방에까지 물이 들어오겠네. 이 일을 어짜누!"

아래채 이 방 저 방에서 고함이 터져 나왔다.

위채 대청에 남포등 두 개가 환하게 켜졌다. 잠을 털고 밖으로 나온 아래채 사람들은 쪽마루에서 더 나갈 수 없어 모두 발만 동동 굴렸다.

다섯 칸 돌층계 위 위채는 덩실하게 높아 겨우 세번째 계단에서 물이 찰랑거렸다. 주인집 식구는 대청 끝에 늘어서서 더러 선잠 깬 하품을 하며, 더러는 기지개를 켜며 물바다를 이룬 너른 마당과 수선을 떠는 아래채를 무슨 구경거리라도 난 듯 내려다보고 있었다. 아래채가 방까지 물에 차더라도 위채까지 물이 올라올 리야 없겠거니, 하는 느긋한 태도였다. 사실 위채 대청까지 물이 찬다면 장관동은 물론 종로통과 약전골목이 몽땅 물에 잠긴다는 이치였다.

"이거 우짜모 좋노. 저라다가 아래채가 떠내려가겠데이."

노마님이 지대에서 외쳤으나 차마 물을 건너 아래채로 건너올 엄두는 나지 않는 모양이었다. 노친네가 아래채로 건너와본들 어떤 수단이 있을 리 없었다.

"수돗간 수채도 꽉 막힌 모양이네예. 물 빠지는 소리가 안 들립니더."

위채 안 씨 아줌마가 부엌과 붙은 골방에서 지대로 나섰다.

"우리 정지는 괜찮고?"

노마님이 안 씨에게 물었다.

"우리 정지에는 물이 안 들어왔심더."

안 씨가 물속으로 첨벙 들어가 수돗가에 늘어둔 집기들을 건져 올리기 시작했다. 준호 엄마와 어머니가 먼저 간이 부엌으로 허리 숙여 들어가 식기며 부엌 도구를 닥치는 대로 건져 내어 쪽마루에 올려놓았다.

"보트를 띄워도 되겠군."

팔짱을 끼고 위채 대청에 선 주인댁 맏아들 성준 형의 말이었다.

"내가 잡아온 물고기도 다 떠내려갔겠데이."

주인댁의 막내아들 똘똘이 형이 호들갑을 떨었다. 그는 아버지네 방적공장이 있는 침산동으로 놀러 나가 시 외곽으로 빠지는 그쪽 금호강 줄기에서 피라미며 올챙이를 잡아 병에 넣어 와선 연못에 풀어놓았던 것이다.

바지 아랫도리를 흠씬 적신 주인아저씨가 위채 지대 위로 올라섰다. 사랑채 난간에 잠옷 차림으로 나와 섰던 주인아주머니가, 이 장대비에 웬 술을 그렇게 늦도록 자시고 다니냐며 서방을 닦아세웠다.

"이 장마철에도 기계는 계속 돌아가는데, 집구석에 죽치고 있으모 누가 공짜밥 멕여줘. 삼시 세끼 먹기가 어데 쉬운 줄 아나. 거래처는 물건 빨리 빼내달라고 아우성치제, 교제술 얻어묵어가미 튕겨야 포목값도 하루 다르게 날개를 다는 기라."

주인아저씨의 신둥부러진 말에 아래채 누구인가가 희떱다는 듯 한마디 했다.

"밥 먹기가 어디 농담인 줄 아남. 엔간히두 힘들겠수다. 공짜밥 먹기 힘든담 교제술은 또 무슨 말이다."

위채까지는 들리지 않게 정태 씨가 빈정댔다.

비가 계속 쏟아진다면 곧 마당의 물이 쪽마루를 타 넘어 방 안까지 밀고 들어올 기세였다. 쪽마루 아래를 더듬어 신발을 찾고, 건져내는 대로 부엌 도구를 우선 쪽마루에 옮기느라 아래채 사람들이 경황 없이 부산을 떨 때, 준호 아버지가 마당의 물을 첨벙거리며 우리 방 앞으로 건너왔다. 어느 사이 그의 성한 왼손에는 삽자루가 쥐어 있었다. 나도 장대비를 맞으며 마당으로 내려섰다. 물이 정강이 위까지 차올랐다. 나는 준호 아버지의 뒤를 따라 우리 방 모퉁이로 돌아 나갔다. 개구멍도 보이지 않았고, 번쩍이는 번갯불에 비친 좁은 뒤란은 물바다를 이루고 있었다. 판자담 건너 뒷집에서도 사람 말소리와 물 퍼내는 소리가 들렸다.

"이보슈, 그쪽 사정은 어떠우?"

삽자루로 개골창을 쑤시던 준호 아버지가 판자벽을 치며 저쪽 집에 대고 물었다.

"마당과 정지에 물이 찼심더. 하수구가 막혀버렸는지 물이 통 빠지지가 않네예."

뒷집 남자의 대답을 듣고 준호 아버지가 안마당으로 돌아나왔다.

"안 되겠구믄. 모두들 양동이 들구 나서우. 바깥마당으루 물을 퍼내는 도리밖에 방책이 없겠소."

준호 아버지가 아래채 사람들에게 말했다.

각 방마다 자기네 물건 챙기기에만 바빴지 사람들은 준호 아버지 말은 들은 척도 않았다. 좁다란 선반에 이불이며 옷 보퉁이를 포개어 올리다 못해, 홍규 씨와 미선이 누나는 큰 트렁크를 맞잡아 들고 위채 지대로 옮기고 있었다. 평양댁과 순화 누나는 군복 보퉁이를 이고 마당의 물을 첨벙거리며 경기댁 자식들 뒤를 따랐다.

"방 안에 물이 넘쳐오모 우짜노, 우리는 재봉틀부터 먼첨 치아야제."

어머니는 용을 쓰며 손재봉틀을 선반에 올려놓고 있었다. 누나는 이불을 싸 들고 나왔다. 길중이는 말없이 자기 책과 공책을 챙겼고, 막내아우도 깨어나 방문 앞에서 오들오들 떨었다.

"비 온다. 마이 온다. 국물 마이 온다."

막내가 천둥 치는 하늘을 보며 손뼉을 쳤다.

"근본 대책을 강구해야지. 즈이 물건만 챙기면 다냐! 야, 학생, 양동이 들구 따라오라구!"

준호 아버지가 군복 윗도리를 벗어젖히며 앉은뱅이책상을 들고 나오는 평양댁 둘째 아들 민이 형에게 소리쳤다. 집에서는 목소리조차 듣기 힘들었던 그의 수센 고함에 아래채 사람들이 모두 놀라 쳐다보았다.

"맞아. 모두 그 상이군인 말대로 하더라고. 우리 집 마당이 다른 집보다 깊으이 물을 퍼내는 도리밖에 없겠어. 골목길 하수구 쪽은 그런대로 물이 잘 빠지더만." 위채 지대에서 수건으로 얼굴과 머리를 닦던 주인아저씨 말이었다.

준호 아버지의 고함에 찔끔해했던 홍규 씨와 민이 형이 주인아저씨 말을 좇아 들통을 찾아 들고 앞서 걷는 준호 아버지를 뒤따라 중문 쪽으로 갔다. 머릿수건 쓴 준호 엄마는 갓난아기를 포대기에 싸안고 위채로 올라갔다. 나도 들통을 들고 민이 형을 뒤따랐다.

"한강물을 쪽박으로 퍼내기지, 하늘 똥구멍이 뚫려 비가 억수루 쏟아지는데 이 물을 어찌 다 퍼내누."

나무 들통에 그릇 따위를 담아 들고 위채로 가던 경기댁 말이었다.

한 손을 제대로 못 쓰는 준호 아버지는 삽을 흥규 씨에게 넘겨주며, 흙을 퍼내어 중문 문지방을 돋우라고 말했다. 민이 형에게는 중문 미닫이 문짝을 떼어내도록 지시했다. 자신은 장독대 옆 고방을 뒤져 헌 가마니 두 장을 들고 왔다. 흥규 씨가 바깥마당 담장 밑 흙을 삽질로 떠내어 문지방을 돋우자, 준호 아버지가 가마니를 그 위에 덮고 다져 밟았다.

"그쪽에 있는 여자들두 이리루 모두 오시우. 빨리빨리 오라니깐 뭘 우물거려요!"

준호 아버지의 당찬 고함에 정태 씨가 앞장을 서고 그 일가족이 따랐다. 어머니와 선례 누나, 미선이 누나도 따라왔다.

"정태야, 넌 그 몸으루 안 돼. 비 맞으면 안 된다구. 기팀이 도져."

평양댁이 말했으나 정태 씨는 돌아서지 않았다.

"협동을 해야지 일이 쉬워요, 어서 세 개 조루 짜시우. 한 사람은 물을 퍼내구. 퍼낸 물을 한 사람은 계단 중간참에서 전달하구, 한 사람은 바깥마당으루 물을 버리는 겁니다. 남자들이 아래쪽에 서시우."

준호 아버지는 어느 사이 지휘관으로 돌변해 있었다. 러닝셔츠는 몸에 찰싹 달라붙었고, 여러 사람 앞에 처음 보이는 오른쪽 고무팔과 고무팔 끝에 달린 쇠갈고리가 위채 대청에서 비친 남포동 불빛 아래 섬뜩하게 드러났다. 그 고무팔이 묘하게도 여러 사람의 행동을 꼼짝 못하게 묶어놓는 역할을 했다.

"서 있는 대루 조를 짜라니깐. 자, 빨리빨리 움직이우. 줄을 섰수? 그럼 일을 릴레이식으로 시작하시우. 서두르지 않으면 물이 방으루 들어찬다니깐!"

준호 아버지의 지시에 아래채 사람들은 아무 대꾸도 못하고 서 있는 위치에서 대충 세 사람씩 조를 짰다. 가장 힘든 일을 하게 될, 물을 푸는 사람은 홍규 씨·정태 씨·민이 형이 맡고, 순화 누나·미선이 누나·선례 누나가 층계 가운데 섰다. 중문 문지방에서 물을 바깥마당으로 버릴 사람은 어머니·평양댁·준호 엄마였다. 나는 물을 버린 들통을 뒤로 전달하는 역할을 맡았다. 준호 아버지는 중문에서부터 솟을대문까지 퍼낸 물이 잘 빠지게 서투른 삽질로 물길을 텄다.

일은 곧 시작되었다. 장대비에 쫄딱 젖으며 모두 열심히 일을 했다. 조를 짜서 물을 퍼내다 보니 누구나 중도에서 손을 놓고 쉴 짬이 없었다. 한참 그렇게 물을 퍼낼 동안 위채 식구 두엇은 제 방으로 들어가버리고 노마님을 비롯하여 나머지 식구는 남의 일 구경하듯 먼발치에서 지켜만 보고 있었다. 주인집 식모 안 씨가 오고, 사람들 소리에 김천댁이 나왔다. 준호 아버지를 합쳐 다시 한 조가 만들어졌다. 아래채에 어른으로 빠진 사람은 경기댁뿐이었다. 천둥과 번개가 뜸해지더니 그제서야 빗발도 한 고비를 넘긴 듯 차츰 가늘어졌다.

"빨랑 퍼두시요. 남자가 어띠 그렇게 힘이 없디요."

계단 가운데에서 들통을 전달하던 순화 누나가 물을 푸는 홍규 씨에게 핀잔을 놓았다.

"치과가 어디 힘으로 이빨 뽑나요. 그 말씀 듣기가 뭣하구면.”

홍규 씨가 순화 누나 말을 받았다.

“아이구, 처녀 총각 두 사람이 짝이 됐으니 무슨 일 나겠데이. 양동이는 넘가주더라도 손은 잡지 말더라고.”

안 씨 말에 여러 사람이 웃었다.

“미선아, 나랑 자리 바꿔.”

순화 누나가 옆에 선 미선이 누나에게 뾰로통하게 말했다.

“조가 잘 짜였는데 언닌 왜 바꾸제.”

“싫다, 얘. 니가 니 오빠 짝이 되더라구.”

미선이 누나가 얼굴의 빗물을 훑으며 제 오빠 앞으로 갔다. 젖은 블라우스 위로 불룩 솟은 그녀의 젖통에 젖꼭지가 오돌하게 드러났다.

“이거 일할 맛 좀 내려다 영 김새게 됐군.”

홍규 씨가 싱겁을 떨곤 「비의 탱고」를 휘파람으로 불었다. 그때였다.

“그 주인댁 학생들두 여기 와서 거들라구. 느이들은 이 집에서 안 살아! 이 물난리에 주인이 어딨구 세 든 사람이 어딨어. 같이 도와야 할 게 아냐. 도대체 학교에서 뭘 배웠어!” 위채를 향해 준호 아버지가 소리쳤다.

“그 말씀 한번 잘했쉐다.” 정태 씨가 맞장구쳤다.

“예, 그랄까 하던 참입니다.”

주인집 둘째 아들 짱구 형이 바지를 둥둥 걷어붙이곤 계단으로 내려섰다. 똘똘이 형도 따라나섰다.

“야들아, 어데 가노. 그 물이 다 똥물 아이가. 바깥 통시가 넘쳤다는 것도 모리나.”

주인아주머니 말에 아랑곳없이 둘은 빗발 아래로 나서서 물속에 종아리를 담갔다. 뒤따라 바지를 걷던 성준 형은, 정말 그렇겠군, 하며 멈칫 물러섰다.

"쟈들이 우짤라고 저래 덤벙거려. 그 물이 죄 똥물이라 캐도 그래여."

주인아주머니가 두 아들을 나무랐다.

"누가 여기 와서 똥물 먹어랴 했수다레. 이 물이 덩 똥물이라면 가티 퍼내야 냄새라두 덜 날 게 아니라요." 정태 씨가 위채에 대고 소리쳤다.

"준호 아버지 말이나 정태 도령 말이 맞아요. 준호 아버진 어디 혼자 살겠다구 전장터에서 싸웠나요. 이럴 때는 내남없이 발 벗고 나서서 서로 도와야 하우." 준호 엄마가 작은 소리로 그 말을 받았다.

준호 아버지나 정태 씨가 위채로 쳐들어오기라도 할까 보아 주인아주머니가 술 취한 서방을 부축하여 사랑으로 들어가 버렸다. 성준 형도 물 퍼내기가 꺼름칙하던 참에 슬그머니 자기 방으로 사라졌다. 대청에는 노마님만 남았다.

"쟈들이 여름 고뿔 들리몬 우짤라고 저라노. 내일 공부 시간에 졸다가 선상한테 회초리 맞겠네."

노마님은 대청 끝에 쪼그리고 앉아 제 손자 둘을 두고 연방 구시렁거렸다.

아래채 어른으로는 경기댁만이 물 퍼내기를 본체만체하며 자기네 가재도구만 부지런히 위채 지대 위로 옮기고 있었다.

주인집 학생 둘과 내가 한 조를 더 짜자, 모두 다섯 조가 됨으로써 중문 앞 계단이 꽉 차버렸다. 뜸해진 빗발에도 다섯 조는 쉬지 않고 열심히 물을 퍼내었다. 한 통이라도 마당의 물을 덞으로써 방 안에까지 똥물이 넘쳐 들어가지 않겠거니, 하는 생각에서인지 모두 말을 잊고 일을 했다. 정말 방 안까지 똥물이 넘쳐 들어간다면 물이 빠진 뒤로도 그 냄새가 방바닥과 벽은 물론 살림 부스러기에까지 배어 오랫동안 남을 터였다.

"51년 여름이었수. 금성 전투에서 중공군 부대와 맞붙었을 때두 이렇게 억수루 비가 왔지우. 칠흑으 밤인데, 웬 놈으 호적(胡笛) 소리는 사방에서 들리는지, 어디 방향조차 종잡을 수가 없더구먼요……"

준호 아버지가 혼잣말을 수월수월 풀어놓았으나 아무도 그 말을 새겨듣거나 받지 않았다. 불과 2, 3년 전이지만 전쟁 이야기라면 그 시절이 하도 끔찍하여 누구도 입에 담기조차 싫은 모양이었다.

"모두들 봐요, 안 보이던 계단이 이제 보이네. 물이 웬만큼 빠졌잖아요!" 순화 누나가 큰 발견이라도 한 듯 탄성을 질렀다.

모두 일손을 멈추고 계단 아래쪽에 눈을 주었다. 내가 보아도 마당의 물은 그사이 반 뼘 정도 줄어 있었다. 수돗간 하수구를 통해, 또는 개골창으로 쉬엄쉬엄 물이 빠지기도 했겠지만 티끌 모아 태산이란 속담대로 여러 사람의 합심에 따른 노력이 그렇게 얼마간의 보람으로 나타난 셈이었다.

"자, 모두 힘을 냅시다." 준호 아버지가 말했다.

그 성과에 용기를 얻어 다섯 조 일손이 한층 빨라졌다.

장마가 물러가고 한동안 불볕더위가 기승을 부렸다. 나는 땀을 뻘뻘 흘리며 신문을 팔러 뛰었다. "아이스께끼이. 아이스께끼 사시오!" 내 또래 아이들이 나무통에 철판 붙인 아이스께끼통을 메고 이렇게 외치고 다니면 시원한 얼음과자 아이스께끼 하나를 먹어보는 게 소원이었으나, 땀 흘려 번 돈으로 차마 아이스께끼를 사 먹을 수는 없었다. 신기료 장수·땜장이·지게꾼, 리어카에 싣고 다니는 채소나 과일 장수를 만날 때, 그들이 어떻게 식구 건사하며 밥 먹고 사는가를 따져보면, 아이스께끼를 사 먹는 사치야말로 내게 해당되지 않았다. 그 시절 나는 이다음에 돈 잘 버는 그런 세월이 오면 여름철에 아이스께끼를 한자리에서 쉰 개쯤 먹어 배 속이 얼어붙게 만들어볼 테다고 결심했을 만큼 아이스께끼와 짜장면의 그 야릇하게 고소한 내음은 선망의 대상이었다.

　마당 깊은 아래채가 꺼져 있다 보니 바람이 지붕 위로만 건너가는지 저녁밥을 먹고 쪽마루에 나앉으면 가슴패기로 땀이 고랑을 팠다. 더욱 장마 뒤끝에 모기떼가 얼마나 극성을 부리는지 날마다 방장 속으로 들어가기 전까지 예닐곱 군데는 그놈들에게 쏘임을 당했다. 그럴 때, 바람이나 쐬러 종로나 약전골목 한길로 나서면, 수박 한 통에 새끼줄로 각진 얼음덩이를 묶어 들고 귀가하는 사람을 자주 볼 수 있었다. 큰 양푼에 잘 익은 수박을 숟가락으로 퍼내어 담고, 거기에 얼음덩이를 조각내어 섞고 사카린을 풀어 식구가 한 그릇씩 나누어 먹는 생각만 해도 나는 절로 등줄기가 시원해지는 느낌이었다. 평양댁네와 경기댁네는 그런 수박 잔치를 자주 벌였다. 그럴 때면 대체로 남의 먹성에 무관심한 체하는 길중이까지 쪽마루에 나앉아 그쪽을 흘깃거리며 맹물로 고이는 침을 삼키곤 했다. 우리 집은 그해 여름 그런 수박 잔치를 한 차례도 벌인 적이 없었고, 그 소원을 우리 식구가 풀어보기는 그로부터 몇 년이 지난 뒤였다. 수박 잔치는 고사하고, 우리 식구가 점심밥조차 굶으며 보낸 그해 여름에 관해서는 나조차 떠올리기 괴로운 기억으로 남아 있다.

점심때면 복술이와 준호를 따라다닐 힘도 없는지 막내아우 길수는 위채 지대 아래를 앙가발이걸음으로 아장거렸다. 노마님과 식모 안 씨가 마루에서 점심밥을 먹으면 사팔뜨기 눈으로, 마치 주린 강아지처럼 지대 아래 오도카니 쪼그리고 앉아 그들의 식사를 입맛 다시며 지켜보곤 했다. 어느 날 하루 길수는, "아이구, 점심 굶는 길수가 불쌍쿠나. 여게 온나, 내 밥 쪼매 주꾸마" 하는 노마님의 선심으로 점심 한 끼니를 얻어먹은 모양이었다. 신문팔이를 마치고 돌아온 그날, 어머니는 길수의 저녁밥을 굶겼다. 거지 새끼마냥 위채에서 한 끼니를 얻어 처먹었으니 저녁밥은 굶어도 싸다고 어머니는 냉담하게 말씀하셨다. 길수는 어머니 말귀를 못 알아들어 왜 자기가 저녁밥을 굶는지 모르고 방구석에 쪼그리고 앉아 맥 빠진 소리로 울음만 질금거렸다. 잠자리에 들어서도 길수는, 배가 고프다며 앓는 강아지처럼 내내 훌쩍였다. 어머니는, 거지도 아닌데 거지 새끼처럼 왜 위채에서 밥을 얻어먹었냐며 지청구만 놓을 뿐 길수의 설움을 달래주지 않았다. 길수를 달래주는 방법은 오직 밥뿐인데, 그 애가 먹을 밥은 남아 있지 않았다. 삼베 홑이불을 둘러쓰고 우는 길수의 울음은 내가 잠들 때까지 이어졌다. 그는 그제야, 밥 안 얻어묵겠다는 말을 울음 속에 여러 차례 옹알거렸다. 다섯 살배기였지만 그날의 경험은 길수의 아둔한 머리로도 깨친 바 있었던지, 이튿날부터는 위채 축담 아래를 아장거리지 않았다. 전쟁 와중에서 겪은 쓰라린 체험은 어머니를 그렇게 정 없이 메마른 여자로 바꾸어놓았던 것이다.

나 역시 그해는 참으로 지긋지긋한 여름을 보내었다. 허기·우울·권태, 한마디로 짐승만도 못한 삶을 증오했고, 나는 고향에서의 주막 더부살이 시절을 그리워하며 하루하루를 힘겹게 넘겼다. 나는 늘 가출할 생각만 했다. 허겁지겁 먹는 꿈이 아니면 길수의 유아기처럼 배들배들 말라 굶어 죽는 꿈만 꾸었다. 거리를 걸을 때 세상이 온통 노랗게 보였다. 나는 뼈 없는 낙지 꼴로 신문을 끼고 노란 거리를 헤매고 다녔다. 그러나 낮이 유난히 긴 그해 여름 동안 나는 집을 떠나지 못했고, 허기로 길거리에 쓰러지는 불상사 없이 겨우 살아남았다. 차라리 길거리에 쓰러져, 어느 자식 없는 부잣집 마나님이 나를 불쌍히 여겨 자기 집으로 데려가 머슴으로라도 부려먹게 되기를 바랐다. 그래서 하루 세 끼니 밥을 배부르게 먹는다면 원이 없을 것 같았다. 쓰러진다는 말이 나왔으니 말이지만, 왜무 같은 껑충다리의 길중이는 그해 여름 잘 넘겨졌다. 그는 동무가 없어 놀러 다닐 줄을 몰랐고 애늙은이같이 늘 표정도 말도 없었다. 방에 있을 때는 바느질 일을 하는 어머니의 잔심부름을 하고, 쪽마루에 나앉아 무슨 생각이 그리도 깊은지 멍하니 하늘 바라기로 시간을 때웠다. 시험지는 늘 백 점만 받아왔으나 결코 뛰어다니는 법이 없는 그가 걸핏하면 다리를 휘청하여 넘어져 무릎을 깨곤 했다. "아무리 점심밥을 굶는다지만 니

놈 다리는 고무다린가, 제대로 서지도 몬 하게." 어머니가 이렇게 퇴박을 해도 길중이는 겁먹은 댕그란 눈만 껌벅일 뿐 대답말이 없었다. 길중이가 그렇듯 선례 누나 역시 야무졌다. 굶는 봉창이라도 하듯 누나는 공부에만 매달렸다. 누나의 희망은 사범학교에 진학하여 졸업과 더불어 복사꽃 피는 시골 마을 초등학교 선생이 되는 길이었다. "평화로운 마을에서 아이들 가르치며 풍금 치며 그렇게 살고 싶어." 누나가 곧잘 하는 말이었다. 전쟁이 나던 해 누나는 초등학교 5학년이었고, 꿈 많은 소녀 시절에 전쟁의 참상을 혹독히 겪은 탓인지 '평화로운 가정'이니 '평화로운 시간'이니 '비둘기는 평화의 상징이란다'는 따위의, 평화란 말을 유독 즐겨 썼다.

그해 여름을 넘길 동안 내가 했던 비행 한 가지는 그 뒤 오랫동안 내 마음에 부끄러운 기억으로 남아 있었고, 그 추억만 떠올리면 괴로움과 연민으로 지금도 얼굴이 달아오른다.

어느 날, 저녁 끼니로 보리죽 한 그릇을 먹고도 나는 얼마나 배가 고팠던지 밤중에 위채 부엌으로 몰래 찾아든 적이 있었다. 속이 쓰려 한밤중에 눈을 뜬 나는 주인집 부엌의 남은 밥을 뒤져 먹기로 작정했던 것이다. 그런 작정을 하기까지 식모 안 씨가 남은 밥을 부엌 어디에 두는지를 엿보아두었다. 나는 살그머니 잠자리에서 빠져나와 반바지를 껴입고 마당으로 나섰다. 몇 시인지 몰랐으나 사위는 고요했다. 나는 우선 변소로 갔다. 먹는 양이 적다 보니 나올 건더기 없는 똥을 누는 체 변소간에 앉아 위채 동정을 살폈다. 방마다 불이 꺼져 있었다. 나는 위채 부엌으로 살쾡이처럼 다가가 닫힌 부엌문을 살짝 열었다. 안 씨가 쓰는 부엌 골방은 깜깜했다. 나는 부엌 안으로 들어가서 시렁 위를 더듬었다. 소쿠리가 만져졌다. 안 씨는 밤새 남긴 밥이 쉴까 보아 밥뚜껑을 덮지 않고 소쿠리로 덮어 두곤 했다. 놋쇠 밥그릇은 밥이 반 그릇쯤 남아 있었다. 나는 손으로 밥을 한 움큼 집어내어 찬도 없이 허겁지겁 먹기 시작했다. 그날은 그렇게 반 그릇 밥을 비워내고 다시 우리 방으로 돌아와 잠자리에 들었다. 이튿날 아침, 내가 숯불을 피우자 위채 부엌에서, 쥐가 소쿠리를 벗기고 밥그릇을 뒤졌다고 안 씨가 쫑알거렸다. 내가 부리나케 위채 부엌에서 나오느라 소쿠리를 제대로 덮지 않았음을 알았으나, 나는 시침을 떼었다.

하루걸러 이틀 뒤, 밤중에 나는 또 그 짓을 했다. 이제는 좀더 대담해져 찬장의 김치 사발까지 부뚜막에 내려 반찬과 함께 남은 밥 한 그릇을 몽땅 비웠다. 종지가 있어 손가락으로 건덕지를 집어내어 먹다 보니 풋고추 넣은 쇠고기 장조림이었다. 나로서는 난생처음 먹어보는 찬이었다. 부자는 쇠고기를 이런 반찬으로도 만들어 먹는구나 싶었다. 다음은 이틀을 건너뛰어 사흘 만에 위채 부엌을 뒤졌다.

세 차례째 그렇게 훔쳐 먹고 난 이튿날이었다. 나는 신문을 받아 팔려고 집을 나섰다. 내가 바깥마당으로 나서자 뒤쪽에서, "길남아, 나 좀 보제이" 하고 누군가가 불렀다. 돌아보니 안 씨였다.

"부, 불렀습니꺼?"

나는 말부터 더듬거렸고 얼굴이 불을 쬔 듯 달아올랐다. 가슴이 뛰었다.

"길남아, 니가 밤중에 우리 부엌으로 들어오는 거 안데이."

"아, 아지매가 봤다 말이지예?"

"내 누구한테도 그 말 안 할 테이 다시는 그런 짓 말거래이. 설령 점심밥을 굶어 배가 쪼매 고프더라도 사나이 대장부가 될라 카모 그쯤은 꿋꿋이 참을 줄 알아야제. 너거 어무이는 물론이고 성제간도 그렇게 참으미 이 여름철을 힘겹게 넘기고 안 있나. 내 아무한테도 이 말 안 하꾸마."

안 씨가 부드러운 목소리로 말하며 고개 빠뜨린 내 어깨를 다독거렸다.

"알았심더." 내가 조그만 소리로 대답했다.

안 씨 충고에는 도둑이란 말이 한마디도 들어 있지 않았음을, 나는 지금도 기억하고 있다. 고개 빠뜨린 내 얼굴이 홍당무가 되었고, 어느 사이 뜨거운 눈물이 뺨을 타고 흘러내렸다. 안 씨가 내 밥도둑질을 어머니한테 귀띔했다면 나는 숯포대 회초리로 종아리며 등줄기에 지렁이 자국이 나도록 매를 맞았을 테고, 몇 끼니 밥은 굶게 되었을 터였다. 또한 두고두고 어머니로부터, "집안으 장자가 남으 밥도둑질까지 하다니" 하는 지청구를 들었을 것이다. 그러나 안 씨는 내 행실을 왜자기지 않겠다는 약속을 지켰고, 그 뒤부터 나는 남의 물건이라면 운동장이나 교실 바닥에 떨어진 동전, 도막 연필이라도 내 것으로 하지 않았으니, 그때 안 씨의 그 따뜻한 충고 덕분이었다.

밥 훔쳐 먹은 이야기까지 했으니 한마디 더 보탠다면, 세 끼니 먹는 걱정을 하지 않게 된 지 오래인 지금도 나는 배를 가득 채워야 숟가락을 놓는 식사 습관을 버리지 못하고 있다. '위장을 늘 7할쯤만 채워라.' '과식이 모든 성인병의 주범이다.' '허리 둘레는 수명과 필연의 관계가 있다.' 모두 옳은 말인 줄 알지만 포식을 하지 않곤 밥을 먹은 것 같지 않고, 그렇게 맛 좋은 밥의 양조차 줄여가며 오래 살기보다는 차라리 수명이 얼마쯤 단축되는 쪽을 택하고 싶다는 마음은 지금도 변함이 없다. 자고 깨면 아침 밥상을 빨리 받고 싶고, 아침밥 먹고 나면 점심 외식은 무엇으로 할까, 저녁 밥상에는 이런 찬이 올랐으면 좋겠다는 상상이야말로 하루를 살아가는 보람 중에 가장 중요한 일건의 하나요, 뺄 수 없는 즐거움이다. "당신 허리 둘레가 얼만지 아세요? 몇 년 전까지만도 36이라더니 이제 38이잖아요. 애들이 손가락으로 아빠 부른 배 콕콕 찌르며 배불뚝이라 놀려도 부끄럽지 않아요? 제발 밥양 좀 줄이세요. 이제 아침 식사 생략하는 집도 많대요. 밥을 줄이는 대신 싱싱한 야채와 과일을 많이 먹으면 오죽 건강에 좋아요." 아내가 날마다 노래 삼아 이렇게 말하지만, 나는 다른 무엇은 절제할 수 있어도 밥양은 줄일 수 없다. 찬을 많이 먹고 밥을 적게 먹어야 함이 좋은 줄은 알고 있으나 라면이나 빵 따위는 배에 차지 않고 오직 밥으로 배를 채워야 한 끼를 때운 것 같다. 몇 년 전, 아내가 내 밥그릇을 주먹만 한 공기로 대치했을 때 나는 벌컥 화를 내고 말았으니, 먹는 데 포원이 진 내 경우로서는 그런 수모를 참아낼 수 없었다. 집안 사정이 엔간히 펴고 난 뒤부터 육류를 즐겨 자시던 과식이 원인이 되어 어머니는 결과적으로 고혈압을 얻었고, 예순 중반에 그 병으로 별세하셨다. 그러나 그 사례조차 내게는 교훈이 되지 않았다.

4.

아침저녁 나절로 시원한 기운이 뻗치면서 그 무덥던 여름도 차츰 노여움을 풀기 시작했다. 어느 사이 중문 가장자리의 개골창에 잡초와 함께 자라던 여러해살이풀인 꽈리주머니도 붉게 익는 계절이 왔다. 뭉게구름이 자취를 감추자 하늘이 높게 푸르렀고 솜털구름이 투명해졌다.

그즈음부터 어머니의 일감이 다시 밀려들었다. 밤 12시 넘어까지 어머니는 쉬지 않고 재봉틀을 돌렸다. 막내아우만은 예외였지만 위로 우리 삼형제는 어머니가 일손을 놓을 때까지 한 방 안 자기 자리 차지하고 앉아 꼼짝 않고 무슨 책이든 펼쳐 공부를 해야 했다. 누가 졸기라도 하면 어머니 옆에 놓인 박달나무 자가 사정없이 어깻죽지를 내리쳤다. 그 매질의 7할은 언제나 내 차지였다. 9시만 넘으면 내 살을 내가 꼬집어도 몰려드는 졸음을 참을 수 없었다.

어느 날 자정 무렵, 어머니는 일손을 거두며 말씀하셨다.

그 말만은 내 귀를 트이게 했고 졸음을 활짝 깨웠다.

"우짜든동 너그들 안 굶기며 묵고 살라고 이래 죽자 살자 일을 하는데…… 내일부터 우리도 점심밥 묵도록 하자. 해가 긴 지난여름동안 한창 크는 너그 성제간들 점심 굶길 때, 길중이 무르팍에 피멍만 보아도, 내사 하루에 몇 분씩이나 내 가슴에 재봉실을 박으미, 목울대로 한 됫박 넘이 눈물을 되넘기미, 그 긴긴 해를 넘겼다. 객지에서 설움 많은 우리 식구여, 더러운 세월이여……"

어머니는 수건에 얼굴을 묻고 등심이 떨리도록 울었다.

내 신문팔이가 어느덧 석 달을 넘기니 영남일보를 가판하는 아이들은 얼굴이 익었다. 오후 2시 무렵 신문 초판이 나오기를 기다릴 동안 아이들은 욕설로 말싸움질이 잦았지만 땅따먹기·고누놀이·공기놀이로 시간을 때우기도 했다. 나는 그들괴 잘 섞이지 못했으나 나처럼 늘 그런 놀이를 구경만 하는 소년이 있었다. 나는 연갑내기의 그와 친해졌다.

한주는 황해도에서 피난 온 아이였는데, 나처럼 학교에 다니지 않았고 껌과 신문을 함께 팔고 다녔다. 그러므로 그는 아침부터 저녁까지 시내 중심가의 일터를 누비고 다녔다. 그 바닥 생활을 이태째 하고 있음에도 난 척하거나 영악스럽지 않고 말수 적은 차분한 아이였다.

"나두 내년이면 야간 중학교라두 갈 테야. 엄마가 그렇게 하라고 하셨어."

한주는 그런 말로 자신의 다짐을 나에게 확인하곤 했다. 전쟁 나던 해 아버지는 인민군에 입대하여 곧 전사했고 아우 둘은 1·4후퇴의 피난길에 추위와 주림으로 죽었다는 사연을 들려줄 때, 그 목소리가 설움에 울먹이기는커녕 그 아픈 상처를 두고 복수나 할 듯 입술까지 옥물어, 그의 굳센 성격을 짐작게 했다. 그즈음 그는 엄마와 여동생과 함께 산격동 비탈 동네 판잣집에서 사글셋방살이를 하고 있었다. 그 난민촌이야말로 피난민들이 무허가집을 짓고 정착한 상수도와 하수도가 없는 막노동꾼들의 집합처였다.

"엄마는 간고기 행상을 하지만 사실 그 벌이가 시원치 못해. 하루 수입이 나와 비슷하지. 난 정말 열심히 벌구 있거든. 중학교에 갈 돈두 쬐금씩 모으구."

한주가 그런 말을 할 때, 내 장래는 예측할 수 없었지만 한주만은 장차 돈을 잘 벌어 성공하리란 믿음이 갔다. 겉보기에는 그저 음전한, 눈에 잘 띄지 않는 아이였지만 속은 차돌처럼 여물고 악착같은 데가 있었다.

9월에 들자 한주는 대구일보 배달원으로 취직되어 나와 헤어졌다. 가판이 시작되면 신문을 스무 부씩 받아 들고 함께 거리로 내달으며, "오늘 그 신문 다 팔아야 해. 내일 또 만나!" 하고 덧니를 보이며 웃던 그의 씩씩한 얼굴을 대할 수 없다는 게 나로서는 여간 섭섭하지 않았다. 그런데 열흘쯤 뒤인가, 가판 나오기를 기다리는 영남일보사로 한주가 헐레벌떡 나를 찾아왔다.

"너두 배달원 할래? 마침 자리가 하나 났거든. 구역두 일등 구역이야. 배달원이 신문을 돌리다 그만 찝차에 치여 다리를 분질렀지 뭐냐. 그래서 당장 사람이 필요하대. 길남이 니가 그 구역을 맡게 된다면 땡잡는 거야."

"나도 배달원이 될 수 있단 말이제?"

나는 귀가 솔깃했다. 한주가 배달원으로 취직이 되었다고 말했을 때, 사실 나는 그를 무척 부러워했다. 배달원은 대체로 중학교나 고등학교에 다니는 학생들 일감이었고, 적은 돈이지만 학비에 충당할 만큼 월급이 나왔으므로 고학생들이 줄을 서서 대기했던 만큼 그 자리를 따내기가 어려웠다.

한주는 자기 신문 배달이 끝나는 시간에 맞추어 오후 5시 반쯤 송죽극장 앞에서 만나자고 약속했다.

나는 5시 반이 되기 전에 송죽극장 앞으로 나갔다. 스무 부 신문을 몽땅 판 뒤였다.

그즈음 대구시에는 연쇄살인 사건이 일주일째 계속되고 있었는데, 오늘은 또 어디서 누가 당했냐며 신문을 찾는 사람이 많았던 것이다. 그날 역시 새벽 기도회에 참석하러 교회로 가던 중년 여인이 봉산동 한적한 주택가 골목길에서 교살당한 시체로 발견되어 사회면 머리기사로 실렸다. 그동안 사망자는 모두 넷이었다. 살인범은 살해 대상으로 성별이나 신분을 가리지 않았으나 미성년자는 한 명도 없었다. 장소와 시간 또한 대중없었다. 시내 변두리 논둑길에서 당하기도 했고 주택가 골목인 경우도 있었다. 셋은 밤에 당했으나 하나는 대낮 시외버스 정류장 공중변소 안이었다. 둘은 비수에 급소를 찔려 죽었고, 둘은 교살에 따른 질식사였다. 불의에 죽음을 당한 넷에 공통점이 있다면, 금품이나 소지품을 강탈당한 흔적이 없고 풀색 계통의 옷을 입었다는 점이었다. 신문 기사는 범인을 전투 경험이 있는 정신이상자로 단정했다. 그 살해 방법이 전격적이며 잔혹하고, 흉기가 군용 대검으로 추측됨으로써 경찰은 군에서 제대한 자 중에 정신질환자를 호구 방문을 통해 추적

하고 있었다. 성경책을 끼고 교회로 가던 교인이 살해당하자 그날 영남일보에는 어느 목사가, 3년 동안의 전쟁을 통해 생명의 존엄성이 상실된 인명 경시 풍조의 한 단서라 했고 이제야 말로 인간은 하느님 앞에 모두 회개해야 한다고 역설했다. "특보요, 특보! 또 살인 사건!" 하고 외치며 내가 쉽게 신문을 팔 때, 신문을 사는 사람들 그 느낌 또한 재미있었다. 대체로 그 표정은, 무서운 세상이구나 하는 두려운 기색이 없었다. 어떤 중년 남자는, "아직 안 잡혔지?" 하고 히죽 웃으며 신문을 받아 들었는데, 그 얼굴은 범인이 계속 잡히지 않았으면 하고 바라는 눈치였다. 살인 사건으로 비단 신문이 잘 팔린다는 이유만이 아니라 내 마음 또한 어머니 말처럼 더러운 세월에 세상을 살아내기가 하도 지겨워, 숨바꼭질할 때 숨을 아이가 술래에게 말을 않고 그냥 집으로 가버리듯, 순경이 아무리 기를 써도 범인을 잡지 못하게 되기를 바랐다.

시계 점포의 시계를 보니 5시 반이 넘었는데도 한주는 나타나지 않았다. 송죽극장에서는 미국 서부 영화를 상영하고 있었다. 매표구 앞에는 사람들이 줄을 서서 차례를 기다리고 있었다. 세 끼니 호구도 힘든 판에 영화관이며 댄스홀에 사람이 몰린다는 게 나는 신기했다. 어느 날 오전, 김천댁 가게 앞에 나앉은 정태 씨가 신문의 영화 광고란을 보고 있어 내가, "영화관에 웬 사람이 그렇게 몰려요" 하고 물었더니 그는 경멸하는 투로, "낮부터 거기에 자빠져 있는 연놈들은 썩은 부르좌, 자본주의에 물든 전후파 족속"이라고 말한 적이 있었다. '부르좌와 전후파 족속?' 나는 그 뜻을 몰랐으나 묻지 않았다.

나는 한주를 기다릴 동안 송죽극장 주위의 라디오점·양

품점·양복점·시계점의 진열장을 구경하다 주인아주머니가 경영하는 보금당 진열장도 들여다보았다. 금과 은으로 만든 가락지·팔찌·목걸이·브로치·수저 따위가 부드러운 검은 우단천 위에 화려하게 진열되어 있었다. 출입문 한쪽은 귀금속이, 다른 한쪽은 여러 모양의 손목시계가 손님을 기다리고 있었다. 진열장을 두루 구경한 나는 유리벽 너머 그 안쪽을 들여다보았다.

정 기사는 한쪽 눈에 대롱 달린 돋보기를 끼고 손목시계를 분해하여 작은 솔로 그 부속품을 닦고 있었다. 작은 톱니바퀴를 제자리에 얹고 깨알보다 작은 나사를 조이는 정밀한 작업이 고슴도치를 닮은 그의 뾰족한 얼굴과 금붕어같이 튀어나온 눈에 무척 어울린다 싶었다.

주인아주머니는 납작모를 쓴 어느 남자와 심각한 얼굴로 이야기를 하고 있었다. 잠시 뒤, 등을 보인 남자가 의자에서 일어나 모자챙을 들썩 올리며 인사를 했다. 그가 출입구 쪽으로 돌아섰을 때, 나는 모자챙 아래 그 얼굴을 볼 수 있었다. 뺨에 칼자국 흉터가 있는 사내에 관해서 내게 묻던, 얼굴이 팔초하게 생긴 형사였다. 주인아주머니가 바삐 핸드백을 열더니 백 환권 지폐 몇 장을 꺼내었다. 형사는 주인아주머니가 주는 돈을 두어 차례 사양하다 못 이기는 척 받아 바지 뒷주머니에 쑤셔 넣고 밖으로 나왔다. 나는 얼른 그로부터 등을 돌렸다.

한주는 6시가 되어서야 송죽극장 앞에 나타났다. 그는 나를 보자, "많이 기다렸지? 오늘따라 배달이 늦게 끝나…… 미안해" 하고 말했다. 뛰어왔는지 콧등에 땀이 배었고 그는 숨을 헐떡거렸다.

나는 한주를 따라 법원 건너쪽 대서방과 붙어 있는 허름한 대구일보 중부 보급소로 갔다. 댓 평 남짓한 사무실 태반을 기다란 책상이 차지했고, 더벅머리 수금사원 셋이 도마의자에 앉아 영수증과 돈을 책상에 늘어놓고 아퀴를 짓고 있었다. 보급소장은 보이지 않았다. 보급소장이 교통사고를 당한 배달원을 대신하여 배달을 나갔다기에 우리는 30분 남짓 무료히 도마의자에 앉아 소장이 돌아오기를 기다렸다. 껌팔이도 못 하고 아까운 시간을 허비하는 한주에게 나는 미안한 생각이 들었다.

"니도 학생이 아이란 말이제?"

자전거를 끌고 돌아온 보급소장 손 씨가 나를 샅샅이 뜯어보았다. 마흔 살 넘은 손 씨는 말라깽이였고 어금니가 없는지 양 뺨이 늙은이처럼 합죽했다.

"길남이 얘가 신문을 얼마나 잘 파는데요. 확장두 무척 잘할 겁니다."

한주가 내 자랑을 떠벌릴 때 나는 부끄러워 얼굴이 빨개졌다. 손 씨는 내게 가족 사항과 가정 형편을 꼬치꼬치 캐물었다. 옴팡한 눈이 쥐눈처럼 반들거려 나는 손 씨를 마주 보지 못한 채 묻는 말에만 겨우 대답했다. 우선 집이 시내 중심부로 신문사는 물론 배달 구역과 가깝다는 점, 자주 빨아 입어 그런대로 깔끔한 복장, 순진해 보이는 점이 손 씨 마음에 찬 모양이었다.

"사실 학생들은 자기 공부가 바빠 도무지 확장을 몬 한단 말이야. 신문이란 확장이 생명 아인가. 나이가 어리기사 하지만 당장 급한 판이니 우째 한분 써보도록 할까" 하며 뜸을 들이던 손 씨는 한주를 보고, "니가 야를 보장할 수 있나?" 하고 윽박지르듯 물었다.

"보장하구말구요. 제 말만 듣구 길남이를 한번 믿어보세요." 한주가 자신 있게 대답했다.

한주는 우리 집에 와본 적이 없었고, 내가 시골에서 올라왔다는 점 외 사실 나에 대해 그가 알고 있는 게 별로 없었다. 그런데 무엇을 믿고 그런 말을 하는지 알 수 없었으나, 그의 말은 따뜻한 물처럼 내 마음을 데워주었다.

"니 학교에 안 댕긴다이 잘됐다. 내일 아침밥 묵자마자 보급소로 나와."

손 씨 말을 듣고서야 나는, 나도 이제 신문팔이가 아닌 신문 배달원이 되는구나 하고 복받치는 기쁨을 만끽할 수 있었다.

보급소에서 나와 한주와 헤어졌을 때는 이미 가로의 상점에 전등불이 환하게 켜져 있었다. 집으로 돌아온 나는, 한주란 동무 소개로 대구일보 신문 배달을 하게 되었다고 어머니에게 말했다.

"그래에? 아이구, 우리 집에 경사 났네. 잘됐데이. 니가 앞으로 월급을 받아 오모 내가 그 돈으로 차곡차곡 계를 들어 내년 니 학자금으로 모아주꾸마."

재봉틀을 돌리던 어머니는 내가 대구로 올라오고 처음으로 구김살 없이 활짝 웃었다. 어머니는 무슨 생각을 했던지 일손을 놓고 바쁘게 쪽마루로 나섰다.

"니 배고푸겠다마는 내하고 얼른 염매시장에 댕겨오자."

어머니는 나를 염매시장으로 데리고 가더니 신발가게에서 졸라매는 줄이 달린 검정 운동화 한 켤레를 사주었다. 그런

운동화는 아버지와 함께 살던 서울 생활 이후 내가 처음 신어 보게 된 고급 신발이었다. 고무신은 싸서 들고 가고 운동화를 신고 가자는 어머니 말에, 새 신발을 신고 포도를 걷는 내 발걸음은 날아갈 듯 가벼웠다.

이튿날 아침, 나는 대구일보 중부보급소로 가려 집을 나서다 중문 앞에서 카빈총을 어깨에 멘 순경과 마주쳤다.

"박종모 씨가 어느 방에 사노?" 순경이 내게 물었다.

"박종모 씨예?"

나로서는 처음 듣는 이름이라 어리둥절할 수밖에 없었다.

"상이군인 말이다."

"아, 준호 아부지 말씀이군예."

내가 아래채 둘째 방을 손가락질했다. 준호 아버지는 아직 일터로 나가지 않아 농구화 신발이 쪽마루 아래 있었다. 지난 초여름, 중앙통 어느 2층 다방에서 물건을 파는 준호 아버지를 본 이후로 나는 한 차례도 시내에서 그분을 만난 적이 없었다. 그러나 준호 아버지는 여전히 날마다 아침밥만 먹고 나면 작은 군용가방을 들고 어디로인가 나가고 있었다.

"박종모 씨 있소?"

순경이 준호네 방 앞에서 준호 아버지를 찾았다. 방문이 열리고 준호 아버지가 순경을 맞았다. 순경이 준호 아버지를 보고, 예비역 대위 박종모 씨가 맞냐고 물었다. 준호 아버지가 쪽마루로 나서며 그렇다고 대답했다.

"저하고 서로 잠시 가주셔야 되겠심더."

"무슨 일이오?"

"저도 내용은 잘 모르겠심더. 위에서 시키니 지사 멀 알아예. 하여간 가보시모 알낍니더."

순경이 왜 준호 아버지를 연행할까 궁금했으나 한가하게 능장을 부릴 시간이 없었다. 나는 바삐 집을 나섰다.

나는 보급소로 갔다. 보급소장 손 씨가 나를 기다리고 있었다. 손 씨가 자전거를 타고 나서서 내가 대구일보를 배달할 1백여 집을 손수 가르쳐주었다. 내가 앞으로 신문을 배달하게 될 집들은 손 씨가 직접 수금을 했기에, 나는 손 씨가 준 백묵을 들고 손 씨 자전거 뒤를 따라다니며 신문 넣을 집마다 『아라비안나이트』의 도둑 이야기처럼 T자로 표시를 하곤 차례대로 번호를 매겨나갔다. 그러나 칠성시장 안은 구독자가 열네 집이나 되었는데 모두 점포라 백묵으로 표시할 마땅한 벽이 없어 상호가 있는 집은 상호를 종이쪽지에 적고 상호조차 없는 집은 눈썰미로 외워둘 수밖에 없었다. 마침 채소전 어귀의 노점상 앞을 지나게 되어 준호 엄마를 찾았으나 아기 업고 있을 그네의 모습이 보이지 않았다. 아침에 준호 아버지가 순경에게 연행될 때 뒤쫓아가 지금은 파출소나 경찰서 앞에서 서방을 장맞이하고 있을지도 모르겠다.

"비가 오는 날은 신문 안 젖도록 이쪽으로 넣거라.""이 집은 큰 개가 있으이 특히 조심하고.""이 집은 여러 가구가 사이까 꼭 건넛방까지 갖다 줘.""이 집은 수금이 잘 안 되이까 늘 친절하게 대해야 해. 구독 거절을 하게 될란지도 모르이까. 신문 보던 집이 떨어져나가모 아무리 확장해봐야 말짱 헛기다." 손 씨는 문제가 있는 집을 내게 자상하게 일러주었다.

내가 105호로 구독자 집 번호 매기기를 끝내자, 손 씨와 나는 보급소로 돌아왔다. 어느 사이 점심때가 되어 있었다. 나는 보급소에서 손 씨가 준 종이에 이름과 주소와 가족 사항을 썼다. 주소는 번지수를 잘 몰라 마당 깊은 집 약도로 대신했다. 손 씨는, 오늘부터 오후 2시 반까지 대구일보사 뒷마당으로 나오라고 하곤, 마지막 말을 덧붙였다.

"신문 배달은 배달 잘하는 기 문제가 아이라 확장이 생명이다. 배달원은 자기 구역이든 남으 구역이든 한 달에 다섯 부는 책임지고 확장해야 한데이. 그라자모 신문 다 돌릿다고 바로 집에 갈 끼 아이라 자기 구역에 대구일보 구독 안 하는, 신문 볼 만한 집을 찾아댕기미 확장에 노력해야 하는 기라. 확장한 부 할 때마다 뽀나스를 타게 된다."

어제 손 씨와 한주로부터 '확장'이란 말을 처음 들었을 때나는 그 뜻을 잘 몰라 나중에 한주한테 물어서야 알게 되었는데, 이번에는 '뽀나스'가 무슨 말인지 알 수 없었다. 그렇다고 손 씨에게 묻기가 촌스러워, 오후에 다시 뵙겠다며 인사하곤집으로 돌아왔다. 안마당으로 들어와보니 아래채 둘째 방 쪽마루 앞에 준호 아버지 농구화가 있었다. 순경과 함께 나갔다 돌아온 뒤 일터로 나가지 않은 게 분명했다. 방 안에서 준호에게 산수의 더하기와 빼기를 가르치는 준호 아버지 목소리가들렸다.

"인자 신문 돌릴 집을 다 알아뒀나?" 내가 방문을 열자, 어머니가 물었다.

"대충 알아뒀심더. 점심 묵고 배달 나가야 돼예"하곤 나는 궁금한 점을 물었다. "어무이, 순경이 와 준호 아버지를 데불고 갔다 캅디껴?"

"준호 엄마가 중부경찰서까지 따라갔다 와서 그카던데,

요새 살인 사건이 계속 안 나나. 그 때문이란다. 교회 가다 죽은 여편네 손톱에 끼이 있는 군복 실밥을 보고 경찰이 군복 입은 사람을 범인으로 찍었던 기라. 그래서 군복 입고 댕기는 사람은 동마다 호구 조사를 하고 있단다."

"별일은 읎었고예?"

"그런갑더라. 그라이 퍼뜩 돌아왔겠제."

마침 문자 이모가 튀밥 한 봉지 사 들고 중문으로 들어서서 이야기가 그쳤다. 문자 이모는 어머니 삯바느질 단골손님으로, '향원'이란 요릿집의 인기 있는 기생이었다. 얼굴도 예뻤고 마음씨도 착했다. 전쟁 나기 전에는 서울에서 여자 대학까지 다닌 양갓집 출신이었으나 전쟁 통에 가족을 다 잃고 어쩌다 나서게 된 길이 요릿집이라 했다. 어머니를 양언니 삼아 언니라 부르며, 일감이 없을 때도 만두나 순대 같은 군것질감을 사 들고 자주 놀러와 외로움을 풀다 가곤 했다. 누나와 길중이 학용품도 더러 사주기도 하였다.

그날 오후부터 나는 정식 신문 배달원이 되었다. 나는 날마다 오후 2시쯤 집에서 나와 삼덕동 시청 옆에 있는 대구일보사로 갔다. 뒷문으로 들어서면 넓은 마당이 나왔고, 중부보급소 배달원 소년들이 대여섯 명쯤 신문 나오기를 기다리고 있었다. 중부보급소는 배달원이 모두 아홉 명이었는데 그중에는 학교가 늦게 파해 허겁지겁 쫓아오는 소년들도 있게 마련이었다. 먼저 나오는 신문은 신문팔이들이 나누어 가져갔고, 뒤이어 나오는 신문은 기차나 버스 편으로 도내 여러 군(郡) 소재지에 보낼 신문을 트럭으로 실어내었다. 다음 차례가 시내 동부·서부·남부·북부 보급소에서 온 청년들이 자전거 뒤에 신문을 높다랗게 싣고 떠났다. 시내 중심부라 하여 중부보급소가 맨 꼴찌로 신문을 받았다.

중부보급소만은 배달 구역이 신문사와 가장 가까웠으므로 신문사 마당에서 보급소장 손 씨가 배달원에게 직접 신문을 나누어 주었다. 손 씨가 기계실에서 손수레에 신문을 백 부단위로 가로세로 엇지게 얹어 나오면, 배달원들이 그분 주위에 모였다. 배달원은 대체로 중학교나 고등학교 학생들로 교복을 입었으나 한주나 나처럼 학교에 다니지 않는 소년도 넷이었다. 그중 우리 둘의 나이가 가장 어렸다. 손 씨가 늘어선 배달원들에게 잉크 냄새 물씬 풍기는 신문을 다섯 부씩 한꺼번에 척척 세어 대장에 기입된 부수대로 나누어 주면, 배달원은 그 신문을 끼고 각자 자기 배달 구역으로 떠났다.

"니 이번 주에는 한 부도 확장 몬 했어. 계속 그렇게 농땡이치모 계속 배달하기 곤란하다는 걸 알아야제. 배달하겠다는 고학생이 줄을 서서 기다린다는 것쯤 니도 알잖나. 내 말 무슨 뜻인지 알아듣겠제?"

손 씨는 배달원에게 이런 말로 목줄을 위협하기 일쑤였다.

예전이나 지금이나 신문 구독자 확장은 그 어렵기가 마찬가지일 터이다. 요즈음도 신문을 처음 구독하게 되면 한두 달은 무료로 넣어주는 선심 쓰기가 다반사이고, 구독하는 신문을 끊기 또한 쉽지 않다. 'ㅇㅇ신문 사절'이란 글귀를 대문칸에 큼직이 붙여두지만 신문은 달이 바뀌어도 계속 배달된다. 어디 돈을 주나 봐라 하고 별렀다 수금사원이 나타나면, 배달원과 얼굴이 다른 그는 신문을 넣지 말라는 사실을 자신은 몰랐으니 다음 달부터는 책임지고 신문을 넣지 않게 하겠다며 그달 치 구독료를 수금해간다. 그러나 다음 달도 여전히 신문은 배달된다. 신문 배달 시간을 기다려 배달원을 잡으려 대기하지만, 이를 눈치채고 있는 배달원 또한 여간 잽싸지 않다. 잠시 한눈팔며 다른 일 하는 사이 신문을 문틈으로 살짝 밀어놓고, 이를 뒤늦게 알고 대문을 열어보면 배달원은 어느 사이 뺑소니치고 없다. 수금사원이 오기를 기다리는 길밖에 없다. 그러나 막상 수금사원이 오면 그 또한 대비책이 있어, 이제는 고학생으로서의 배달원과 자신의 딱한 사정을 호소한다. 가난한 영재 학비 보조하는 셈치고 구독해달라고 조른다.

내가 신문 배달을 시작한 첫날도 세 집이나, 신문을 넣지 말라 했는데 자꾸 넣는다며 신문 구독을 거절했다. 나는 보급소장으로부터 확장이란 말을 귀 따갑게 들은 터라 구독하던 독자까지 떨어져나가면 큰일이다 싶어, 전 배달원이 교통사고를 당해 내가 대신 배달하게 되었다며 남은 날수로 한 달이라도 채워달라고 애걸한 끝에 겨우 두 집에는 어거지로 신문을 들이밀었다. 그러나 한 집만은, 배달원을 마침 잘 만났다는 듯 막무가내였다. 그래서 그 집은 부득불 포기할 수밖에 없었다. 이튿날 신문사에서 한주를 만나 그 경위를 이야기하자, 자기는 첫날에 일곱 집이나 그 꼴을 당했다고 말했다.

"부수가 계속 떨어져나가면 신문 배달을 못 해먹어. 그러다 보니 구독을 거절하는 집은 주인 몰래 계속 신문을 던져 넣는 거라. 한 집 두 집 그렇게 사고 건수가 늘게 되면 자연 그만두게 될 수밖에. 수금이 안 된다는 수금사원 고자질루 배달원을 갈아치우는 인수인계를 하다 보면 소장님 말처럼, 구역 관리를 엉망으로 해놓은 후거든. 말이 났으니 하는 말인데, 사실 대구일보는 인기가 없어."

한주의 조종에 따라 나는 그날 당장 보급소장에게, 한 집은 구독 거절, 두 집은 월말까지 겨우 미루어놓았다고 사고 건수를 보고했다. 그 세 건이야말로 내 책임이 아니었다.

나는 날마다 손 씨로부터 배달할 신문 104부에서 덤으로 세 부를 더 받았다. 세 부는 확장용이었다. 그래서 신문을 배달하다가도 신문을 볼 만한 집이라 여겨지면 내 발로 찾아들어가서, 대구일보 한 부를 구독해달라고 통사정했다. 월말까지는 공짜로 넣어줄 테니 부담 없이 보시다 거절해도 된다며 떼를 써서 맡기고 나오기도 했다. 그런 말을 할 때는 부끄러움으로 목까지 달아올랐으나, 손 씨의 쩨려보는 옴팡눈만 떠오르면 그 부끄러움쯤은 참아내는 도리밖에 없었다. 이삿짐이라도 부리는 집이 있으면 배달을 미루고 가재도구를 옮기는 일까지 거들어주며 확장에 힘을 썼다.

"열심히 벌어 내년에는 중학교에 입학할라 캅니더. 고학생 도와주는 셈치고 신문 한 부만 봐주이소.""두 달만 구독해주시모 됩니더. 확장을 몬 하모 배달 자리도 잃게 되거던예."

내가 구걸 조로 이런 말을 할 때는 마치 거짓말이라도 하는 느낌으로 가슴까지 두근거렸다. 그러나 이런 애원 조의 통사정이 가장 효과가 있었다. 그 점은 내가 창안해낸 말이 아니라 한주로부터 배운 수법이었다.

"다리까지 절룩거리며 눈물 글썽해져 통사정해봐. 그럼 효과가 더 있을 테니."

한주는 자신의 말대로 실천하는지 보름 사이 네 집이나 구독 확장에 성공하여 손 씨로부터 칭찬을 받았다. 그러나 확장이란 쉬운 일이 아니었다. 아니, 신문을 잘 보던 집이 떨어져나가니 한두 집 확장해놓아도 부수가 늘지 않았다. 그런 면에서 신문 배달은 배달 자체보다도 '확장'이란 말의 중압감에서 벗어나려는 싸움이었다. 그러다 보니 신문을 배달하지 않는 일요일에도 나는 '확장'을 하러 내 구역의 집집마다 한 바퀴 순회해야 할 적도 있었다.

　내 배달 구역 안에는 부모 잃은 피난민 아이들을 수용하는 고아원이 두 군데 있었다. 한 고아원은 고정 구독자였으나, 다른 한 고아원은 내가 확장에 성공한 집이었다. 어느 날, 나는 그 두 고아원 원아들의 옷매무새부터 용모까지 판이하게 다르다는 데 문득 주목하게 되었다. 한 고아원은 몸에 맞지 않는 구호품 옷이지만 그 복장이 깔끔했고 이발과 목욕도 때맞추어 해 고아티가 별로 나지 않았다. 먹거리도 끼니 거르지 않고 일정한 양을 제대로 찾아 먹는지 얼굴이 보송통통했다. 내가 확장에 성공한 다른 고아원은 그렇지 않았다. 푸른 심줄이 오돌진 올챙이배를 한 아이가 있는가 하면 부스럼을 머리통에 뒤집어쓴 아이, 마른버짐이 얼룩처럼 얼굴에 핀 아이도 있었다. 제때 깎지 않은 부스스한 머리카락에 입성 누추하기가 내놓은 거지 아이와 다를 바 없었다. 고아원은 대체로 외국 기관의 원조와 구호품에 의존했는데, 두 고아원은 차별이 심했다. 신문 배달을 하다 나는 헐벗은 고아를 수용한 고아원 마당의 그넷줄에 앉아 잠시 다리쉼을 하다 가곤 했다. 마침 그 고아원 다음 배달 집이 골목 막창이었고 그 집은 사나운 개가 있어 늘 찜찜한 마음으로 골목길을 들어서곤 했기에 쉬어가기에는 맞춤한 장소였다. 아이들의 천성이란 천진난만하여 꼬치꼬치 마른 다리로 좁은 운동장의 풀풀 이는 먼지를 뒤집어쓰고 뛰노는 모습을 볼 때면, 나는 길수의 유아기를 떠올렸다. 어머니 말씀에 따르면, 가족이 대구에 정착하고 이태 동안은 길수도 영양실조로 팔과 다리가 꼬챙이처럼 말랐고 볼록한 뱃가죽에는 푸른 심줄이 보였다 했다. 그러나 우리 형제는 호랑이 같은 어머니지만 당신이 있음으로써 고아원 신세를 지지 않는다는 점에서 영양실조를 면하고 있었으므로 다리씸을 할 때, 그 위안으로 조금은 행복해질 수 있었다.

칠성시장 점포에 신문을 배달할 때면, 능금을 팔기보다 시장 관리자 눈치 보느라 목판을 이고 이리저리 도망 다니는, 나와 비슷한 처지에서 살아가는 또 한 사람을 늘 만나게 마련이었다. 순경에게 불려간 그날 이후 준호 아버지가 아기 보기로 집 안에 아주 들어앉아버려, 두 몫 수입을 올리지 않을 수 없는 준호 엄마였다.

"길남아, 신문 배달하기 힘들지? 그러나 어쩌누. 이 시장통 보라구. 모두 어떡하든 살아남겠다구 아등바등 애쓰는 꼴을. 전쟁 통에 살아남은 것만두 감사해야지." 준호 엄마가 파리하게 미소 띠며 말했다.

신문 배달을 하다 보면 어떤 때는 "야, 신문 한 부 팔아" 하는 엉뚱한 고객을 만나기도 했다. 주로 칠성시장 안이었다. 한 달 남짓 동안 나는 신문팔이가 아닌 배달원이므로 "팔 신문이 읎습니더" 하고 당당하게 거절했지만, 확장 부수로 받아오는 여분 세 부 중 한두 부는 대체로 남게 마련이어서, 그 뒤부터 그 짓이 옳지 못한 줄 알면서도 나는 못 이기는 체 신문을 팔았다. 신문을 판 돈으로는 행상꾼 노친네들이 세모꼴 봉지에 넣어 파는 다슬기를 샀다. 다슬기 한 봉지를 손에 들고 다니며 한 집을 돌릴 때마다 다슬기 한 개씩 쪽쪽 빨아먹는 재미가 유별났다. 신문 배달을 마칠 때까지 다슬기가 몇 개 남을까 남지 않을까를 따져보거나, 알갱이를 빼어 먹은 다슬기 껍질로 전봇대나 문패, 내가 백묵으로 표시해놓은 T자, 그런 목표물을 맞추는 재미도 배달의 지루함을 얼마간 덜어주었다. 동성로의 늘어선 가게 중에는 동화·소설·만화 따위를 빌려주는 대본집도 신문 구독자였는데, 나는 보름쯤 뒤부터 대본집 아저씨와 인사를 나누게 되었다. 내가 서가에 꽂힌 마분지로 싼 책등의 제목을 기웃거리자 아저씨는, "너 책 좋아하나 보구나" 하더니 학교에도 못 다니고 신문 배달하는 나를 딱하게 보았던지 무료로 빌려가 읽어도 좋다고 말했다. 웬 횡재냐 싶어 나는 그날로 『소공자』란 동화책을 빌려왔다. "깨끗이 보고 이틀만에 돌려줘야 해." 아저씨가 말했다. 낡아질세라 누른 부대종이로 표지를 싸고 붓글씨로 책 제목을 쓴 그 번역본을 나는 그날 밤으로 읽어치우고 이튿날 돌려주었다. 그 뒤부터 대본집에 있는 열몇 권의 동화집을 읽자 소설책을 빌려 읽는 재미도 즐길 수 있었다. 어머니가 만화는 보지 못하게 했지만 소설은 별말씀이 없어 나는 탐정물을 열심히 읽었다. 김내성·방인근은 내가 처음 그분들 탐정소설을 읽고 알게 된 이름이었고, 그 탐정물의 주인공인 유불란 탐정과 장비호 탐정은 그 예리한 추리력으로 사건을 명쾌하게 해결하여 지금도 내게 신화적 인물로 연상된다.

해가 달성공원 너머로 뉘엿이 기울 때면 배달을 마칠 수 있었다. 장관동 골목길로 타박타박 힘없이 걸어 들어올 때면,

김천댁이 굽는 풀빵이 유난히 먹음직스러웠다.

뺨에 칼자국이 있는 사내를 내가 만난 것은 그 무렵이었다. 신문 배달을 시작한 지 달포쯤 되었을 때였다. 그날은 확장을 해보겠다는 욕심으로 배달을 마치고 동인초등학교 부근의 주택가를 이리저리 싸돌다 다리품만 파는 헛수고 끝에 집으로 돌아오던 길이었다. 낮도 짧아져 이미 땅거미가 내렸다. 동인 로터리를 지나 역 쪽으로 걸으니 이미 길가 가겟집에는 전등불이 켜져 있었다. 역으로 가는 태평로 큰길가 골목 어귀의 그늘진 곳에 화장을 짙게 하고 입술을 빨갛게 칠한 젊은 여자들이 서성이고 있었다. 춥지도 않은지 어깨까지 드러낸 알록달록한 원피스 차림에 담배를 피우며 유행가를 흥얼거리는 여자도 있었다. 그중 어떤 여자들은 지나가는 남자의 앞길을 막고, 잠시 쉬어가라느니 하룻밤 자고 가라며 팔을 당기기도 했다. 철길로 막힌 골목 끝으로 기차가 기적을 울리며 지나갔다.

"니 길남이 맞제?"

누구인가 옆에 바싹 다가서더니 내게 말을 걸었다. 물들인 낡은 군용 점퍼를 입은 바로 그였다. 각진 얼굴에 광대뼈가 불거졌고 구레나룻이 시커먼 그는 벙거지를 눌러쓰고 있었다. 어둠이 짙은 데다 구레나룻 탓으로 왼쪽 뺨에서 턱으로 흐른 칼자국이 드러나지 않았다. 그가 내 팔을 붙잡았다. 그 악력에 나는 제대로 비명을 지르지 못하고 그를 올려다보았다.

"니 집에 가모 말이다, 김천댁한테 내일 아침 10시에 칠성시장 굴다리 입구로 나와달라고 전해줘. 다른 사람한테 말하모 안 돼. 만약 니 엄마한테라도 그 말 했다간 신문 배달도 몬하게 다리몽댕이를 뿐질러버릴 거야."

말을 마치기가 바쁘게 그는 양쪽 한길을 살피곤 차가 오지 않자 큰길 건너 양키시장으로 빠지는 좁장한 골목길로 사라졌다. 순간, 얼굴을 알 수 없는 연쇄살인 사건의 범인 모습이 방금 사라진 그 얼굴에 겹쳐졌다. 온몸에 소름이 돋았다. 그가 내 이름을 어떻게 알았고, 어디서부터 내 뒤를 쫓아왔는지 알 수 없었다. 나는 도깨비에라도 홀린 기분이었다.

집으로 돌아온 나는 풀빵 굽는 김천댁에게 뺨에 칼자국 흉터가 있는 그의 말을 전했다.

"그래여? 그러잖아도 궁금했는데, 하여간 고맙데이."

김천댁이 겁먹은 눈으로 텅 빈 골목길 좌우를 살폈다. 그네는 내게 따끈한 풀빵 하나를 주었다.

"묵어여. 너 누구한테도 그 말 하모 안 돼."

"그 사람이 누군데예?"

"우리 집안 친척이다. 군에 안 간 기피자라 쫓기고 댕기제. 그래서 순경이 잡으러 댕기여."

나는 풀빵을 집 안으로 들어가서 먹을 수 없었다. 어머니는 자격지심 탓인지 무엇이든 남에게 공짜로 얻어먹으면 날벼락이 떨어졌고, 두 아우 앞에서 풀빵을 내 혼자 먹기도 무엇했다. 내가 닫힌 솟을대문 가녘에 숨듯 몸을 붙이고 풀빵을 베어 먹자, 골목길 저쪽에서 누구인가 걸어왔다. 위채 주인아주머니였다. 나는 풀빵 반 토막을 재빨리 한 입에 쑤셔 넣고 가겟방 부엌으로 들어갔다. 빨리 삼키려다 그만 목이 메었다. 기침 끝에 김천댁 물독의 물을 쪽박으로 퍼내어 목을 축였다.

"그래, 이사 갈 방은 알아봤나?" 주인아주머니 말이었다.

"쪼매마 더 기다려주이소. 칠성동 쪽으로 방을 얻어 나갈 끼라예. 그쪽이 보름만 말미를 달라 캐서……"

"숙부님 생각하모 내가 이래 야박하게 말할 처지가 몬 되는 줄 알지마는, 니도 알다시피 사정이 그렇잖은가. 함 형사가 일주일이 멀다 하고 점포로 찾아와서 찍자 붙으이 나도 인자 증말 몸서리가 나여. 우리 집 다 큰 아아들 보기도 민망하고. 그러이 니가 여게서 어서 떠나줘야겠어여. 시어미와 서방 보기도 낯짝이 읎으이……"

"지가 와 언니 사정을 모르겠습니껴. 면목 읎습니더. 지가 먼첨 알아서 몸을 떠야 하는데……"

"내 니한테 벌씨러 네번째 하는 소리여. 더 말하기도 내 맘이 아푸이, 퍼뜩 니가 알아 조치하거라. 지난분 여게 살던 이종이 그렇게 되고 난 뒤에도 우리 집이 오죽 시달림을 받았나. 그런데 니까지 또 이렇게 되이 내가 가시방석에 앉은 듯해서 시댁 식구들 보기가 말씀이 아이다."

"알겠심더. 곧 떠나겠어여."

결심을 사려먹었는지 김천댁 목소리가 의외로 아귀세었다.

"정 기사도 내 눈치만 안 보나. 내 인자 두 번 다시 말 안 하꾸마. 퍼뜩 방을 비아여."

주인아주머니가 들어오기 전에 나는 중문으로 걸었다.

이튿날 아침 9시가 넘었을 때, 정태 씨가 책 한 권을 들고 외출했다. 10시쯤 내가 김천댁 부엌으로 얼굴을 들이밀고 가게를 살피니 김천댁은 등을 보인 채 여전히 풀빵을 굽고 있었다. 지금쯤 칠성시장 굴다릿목으로 나가고 없는 줄 알았는데, 이상했다. 그렇다고 아무 상관이 없는 내가 김천댁에게 왜 칠성시장으로 나가지 않았느냐고 물을 수 없었다. 정태 씨가 대신 나간 것일까? 알 수 없는 일이었다. 어머니와 길수와 함께 점심밥을 먹을 때야 정태 씨가 돌아왔다.

5.

떨기나무들이 모두 잎을 떨구고, 가을이 깊었다. 가진 것 없는 사람에게는 늦봄부터 초가을까지, 아무래도 따뜻한 절기가 살기에 수월했다. 나무들이 빈 가지로 서서 찬바람에 후두들기기 시작하는 계절이 오면, 또 엄동 한시절을 어떻게 넘길꼬 하며 가난한 사람들은 마음부터 추위로 옹송그려지게 마련이었다.

1950년대 중반만 하더라도 도회지조차 가정용 연탄이 보급되기 전이라 가을이 깊어지면 나무전이 먼저 성시를 이루었다. 잘사는 집은 통나무를 트럭째 두세 차 분량을 한꺼번에 사서 담에 붙여 마당 가장자리에 높다랗게 쌓아두었다. 찬바람이 불 무렵부터 어느 집이든 그 집으로 나들이를 가면 담장 밑에 쌓아놓은 장작양을 보고 그 집의 살림 규모가 어느 정도임을 측정하던 시절이기도 했다.

봄부터 늦가을까지는 어느 집이든 대체로 풍로에 숯불을

피워 밥을 짓고 국을 끓였다. 우리 집도 마찬가지였다. 세 들어 사는 집이 숯 한 포를 사서 아껴 쓰면 스무닷새 정도 버틸 수 있었는데, 우리 집 경우는 아껴 써야 보름이 고작이었다. 전기 다리미가 보급되기 전이라 바느질 일이 그렇듯, 날마다 화로에 불을 담아 인두를 꽂아두어야 했고, 다리미질에도 숯불이 필요했기 때문이다. 숯불을 피울 때는 싸리숯 포대나 장작개비를 댓가지처럼 잘게 쪼개어 불쏘시개로 썼다. 신문 배달을 나갈 오후 2시 전에는 별로 할 일이 없었기에 풍롯불을 피우는 일부터 화로의 숯불, 다리미질 숯불은 모두 내가 맡았다. 그래서 나는 숯가스 중독으로 어질머리를 앓다 못해 여러 차례 먹은 음식을 죄 토하기도 했다. 선례 누나를 따라 고향에서 대구시로 올 때 기차 칸에서 느낀 멀미 증세와 비슷했다.

삭풍이 몰아치고 찬 방바닥에 엉덩이를 붙이고 있기가 싸늘한 무렵부터 우리 집뿐 아니라 세 든 가구도 너나없이 장작단을 사서 재어두고 쪽마루 아래 부엌 아궁이에 불을 지펴 밥을 지었다. 50년대를 넘길 동안 우리 집은 기온이 영하로 떨어지고 얼음이 얼 때야 따로 군불을 지폈지, 겨울철에도 따뜻한 날이면 하루 두 끼니 밥할 때만 아궁이를 통해 구들장을 달구는 불땜이 고작이었다.

그해 10월 중순까지 우리는 풍로의 숯불로 밥을 지어 먹었다. 날씨가 추워져 새벽이면 살얼음을 볼 수 있는 늦가을에 들어서야 어머니는 시장 다녀오는 길에 장작을 사 왔다. 어머니가 장작을 사 올 때면 지겟짐에 몇 단 져 나르는 법 없이 한 단만 달랑 사서 머리에 이고 왔다. 젊은이 팔뚝보다 굵지 않은 장작개비 열 개가 한 단인 그 나무로는 나흘 밥 짓는 데도 모자라게 마련이었다.

"전쟁 통에 하도 굶어봐서, 굶고는 몬 살겠더라. 굶으모 사람이 늘어져 일도 몬 하게 되제. 그러나 배만 든든해바라. 추부도 이길 수 있고, 아무리 강추부가 몰아쳐도 지붕 있고 바람막이 벽만 있으모 얼어 죽지사 않는다."

어머니의 이런 말처럼 햇곡 나는 절기가 되어 양식 가격이 안정세를 보일 때면 몫돈을 들여 보리쌀이며 쌀은 몇 말씩, 어떤 해는 가마니째 들여놓았으나 장작만은 그때그때 임시방편으로 사다 불을 지폈던 것이다.

햇살 맑고 잔풍한 오전이었다. 나는 쪽마루에 엎드려 따뜻한 볕을 받으며 누나가 썼던 중학교 1학년 영어책으로 단어 쓰기 공부를 하고 있었다. 주인집 노마님은 마당 멍석에 말리던 김장용 고추를 고무래로 뒤집던 참이었다. 순화 누나는 그날만은 빨랫감이 없는지 방천으로 나가지 않고 쪽마루에 나앉아 헌 군복의 닳은 소매를 깁고 있었다.

"우리 집도 손자들이 다 컸다 보이 아래채 방 하나를 더 써야 되겠데이. 아래채 김장하기 전에 어느 집이든 방을 하나 비워줘야 할 낀데……"

노마님이 혼잣말 같게, 그러나 아래채 누구나 들으라고 한마디를 흘렸다.

"할머니, 뭐라 했습니까? 아래채 방을 하나 비워야 된단 말이디요?"

일손을 멈춘 순화 누나가 눈을 동그랗게 떴다.

"그래, 손자 아아들 공부방이 모잘라 우리가 아래채 한 칸을 더 써야겠데이."

"할머니, 그 말씀 정말입니까?"

방에 있다 그 말을 새겨들었는지 경기댁이 쪽마루로 나섰다.

"내가 어데 쓸데없는 소리만 구시렁거리는 노친넨가."

"말씀하실려면 진작 말씀하셔야지, 겨울이 닥치는데 어디루 나서겠어요. 모르긴 해두 아래채 네 가구 중에 홀홀 털구 짐 꾸려 이사 떠날 집은 한 집두 없을 겝니다."

경기댁이 방귀를 한 차례 뀌곤 문지방에 얹어놓았던 반쯤 피우다 만 담배에 불을 댕겼다. 방 안에 재봉틀 재갈거리는 소리가 갑자기 멈추었다. 어머니가 마당의 노마님을 보고 있었다. 노마님 말을 새겨들었는지 어머니 표정이 어두웠다.

"애비가 진작 그 이바구를 비쳤지마는 그 말 전한다는 기 어럽어 차일피일 미뤘제. 아래채 식구 다들 어려븐 처지인 줄 뻔히 아는데 박절하게 어느 한 집을 딱 짚어 멫 날 메칠까지 방을 비워돌라 카기도 머하고…… 경기때기도 보다시피 우리 손자 여가 넷 아인가. 둘째 손자늠이 자꾸 자기 방을 따로 돌라고 졸 때이 이 차판에 지 방 하나 마련해줘야제."

"할머니, 그 무렵 위채는 식모방 빼고두 방을 다섯 개나 쓰시며, 방 한 칸에 서리 포개구 자는 우리들 보구 겨울 앞둔 이 즐기에 방을 비우라니, 세상인심이 사납기루서니 그런 박절한 경우가 어딨습니까. 내년 해동이나 하면 몰라두 요즘은 방 구하기가 하늘에 별 따기 아니겠어요. 방 비우라는 그 말씀, 길바닥에서 얼어 죽으라구 내쫓는 소리 아니구 뭐예요."

담배를 물고 간이 부엌으로 들어가는 경기댁 말이 아귀세었다. 그네는 군복 바지에 또 물방귀를 흘렸다.

준호 어머니는 장삿길 나갔지만 방에는 준호 아버지가 우유병 들고 아기를 어르며 죽치고 앉았을 텐데, 아무 말이 없었다. 준호 아버지는 한 달 넘게 집에서 놀고 있었다.

우리 집은 시계가 없었으므로 위채 대청에 걸린 괘종시계가 2시 치는 소리를 듣고 나는 신문사로 가려 집을 나섰다. 종로로 빠지는 긴 골목길을 걸어가자 저쪽에서 준호 아버지가 고물 손수레를 끌며 오고 있었다. 이제 준호 아버지는 군복이긴 했지만 검정물 들인 군용 점퍼 차림이었다. 손수레에는 녹슨 드럼통이 얹혔고, 준호가 수레에 타고 있었다.

"길남이 새이(형), 이거 우리 차다. 우리 아부지가 돈 주고 산 차다." 준호가 으스대며 말했다.

"이 녀석아, 이게 무슨 차니. 녀석두 원."

준호 아버지가 아들을 돌아보며 힘담없게 웃었다. 수줍어 하듯 어설프게 짓는 그 미소를 보고 나는 준호 아버지가 의외로 정이 많은 온순한 사람일는지 모른다고 생각했다.

"바꾸 달모 차지 머꼬예. 자전차도 차 아입미껴." 준호 대답이었다.

"웬 리야깝니껴?" 내가 물었다.

"놀고 있을 수 없어서 그래. 뭐라두 해야지. 배달 늦겠다, 어서 가봐."

내가 신문 배달을 마치고 집으로 돌아오니 준호 아버지가 바깥마당에서 드럼통에 붉게 딱지 진 녹을 함석 조각으로 긁어내고 있었다. 드럼통 중간쯤에 큼지막한 구멍을 뚫어놓아 나는 드럼통의 용도를 쉽게 짐작할 수 있었다. 김천댁 풀빵 굽는 드럼통과 그 모양이 닮아, 준호 아버지가 손수레를 끌고 군고구마 장사에 나설 것임을 나는 금세 알아차렸다.

식구가 저녁밥을 먹고 났을 때, 쪽 찐 머리에 바른 가르마 타고 분과 연지를 바른 색시가 들이닥쳐 나는 마당으로 나왔다. 새로 맞춘 진솔옷을 찾아 입고 밤일터로 출근할 기생이었다. 나는 약전골목으로 저녁마을을 가려 김천댁 부엌으로 들어섰다. 마침 가게 앞에서 김천댁을 상대로 경기댁이 무슨 이야기인가 지분거리는 소리가 들렸다. 듣자 하니 아래채 방 한 칸을 비우는 이야기여서, 나는 걸음을 멈추었다.

"김천댁, 어디 내 말이 틀렸나? 상이군인 가족은 우선 준호 아비으 갈쿠리손이며 그 성질내미를 봐서라두 감히 방을 비워달라는 말 하겠어? 한밤중에 홍두깨라구, 준호 아비가 전투 망령에 들려 그놈으 악다귀를 퍼질러댈 때면 소름이 오싹 돋는다니깐. 그 방 찍어 비워달라 했다 준호 아비가 밤중에 눈을 시퍼렇게 뜨구 칼 들구 덤비면 아무리 위채 식구가 많다지만 그 감당을 어찌해."

경기댁 말에 김천댁은 대답이 없었다. 나는 경기댁 말이 어쩌면 맞을는지 모른다는 생각이 들었다. 준호 아버지가 아침밥상을 걸터 넘고 출근했을 적은 그런 일이 없었는데, 집에서 쉬게 되고부터 한밤중에 더러 발작 증세가 있었던 것이다. "죽어라, 죽어. 네 같은 구데기야말루 즉각 총살감이다!" "돌격! 일오 고지로 돌격!" "간호병 어딨어? 빨리, 빨리 이쪽으루. 이 피 봐! 우선 구멍부터 틀어막더라구." 한밤중에 준호 아버지는 느닷없이 이런 고함을 질러댔다. 그 소동에 젖먹이 딸애가 깨어나 선겁 들린 울음을 터뜨렸다. "전장터서 오죽했으모 전쟁 끝난 지 언젠데 안죽 저렇게 꿈에까지 따라댕길까." 어머니도 둘째 방의 그 고함 소리에 깨어나 한숨을 깔며 그런 말을 했다.

"그런데 말이야, 김천댁. 그 소문 들었는가? 준호 아비는 군 병원에서 팔을 잘라내구두 정신요양소서 몇 달 더 있었 잖우. 지난 9월이던가, 살인 사건 용의자루 준호 아버지를 경찰이 데리구 갈 때두 그 정신병 병력이 문제가 됐다구 그러대." 경기댁의 그럴듯한 덧붙임이었다.

"사실은 준호네가 떠나면 좋겠지만 낯설고 물선 타관에 내려와 묵고살겠다고 저렇게 악착같은데, 엄동 앞두고 행길로 나앉으라는 말이 어데 쉽겠어?" 김천댁이 말했다.

"누구는 타관 아닌가. 피난살이 설움이야 누구나 겪게 마련이지. 우리 집두 한때는 개풍군 토성 바닥서 남부럽잖게 떵떵거리구 살았다우. 빨갱이 등쌀에 있던 재산 다 뺏기구 전쟁통에 예까지 흘러와 요 모양 요 꼴루 단칸방살이를 하지만서두."

"다 같은 이북 사람이라도 준호 아버진 참말로 남다른 데가 있는 분 같어여."

"지난여름 장마에 안마당 물 퍼낼 때 김천댁두 봤잖우. 준호 아비가 위채에 대구 그 불호령 내지르던 강기 말야. 다른 집은 몰라두 준호네 보구 방 비우라는 말은 독사 대가리에 오줌 누기지. 다 같은 월세 내구 있는데 왜 자기만 비우라느냐구 트집 잡아 쇠갈쿠리를 휘둘러대면 그 일 감당이 어디 쉽겠어."

나는 그런 말을 더 듣고 싶지 않아, 가겟방 부엌 쪽문으로 들어섰다. 나는 찔끔하여 다시 걸음을 묶을 수밖에 없었다. 드디어 우리 집 이야기가 경기댁 입에서 떨어졌다.

"……그러니 바느질댁이 방을 비울 수밖에 없잖느냐는 게 내 말이야. 식구 수만 따지더라두 다섯 아냐. 말이 났으니 하는 말이지, 아침에 변소 앞에 줄을 설래두 그 집 식구 한둘은 꼭 끼여 있으니 나같이 장 나쁜 병자는 울화가 끓어 어디 참을 수 있어야지. 그러나 그 정도쯤이야 주인댁 보기에 어디 타당한 이유가 되겠어. 요는 몸 파는 화냥년들 안마당 출입이 문제지. 예전 관기(官妓)야 일정한 교육을 받아 서도며 창이며, 교양미가 철철 넘쳤어. 내 개성서 여학교 다닐 일정 때만두, 개성 기생들이 만주벌에서 싸우는 독립군 위해 군자금을 오죽 많이 거둬 냈는데. 그런데 해방되구 미국식 자유연애가 범람하더니만, 전쟁이 터지자 얼굴이 반반한 젊은 것들이 호구가 급하다 보니 너남없이 가랭이 벌리구 몸을 팔잖우. 수치심이구 뭐구 없어져 남 보는 앞에 뿌연 젖통을 내놓구 옷을 훨훨 벗지 않나, 새파란 년이 속치맛바람으루 마루 끝에 가랭이 벌리고 앉아 양담배 꼬나무는 꼴이라니……"

"그기 어데 집 비워야 할 이유가 되니껴."

"대문간에서 풀빵 굽고 있으니 김천댁은 뭘 모른다니깐. 그게 왜 이유가 안 되우. 주인집에 대학생과 고등학생이 있잖아. 거기다 여고 다니는 곱상한 조카애두 있구. 기생이 줄줄이 출입하니 그게 어디 교육상 말이나 돼. 대학 다니는 성준 학생은 기생이 오면 공연히 우리 쪽 변소를 사용한다니깐. 변소 오가며 바느질댁 방을 힐끗거리잖아. 기생들 낯빤대기며 뿌연 젖통 볼라구. 노마님한테 주의를 듣는 걸 나두 여러 차례 봤는 걸. 사대부집 노마님이 그런 작태를 어찌 봐내겠수."

"듣고 보이 그 말도 그럴듯하군예."

"어디 그뿐인 줄 알아. 지난번에 뺨우물이 폭 파이는 나이 새파란 기생 하나가, 이 댁이 침산동에서 방직공장 하시는 박 사장댁 맞지요 하구 바느질댁한테 묻잖나. 주인 양반이 아마 그 기생이 나가는 요릿집 단골손님인가 봐. 내가 쪽마루에 앉아 듣자 하니 주인 양반 술버릇을 이야기하는데, 배꼽을 잡았지 뭐우. 바느질댁이 위채 노마님 듣는다구 쉬쉬했지만 철딱서니 없는 어린 년이 담배를 피워제끼며 주인 양반이 술에 고주망태가 되어 빤츠바람에 춤춘 이야기까지 다 털어놓잖냐 말이야. 그때 노마님이 수돗간에서 콩나물을 다듬다 눈에 쌍심지를 켜곤, 씩씩거리며 이러데. 방을 비워뒀으면 비워뒀지 비천한 것들 출입하는 꼴 더 못 봐내겠다구. 그런데 평양댁으로 말하자면……" 갑자기 경기댁이 말을 끊었다.

잠시 뒤 김천댁 인사말이 들렸다.

"오늘은 다 판 모양이네여. 고생이 많심더."

딸애를 업은 준호 엄마가 빈 광주리에 나뭇단을 얹어 머리에 이고 쪽문을 통해 바깥마당으로 들어섰다. 한 달째, 준호 엄마의 귀가가 늦었다. 집에서 놀고 있는 준호 아버지가 저녁밥을 지어놓았기에 저물도록 능금과 배를 하나라도 더 팔고 돌아왔던 것이다. 준호 엄마는 바깥마당 귀퉁이에 세워놓은 손수레와 드럼통을 눈여겨보곤 중문 안으로 들어갔다. 경기댁 사설이 또 시작되기 전 이제는 내가 얼른 밖으로 나갈 차례였다.

땅거미가 내린 약전골목과 염매시장에는 가게마다 전등불을 밝히고 있었다. 나는 차가운 저녁 바람에 묻혀오는 약초 내음을 마셨다. 그 내음은 언제 맡아도 코끝이 향긋해 기분이 좋았다. 시장 어귀로 가자 김장용 배추와 무 더미가 수북이 쟁여 있었고 나무전에는 통나무가 집채보다 높게 쌓여 있었다.

우리 집은 언제쯤 땔나무를 한 차쯤 들여놓고 갖은 양념한 김 장독 여러 개를 땅에 묻고 살게 될까를 따져보니 그런 세월이 햇수로 따져 어느 해쯤일까 상상되지 않았다. 나무전을 거쳐 내가 집으로 돌아오니 평양댁이 우리 방으로 건너와 어머니와 이야기를 나누는 참이었다. 역시 아래채 방 한 칸을 비워야 하는 걱정스러운 문제였다.

"선례 엄마두 별걱정 다 하시네. 아니 그래, 아래채 방을 하나 쓴대두 어디 위채에서 가장 먼 이 구석방을 쓰갔이요. 공부하는 학생이 우리 셋방 사이에 끼여들면 판자때기 이 바람벽 하나를 두고 우리 아무 말두 못 허구 살 겝니다. 말하믄 뭣해요, 위채와 가장 □□□□□□ 댁이 나가야 되는 게 원칙이디요. 노마님께서 입이 헤픈 경기댁을 싫어하믄 건 선례 엄마두 아시잖아요."

"그래두 노마님 틀니를 그 집 아들이 싸게 해준 인연도 있는데…… 경기댁이 노마님 비윗살을 오죽이나 잘 맞춥니꺼." 저고리 동정을 달며 어머니가 시무룩이 말했다. "아까 저녁답에도 경기댁이 노마님께 살살이를 치던데예. 어데 상한 이빨이나 아픈 이빨이 읎냐고예. 미선이가 노인네들한테 좋다며 미제 건유 한 통을 선물한다고 베루더라는 말도 전하고예."

"하여간 경기댁 그 주둥아리는 알아둬야 하웨다. 내 선례 엄마한테는 그런 말 안 했습네까. 시장서 우연히 개성 살다 피난온 아낙네를 만났디요. 우리 집에두 개성서 나온 사람이 있다구 했다가 용케 말이 맞았구만. 글쎄, 경기댁이 개성 살 때 첩살이를 했다디 뭐웨까. 개성서 인삼 도부꾼을 상대로 일수 놀이하던 부자와 샛살림을 차려서 낳은 애들이……" 평양댁이

소곤소곤 말하다 닫힌 방문에 눈을 주더니 말끝을 오므렸다.

　어머니는 놀라운 소식이란 듯 일손을 멈추고 평양댁을 바라보았다. 광목포로 덮어놓은 쌀부대 앞자리에 밥상을 놓고 이마 겨누어 공부하던 누나도 평양댁을 곁눈질했다.

　"경기댁이 바깥양반 말을 입에 잘 담지 않더이 그런 연유가 있었군예. 손끝에 물 티기는 게으르터진 성미하며, 웬 여편네가 저렇게 골초인고 싶더마는……"

　"해방되고 인공 세상이 되자 부르좌 반동이라고 돈놀이하던 넝감이며 그 본가족은 다 저 황해도 북녘 골짜기 수안탄광으루 내쫓겼다디 안카씨요. 경기댁이 해방 전에는 첩살림이라 해두 식모까디 두구서는 잘살았답디다."

　"그 언슨시러븐(지긋지긋한) 난리 겪고 지난 이바구 하모 머 합니꺼. 모두 한도 많고 굽이굽이 사연도 많겠지예. 그러나 지가 생각하기로 경기댁은 무슨 수를 써든 여게 남을 낍니더. 아무리 위채와 젤 가까븐 방이라지만 경기댁이 이쪽 빈방으로 옮기모 그뿐인데 꼭 어데 그 방 비워야 한다는 뱁이 있겠습니꺼."

　동정 달기를 마친 어머니가 화로에서 인두를 뽑아 다리미판 위에 진보라색 진솔 양단 저고리의 도련과 동정을 다리미질하기 시작했다.

　"그렇잖다면 준호네가 비우게 되겠디요 뭘. 난 그 둘 중에 한 방이라구 짚는데요. 선례 엄마는 이 고생해가며 자식들 공부시키는데, 즈희들두 자식 키우며 두 눈 뜨구 보면서 그걸 모른담 어디 사람이겠어요."

　"인제사 제우 바느질 일에 터를 잡았는데, 이사를 해도 이

웃집이라모 모를까 큰길 두 개만 건넌다 캐도 걸음품 팔기 싫
어하는 젊은 것들이 길 물어가며 옷감 들고 찾아오겠습니껴.
일감 떨어지모 우리 다섯 식구야 깡통 들고 길거리 나가야 될
신세 아입니껴. 다른 집은 몰라도 우리사 증말로 장사 목이 중
요한데, 낮짝만 한 이 장관동 바닥에 겨울철 닥치는데 세놓을
집이 어데 있을라고……"

어머니가 물코를 들이켰다. 목소리가 젖은 만큼 근심에
찌든 얼굴이었고, 내가 자세히 보니 손조차 힘이 빠졌는지 인
두질이 겉놀았다.

"안감 안 떨어졌어요? 입동 온다구 포목값이 뜁디다레.
한번 시장 구경 나오더라구요."

대답이 궁해진 평양댁이 자리에서 일어섰다.

"건너가이소. 일간 한분 나가께예."

평양댁과 어머니는 전쟁으로 지아비를 잃고 생활 전선에
나선 미망인으로서의 닮은꼴 상처를 지닌 데다 그 억척스러운
부지런함으로, 마당 깊은 집에서는 그 사이가 누구보다 가까
웠다. 평양댁은 어머니의 바느질에 필요한 실과 동정감은 물
론 한복의 안감 따위를 양키시장에서 싸게 구입케 해주는 친
절도 베풀고 있었다.

"그래도 평양때기는 셋방 쫓기날 걱정은 눈곱만큼도 안
하네. 민이가 위채 아아들 둘을 가르치고 있으이께 매정하게
나가달라는 소리사 몬 하겠제. 민이가 잘 가르쳐서 아아들 성
적이 올랐다 카이 주인인들 우째 방 비우라는 소리가 나오겠
노. 위채 방이라도 한 칸 내주지사 몬할망정……" 평양댁이 자
기네 방으로 돌아가자 어머니가 흘린 말이었다. 어머니는 우

리 형제가 들으라고 한마디를 더 보태었다. "평양때기는 같은 과부 처지라도 벌써러 막내자슥 덕을 다 보누만."

그날 밤 어머니는 오랫동안 잠을 이루지 못하며, 이 겨울에 쫓겨나게 되면 어쩌냐, 내 집 한 칸 없는 설움이 이렇구나 하며 한숨만 쉬셨다.

"아무래도 내일 성님 만나 상의를 해봐야겠데이. 성님이 주인댁을 만내서, 우째 우리는 계속 있게 해달라고 통사정해 봐달라고 부탁하는 수밖에."

어머니의 혼잣말이 잠에 빠져드는 내 귀에 흐릿하게 들렸다.

낮이 하루 다르게 짧아져 해가 달성공원 너머로 지고 나서야 나는 신문 배달을 끝낼 수 있었다. 쪼르락거리는 배 속을 달래며 집에 도착될 때쯤이면 하늘빛도 바래어 어스름이 찾아왔다. 평양댁과 어머니가 아래채 방 하나를 비우는 문제로 이야기를 나눈 사흘 뒤였다.

신문 배달을 마치고 집으로 들어가니 우리 방 옆 담을 의지하여 웬 장정이 통나무를 가로세로 엇지게 쌓고 있었다. 어머니와 누나가 마당에 부려놓은 통나무를 장정에게 넘겨주며 일을 거들었다.

"아지매예, 마 내일 장작을 패뿌리이소. 그라모 백 환이나 깎아 사백 환에 몽땅 패주겠심더." 통나무를 키 높이루 쌓는 개털모자를 쓴 장정이 말했다.

"우리 집에도 나무 펠 아들이 있다 카이 자꾸 저카네. 4백 환이모 양석 사서 우리 식구 이틀은 묵겠심더."

"바로 쟈가 장작 펠 아들늠인교? 젓가락 같은 쟈가?"

통나무를 옮겨주는 누나 옆에 섰는 나를 보며 장정이 삥

시레 웃었다.

"안 팬다 카이. 그 사람 증말로 말이 많네. 인자 끝이 났으이께 어서 가소. 돈은 아까 나무 부라(부려)놓은 사람한테 다 줬심더."

"쟈가 통나무 팬다 카모 반은 부씨레기가 돼서 허실이 많을 낀데…… 4백 환 애낄라 카다 천 환 손해볼 낌더. 만약에 통나무 쪼개다 다치기라도 하모 병원값이 나무값보담 더 들지도 모르고."

장정이 나를 보며 고개를 갸우뚱거렸다.

"씰데없는 소리 처주께지 말고 일 마치모 퍼뜩 가소."

장정은 장작을 다 쌓고 나자 개털모자를 들썩해 보이며, "겨울 따시게 지내소"하곤 중문으로 향했다. 도끼와 징을 담은 자루를 어깨에 메고 걷는 그의 뒷모습이 저물녘이어서 그런지 쓸쓸해 보였다.

연탄이 보급되기 전 그 무렵, 추석을 넘기고 찬바람이 불기 시작하면 도회지 어느 골목길이든 굴뚝 청소부나 장작 패는 사람을 흔하게 만날 수 있었다.

굴뚝 청소부는 굵은 철사나 가늘게 쪼갠 대나무 끝에 솔을 달아 그걸 둥글게 말고 어깨에 메고 다녔다. "꾸울둑 소제 하이소오!"하고 느리게 외치고 다니는 그들의 몰골이야말로 굴뚝에서 바로 나온 깜둥이였다. 얼굴과 개털모자는 물론 옷에도 검댕을 덕지덕지 묻혀, 골목길에서 그자가 마주 오면 사람들은 검댕이 옮을까 봐 길을 내주었다. 장작을 때다 보면 방고래며 굴뚝이 자주 막혀 불땀이 없었고 막힌 고래와 굴뚝을 시원하게 뚫어주는데도 기술과 연장이 필요하다 보니 굴뚝 청소부도 어엿한 직업이었다.

굴뚝 청소부야 마주쳐도 아무렇지 않았지만, 장작 패는 사람은 달랐다. 나는 처음 한동안 신문 배달을 하다 그들을 만나면 공연히 간이 콩알만 해지곤 했다. 그들은 대체로 자루에 도끼와 징을 넣어 다녔다. 어떤 사람은 불한당처럼 헐렁한 군복 양쪽 주머니에 징을 꽂고 날이 선 도끼만 덜렁 어깨에 메고 다니기도 했다. 수염 텁수룩한 험상궂은 얼굴에 몇 끼니 굶은 듯한 꺼벙한 눈으로 이 집 저 집 마당 안을 삐꿈거리며 그들이 지나다닐 때, 어깨에 멘 도끼가 흉기로 보여 강도로 착각하기 십상이었다. 호젓한 골목길에서 그들과 맞닥뜨리면, "이놈아, 그 신문 다 내려놓고 옷까지 홀랑 벗고 가!"하고 도끼를 치켜들 것만 같아 조마조마하기조차 했다. "자아앙작 패슈우"하고 목청껏 길게 외칠 때는 그가 무슨 말을 왜자기는지 알아듣기조차 힘들었다.

"길남아, 이기 다 우리 장작이다. 많제?"

누나가 개골창을 덮고 담장 3분의 1까지 쟁인 통나무가리를 보며 흐뭇해했다. 손등으로 땀을 훔치는 누나의 벌어진 입속에 살짝 보이는 덧니가 짙어오는 어둠 속에 희게 드러났다.

"장작더미만 봐도 벌써러 후끈후끈 덥다. 올 겨울은 군불 안 때고 장작만 쳐다봐도 안 춥겠데이." 어머니가 기분 좋게 말했다. "자, 길남이도 배고플 낀게 어서 씻고 밥 묵자."

"알부자가 따루 없구만요. 선례네가 아래채서는 젤루 알부자웨다."

순화 누나가 간이 부엌 앞에 쪼그리고 앉아 풍로 번철에 돼지고기를 볶으며 우리 쪽을 보았다.

돼지고기 볶는 구수한 내음이 내 허기진 배 속에 맹렬하게 식욕을 당겼다. 정말 평양댁네는 버는 쪽쪽 먹어치우듯, 그들 가족은 아래채 네 가구 중 가장 반찬을 걸게 먹었는데, 사흘이 멀다 하고 돼지고기를 근으로 사와 풍롯불에 볶아대지 않으면, 무를 성기게 썰어 넣고 돼지고깃국을 끓였다. "1·4후퇴 때 얼어 죽구 굶어 죽는 피난민을 엄청 봤디 않아요. 몇백년 살갔다구 먹을 것 못 먹구 허리띠 졸라매누. 내일이 어케 됐든 우린 먹을 것 먹기루 했쉐다. 못 먹구 억울케 죽은 녕감 생각해서라두 열심히 먹어 그 몫까지 대신 살아야디요." 보짱 큰 평양댁이 곧잘 하는 말이었다. 그러나 어머니가 우리 형제에게 들려준 말은 평양댁의 속 편한 소리와는 달랐다. "폐병에는 그저 잘 묵는 기 상약인 기라. 큰아들 정태 때문에 평양댁이 오매불망 얼매나 속을 앓는데. 저래 괴기를 찌지고 볶아도 묵는 사람은 폐병쟁이 정탠 기라. 돼지고기는 정태 갸한테 보약과 다름없데이." 나는 돼지고기가 보약이라는 어머니 말을 믿지 못했다. 만약 그 먹음직한 돼지고기볶음이 정말 보약이라면 나도 폐병에 걸려봤으면 싶을 정도였다.

"정말 선례 어머니는 좋겠네요. 제철에 가마니째 쌀을 들여놓지를 않나, 이제 나무까지 저렇게 재어놓으니 김장만 하믄 겨우살이를 다 끝내겠군요."

준호와 둘이서 저녁 식사를 끝내고 밥상을 들고 마루로 나서는 준호 엄마의 말이었다. 준호 아버지는 어제부터 점심때쯤 드럼통 실은 손수레를 끌고 나가면 자정 무렵에 돌아왔기에 집에 없었다.

"나무를 낱개비로 사서 때던 바느질댁이 저렇게 구루마

(달구지) 띠기루 왕창 통나무를 들여놓는 것두 다 속뜻이 있지. 있구말구. 누가 그 꾀를 모른담."

쪽마루 귀퉁이에서 설거지하던 경기댁이 준호 엄마 말을 받았다.

"엄마, 우리도 한 차 들여놓아요. 제가 연말 보나스 받으면 해결할 테니깐요."

흰 칼라 받친 검정색 교복으로 갈아입은 미선이 누나가 가방을 들고 마루로 나섰다.

"암, 그러지 뭘. 우리두 통나무루 한 구루마 사서 터억 허니 재어놓구 보자꾸나."

"나갔다 오께요."

미선이 누나가 전등불에 손목시계를 비추어 보더니, 학교 늦겠다며 어둑신한 마당으로 바지가 터질 만큼 탱탱한 엉덩이를 흔들며 질러갔다.

누나가 밥상을 들고 방으로 들어오자, 기다리던 우리 형제는 재빠르게 밥상 주위에 둘러앉아 자기 밥그릇을 차지했다. 찬은 시래깃국에 김치였다. 국 속의 배춧잎 건더기를 건져내어 씹자 어금니에 모래가 자갈거렸다.

"누부야, 씨레기 매(깨끗이) 안 씻겄네." 내가 말했다.

"매 빨았는데…… 와, 머가 씹히나?"

"모래가."

나는 그런 걸 따질 처지가 아니었다. 아귀아귀 밥을 퍼 넣고 김치를 젓가락이 휘도록 집어 먹었다. 어머니는 시장에 가면 김장 전에 쓰레기로 버려진 배추 겉잎이나 무줄기를 주워오기도 했다. 훔친다면 모를까, 먹을 만한 버린 푸성귀 가져오는데 뭐가 부끄럽냐는 게 어머니 지론이었다. 굶을 때를 생각하면 이것도 오감치(감지덕지) 하시곤, 사람 발에 밟히고 흙이 묻었어도 깨끗이 씻어 국을 끓이면 된다고 했다. 아래채 네 가구 중 불쏘시개로 버려진 짚가리나 나무토막, 버린 푸성귀 겉잎을 주워 오기는 우리 집과 준호네, 두 가구였다.

배 속이 엔간히 차자 나는 그제서야 어머니가 아직도 밖에 있음이 생각났다.

"어무이, 밥 잡수시이소."

내가 방문을 열자, 이제 어두워진 마당의 통나무가리 앞에 어머니가 서 있었다.

"오냐, 먼첨 묵거라."

어머니는 돌아보지 않고 집게손가락으로 찍어가며 스물둘, 스물셋 하며 통나무 개수를 세고 있었다.

"누부야, 어무이 억시기 좋은갑제. 어무이가 웬일로 통나무를 저래 많이 샀을꼬?" 방문을 닫고 내가 물었다.

"이모님이 보금당에 가서 위채 주인아줌마를 만낸 기라. 우리 집은 그냥 눌러 있게 해달라고 말이다. 그라자 주인아줌마가, 참말로 아래채 어느 집을 보고 나가달라고 말할 수 없어 고민이라 카다 생각해낸 꾀가, 장작이라도 먼첨 들여놓으모 그 장작 다 땔 때까지는 이사 가기가 힘들 테인께 그래 해보자고 말을 맞차서…… 어차피 겨울 날라 카모 땔감은 필요하이께 말이다."

"그런데 쪼매 전에 미선이 누나네도 장작 산다 카던데?"

"나도 그 말 들었어." 누나가 시무룩이 대답했다.

이튿날은 정말 경기댁네가 달구지로 한 차, 우리 집이 들여놓은 만큼 통나무를 샀다. 경기댁네는 통나무를 들여놓자마자, 따라온 나무 패는 사람에게 장작으로 쪼개어달라더니, 우리 통나무와 두어 자 간격을 둔 후 담에 통풍이 잘되게 가로세로 엇지게 쌓았다.

마치 땔감 장만에 경쟁이나 하듯 이틀 뒤에는 평양댁 역시 달구지 한 차 분량 통나무를 들여놓았다. 그래서 중문 옆변소에서 우리 방 담까지는 아래채 세 집에서 들여다 놓은 땔감이 마치 나무전처럼 쌓이게 되었다. 준호네만은 그런 경쟁에 무관심했기에, 아래채에서 방을 비워야 할 집으로 은연중 준호네를 지목하게 되었다. 준호 엄마는 여전히 과일을 팔고 돌아올 때면 예전 어머니가 그랬듯 나무 한 단을 사서 빈 광주리에 담아 이고 왔다. 개골창 쪽 담을 가린 많은 땔감을 보고도 달리 표정이 없었다. 그런 사정을 아는지 모르는지 주인집 노마님 역시 아무 내색을 않았다.

어느 날, 어머니는 내게 신문사로 나가면 백묵 한 개를 구해오라고 말했다. 그날 저녁 나는 동인초등학교 교무실에 신문을 넣고 백묵 두 개를 얻어 왔더니, 어머니는 그 백묵으로 우리 통나무에 표시를 해놓으라고 내게 시켰다. 경기댁과 평양댁 나무와 섞일까 보아 염려가 된 모양이었다. 나는 우리 방 옆 담에 쟁여둔 통나무 허리쯤에 위에서부터 아래로 길게 흰 줄을 그어, 누가 나무를 뽑아내면 백묵 선이 끊어지게 표시했다. 나이테 지름 10센티 남짓에 길이 반자 정도의 통나무마다 어머니는, 내가 보급소장을 따라다니며 신문 구독자 집마다 연번호를 매기듯 그렇게 확실한 우리 소유 표시를 했으면 싶은 눈치였으나, "그게 겨우 표시해놨다는 기가? 일 한분 퍼뜩 끝냈네”하고 못마땅해하는 말만 했다.

영남 지방 내륙에 위치한 대구 분지는 여름 한철에는 전국에서 알아주는 불볕더위요, 겨울이면 한파 또한 유난히 극성스럽게 수은주를 끌어내려, 기상대가 전국에서 가장 기온이 낮은 지방을 소개할 때면 빠뜨리지 않는 고장이었다.

11월 하순 어느 날, 기습적으로 추위가 몰아쳐 안마당의 연못에 얼음이 얼었다. 갑자기 닥친 첫 추위라 내가 세수를 하려 대야물에 손을 넣으니 손톱과 손마디가 아릴 정도였다. 어머니는 그날 아침에야 비로소 양쪽 무르팍과 팔꿈치를 다른 헝겊으로 대어 기운 얼룩말 무늬 면으로 짠 속옷을 꺼내주었다. 그것도 누나한테 물려받다 보니, 오줌 누는 데를 가위로 구멍 낸, 발목이 훤하게 드러나는 내복이었다. 속옷이라면 신축성이 있어 엉덩이에 달라붙게 마련인데 손을 넣으니 바가지 하나는 들어가게 헐렁했다. 나는 비로소 그때까지 처녀라는 느낌을 가지지 못했던 누나의 통통한 엉덩이를 새삼 떠올리게 되었다.

“그놈으 날씨 억시기도 맵싸하구만.”

중절모를 눌러쓰고 두툼한 외투를 입은 주인아저씨가 위채 축담으로 내려섰다. 출근길에 나선 그의 입에서 허연 입김이 뿜어져 나왔다.

그날 낮, 점심밥을 막 먹고 났을 때였다. 점퍼 차림에 빵모자를 쓴 젊은이가 안마당으로 들어와 노마님을 찾았다. 위채로 더러 심부름을 나다니는 ‘오성직물’ 직원이었다.

“사장님 심부름으로 나무 싣고 왔심더.” 젊은이가 말했다.

"오냐, 애비가 오늘 출근하면서 나무 넣겠다 그랬느니라. 그래, 차가 도착했나?"

"예, 두 차 가득 싣고 왔심더. 추럭을 행길에 대났는데예."

"저게 장독대 옆에서부터 뒤란 돌아가는 데다 차곡차곡 쌓거라."

젊은이가 밖으로 나가고, 노마님은 식모 안 씨를 부르더니 나무 쌓을 곳에 널린 허드레 물건들을 치우게 했다.

아래채 세 가구는 겨우 달구지로 한 차씩 땔감을 들여놓았으니 그 장작으로 겨울을 넘길지 어떨지 모르지만, 가세가 불길같이 일어나는 위채 주인집은 역시 달랐다. 트럭으로 두 차분이나 통나무를 사 왔으니 아래채 사람들만 놀랄 일이 아니라 장관동 긴 골목 사람들이 오며 가며, 누구네 집 땔감이냐고 부러워할 만했다.

짐칸이 넘쳐날 만큼 통나무를 쟁인 트럭은 여염집 처마를 뭉개어가며 좁장한 골목 안까지 비집고 들어올 수 없었으므로 손수레가 한 대 동원되었고 지게꾼 세 사람이 통나무를 져다 날랐다. 그들이 안마당에 통나무를 부려놓으면, 그 나무를 쌓는 사람도 둘이나 껴 붙었다. 통나무 또한 비틀어지지 않고 죽죽 뻗은 껍질이 불그레한 적송으로, 아랫동은 내 팔로 한 아름이 될 만한 굵기도 있었다. 주인집 통나무와 비교한다는 게 무엇하지만 변소 쪽 담에 의지하여 세 무더기로 쌓아놓은 배추통 굵기의 아래채 통나무는 내 눈에도 초라하게 보일 수밖에 없었다. 그중 경기댁네 나무는 낱개비 장작으로 쪼개어놓았다 보니 더욱 그러했다. 마당 깊은 집에 오직 준호네만이 겨울 땔감을 아직 준비하지 못하고 있었다.

검댕 묻은 목장갑을 낀 준호 아버지가 성한 손에 고구마 자루를 들고 방에서 나왔다. 그분은 늘 그렇듯 다른 사람과 눈을 맞추지 않으려고 얼굴을 숙인 채 마당에 나동그라진 통나무들 사이로 빠져나갔다.

"아부지, 나도 따라갈래. 나도 데려가이소."

준호가 제 아버지의 팔 없는 헐렁한 소맷자락을 잡고 졸랐다.

"아뿌지, 아뿌지, 나도 데려가. 구경 데려가."

어느 틈엔가 길수가 앙가발이걸음으로 준호 아버지를 따라갔다.

"느네 아부지가 아니잖아. 우리 아부진데 길수 절마(저 녀석)는 늘 저거 아부지로 아나 봐."

준호가 길수에게 핀잔을 놓았다.

"아뿌지, 아뿌지, 쭈호랑 난도 가찌 가."

길수는 준호 말에 아랑곳없이 서투른 걸음으로 통나무를 걸터 넘으며 준호 아버지 꽁무니를 쫓았다. 길수는 아버지라 불러보는 게 소원이기라도 한 듯 준호 아버지를 늘 아버지라 불렀다.

"느네들이 갈 데가 못 된대두 그러네" 하곤, 준호 아버지가 아들에게 말했다. "준호 느가 길수 데리구 놀래두. 한참 놀구선 아버지가 써놓은 글자 있지, 그 글자 신문지에 다 써놓아. 다섯 번은 써놓아야 종아리 안 맞는다, 알았어?"

"아부지도 글자 삐뚤삐뚤하게 쓰면서, 쳇."

준호가 제 아버지 흉을 보았다. 준호 아버지는 성한 왼손으로 글자 쓰기를 익히고 있었던 것이다.

준호 아버지는 대꾸 없이 둘을 돌려세우고 바깥마당으로 나섰다. 그는 그곳 김천댁 가게 뒤쪽 귀퉁이에 늘 드럼통과 장작단 실은 손수레를 부려두었다. 날씨 탓인지 귀가리개 달린 개털모자를 눌러쓰고 준호 엄마가 짜준 계목도리 두른 그분의 뒷모습이 그날따라 더 초라해 보였다.

일꾼들은 추운 날씨에도 땀을 흘리며 열심히 일했고 노마님은 쪼그락진 입가에 푸짐한 웃음을 물고 그 광경을 지켜보고 있었다. 손수레꾼과 지게꾼은 통나무를 안마당에 모두 부려놓자 오성직물 직원으로부터 품삯을 받고 떠났다. 물들인 군복을 입은 장정과 바지저고리에 검정 조끼 입은 장정은 담벽을 의지하여 통나무를 모양 좋게 부지런히 쌓았다.

"할무이요, 마 내일부터 나무를 패이소. 우리 두 사람이 사흘이모 다 끝나겠네예. 아주 헐값에 잘 패드리겠심더." 조끼 입은 얼굴 얽은 장정이 말했다.

"허허, 이 사람들. 차 타고 올 때부터 쪼르더마는 연방 그 소리네. 보소, 나무가 안죽 축축하잖능교. 생나무라 더 말라야 한다 카인께요." 오성직물 직원이 말했다.

"젊은이 말이 맞네. 나무가 안죽 덜 말랐어." 노마님이 그 말을 받았다.

"덜 마른 나무 패기 힘든 거는 우리 사정 아입니껴. 덜 말랐을 때 패모 나무 뿌시레기 안 생기고 장작 퍼뜩 말라 불기운 좋으이 일거양득 아입니껴."

얼굴 얽은 장정이 가리 위에 있는 동료에게 통나무를 올려주었다.

"정지 뒤에 안죽 보름 땔 거는 남았으이 마 나무만 재아주고 가소. 덜 마른 나무 일찍 패놓으모 불땀 안 좋은 거 모르는 모양이제."

노마님이 말하곤, 한기를 느끼는지 어깨를 떨며 위채로 돌아갔다.

"보이소예. 나무 잘 재어주이소. 통나무 굴러떨어지모 사람 다칩니더."

안 씨가 통나무가리 위에 있는 작업복 입은 장정을 올려다보았다. 그동안 묵묵히 일만 하던 털거지 사납게 생긴 장정이 안 씨를 내려다보았다.

"걱정 마시라우. 잘 쌓아드리리다."

"왜정 시대는 왜놈들이 다 찍어내구, 전쟁 통 폭격에 불기운 쐬어 말라 죽구, 또 저렇게 마구댑이루 베어내니 산이 온통 알머리가 될 수밖에 더 있갔어." 팔짱을 낀 채 통나무 쌓는 일을 보고 있던 정태 씨가 말했다.

"지가 시골에 있을 때는 산에 나무 비어내다 들키모 주재소에 붙잡혀 가서 시껍묵던(혼쭐나던)데예." 내가 정태 씨를 보고 말했다.

"힘없는 인민이야 졸가리 하나 꺾어두 그렇게 당하는 거디 어카갔어. 그러나 산판을 통째 차지하구서는 그 국유림으저런 늠름한 왕소나무를 겁 없이 베어내두 경찰에 안 잡혀가는 사람두 있디. 경찰과 군청 직원과 한통속이 되어 나눠 먹기하는 빽 센 브로커 개놈들이 따루 다 있잖았어. 그러니 요즘 세상을 두고 빽이 최고라는 세상이라디 않갔니. 내년 여름 장마 질 때 보더라구. 홍수가 나면 벌거숭이가 된 산에 사태가 지구, 흙난리 물난리 당하는 마을이 부지기수루 생겨날 테니깐. 이놈으 썩어빠진 정부가 인민들 고혈이나 빨아먹갔다구 덤비디, 어디 치산치수에 관심 쓸 틈이 있갔나 말이야."

웃는 얼굴을 볼 수 없을 만큼, 정태 씨 말투는 언제나 뒤틀려 있었다. 그는 겁 없이 나에게 '인민'이란 저 북쪽 사람들이 쓰는 말을 함부로 입에 올렸다.

"어디서 많이 본 얼굴인데?"

가리 위에 있던 털거지 사납게 생긴 장정이 정태 씨를 보더니 고개를 갸우뚱했다. 그는 목에 감은 깜조록이 때 탄 수건으로 얼굴의 땀을 훔쳤다.

"나두 어디서 본 듯합네다."

"그렇군, 형씨를 방천둑 빨래터에서 봤수다. 피양서 피난 온 사범학교 출신을 찾더구믄. 고래고래 소리 지르면서 말이우."

"그럼 댁두 니북서 내래온 가족 찾으러 방천에 나갔더랬수?" 정태 씨가 물었다.

"그러우. 그쪽으룬 특히 자주 나가지요. 방천만 다니는 게 아니라 사람이 꾀는 곳은 어디든 다 다닌다우. 양키시장두, 칠성시장두, 서문시장에두 하루 한 번은 꼭 들르지요. 남한 땅구석구석까지 뒤져서라두 난 반다시 피난 내려왔을 우리 가족찾구 말 테우."

"댁은 니북 어디래서 피란 나왔디요? 말씨가 평안도 아래쪽 같은데."

"황해도 수안군 삼정면이라우. 부모님과 형제가 다 내려왔다는 말을 인편에 듣긴 들었는데, 혹시 그쪽에서 피난 온 사람 아는 이라두 계시우?"

"모르오. 수안 쪽 사람은 아직 못 만났쉐다."

내가 신문사로 가려 집을 나설 때쯤에야 나무 쌓기를 마친 장정 둘도 손을 털고 떠났다. 나무 팰 일감을 따내지 못한 둘은 섭섭한지 안 씨에게, 열흘쯤 뒤에 다시 한번 들르겠으니 그때까지 딴사람을 쓰지 말라는 당부 말을 남겼다.

내 키의 두 배는 되게 쌓인 통나무에서는 고향의 톱밥 쟁인 제재소 안을 기웃거릴 때처럼 향긋한 나무 냄새가 났다.

6.

첫눈이 온 날이었다. 남도 지방 눈이 대체로 그렇듯, 밤사이 감질나게 싸라기 눈발이 흩날리다 마당의 흙조차 채 덮지 못하고 그쳤다. 날이 새자 그나마 바람이 눈가루를 마당 구석으로 쓸어 붙였다. 바람기가 있으나 그 바람이 그리 맵지 않았고, 맑은 날씨가 푹했다.

"눈 온 날 문디(문둥이) 빨래한다더니, 눈 온 뒤끝에 이렇게 따뜻한 날 김장이라도 하모 좋겠구만, 양념값이 천장 모르고 뛰던데……" 어머니가 말했다.

밥 짓기를 선례 누나에게 맡기고, 어머니는 아침 일찍 찾으러 올 저고리 고름을 달고 있었다.

아래채 네 가구는 누구도 김장을 한 집이 없었다. 땔감은 다투어 들여놓았으나 아래채 방 하나를 비워야 한다는 노마님의 말이 그 뒤로는 중동무이가 되어, 모두 겨울은 이사 없이 무사히 넘기게 될 모양이라며 시름을 놓아버려, 김장은 마냥 늑장이었다. 다른 집은 몰라도 우리 집 경우는 어머니 바느질 일감이 늘 밀려 있는 형편이라 김장할 쯤을 내지 못하고 있었다. 바느질 일은 다른 업종과 달리 일감을 맡기면 그 독촉이 성화같았다. 새 맞춤옷을 어서 입어보고 싶어 안달내는 심정이야 누구나 마찬가지겠지만, 어머니 단골이 술자리에서 웃음을 팔아 번 돈을 치장에 헐어 쓰는 팔팔한 젊은 여자들이라, 그 나이가 그렇듯 진득하니 기다릴 줄을 몰랐다. "그럼 다른 바느질집에 맡길 수밖에 없겠군요" 하고 촐싹대며 펼쳐놓았던 옷감 보자기를 다시 뭉칠 때는 어머니로서도 손님을 놓치지 않으려 욕심을 내지 않을 수 없었다. 어머니는 통금 사이렌 소리와 더불어 전등불이 나간 뒤에도 자정 넘어 호롱불 아래 다가앉아 앞머리카락을 그을려가며 밤일에 매달리지 않으면 안 되었다. "내 초롱턴 눈이 아주 가는 모양이데이. 벌씨러 이 나이에 바늘귀를 제대로 몬 꿰다이. 길남아, 니 다음에 커서 이 에미한테 효도할 마음이 있으모, 우리 어무이 젊을 때 우리 믹이고 공부시킬라고 눈을 너무 버렸으이 눈에 좋다 카는 이 약 드이소 하고 눈에 좋다는 약이나 사 온나." 어머니가 눈부리 아릴 때면 눈을 비비고 곧잘 하는 말씀이었다. 정말 아침에 보면 침침한 호롱불 아래 밤일로 시달린 어머니의 눈자위가 부어 있었고 눈동자에는 늘 핏발이 서 있었다.

"선례야, 어제 아침 출근하구 보니 피엑스에 난리가 났지 뭐냐. 문짝 자물쇠가 떨어져 나가구 피엑스 안이 온통 수라장이 돼버렸어."

간이 부엌 앞에서 아침밥을 짓던 미선이 누나가 껌을 씹으며, 역시 아침밥을 짓고 있던 선례 누나에게 말을 걸었다.

"와예, 도둑이 든 모양이네예?"

"그래, 도둑이 들었어. 피엑스 물건을 몽땅 훔쳐냈지 뭐야. 철조망이 겹으로 쳐져 있구 밤이면 전류까지 흐르는 데다한국 경비원이 밤낮으루 순찰을 도는데 도둑들은 어디루 들어왔을까. 미군 헌병이 야간조 경비원을 추달하며 총대루 치구마구 때렸어. 피엑스 근무자를 모두 의심하는 통에 나까지 오전 내내 조사를 받았단다."

나도 미군 부대를 에두른 겹겹의 철조망을 대구로 와서 본 적 있었다. 그 철조망에는 곳곳에 이런 팻말이 붙어 있었다. '접근 금지, 접근하면 발포함.' 나는 발포란 말뜻을 두고 선례 누나에게 물은 적이 있었다. 발포란 부대 안으로 잡아간다는 뜻이 아니라, 총을 쏜다는 말임을 그때서야 알았다. 철조망옆에 가까이 간다고 총을 쏘겠다면 사람을 짐승처럼 사냥하겠다는 말이었다. 길거리에서 파란 눈을 한 몸집 크고 털이 부숭한 미군을 보면 그가 말을 걸어오지 않아도 왠지 소마소마했는데, 누나 말을 듣자 더욱 겁이 났다.

"언니, 범인은 못 잡았나예?"

"아직은 못 잡았나 봐. 피엑스 담당 스미스 중위두, 한국종자는 모두 도둑놈들이라구 펄펄 뛰데."

"설마 한국인이라고 다 도둑놈이겠어예."

"화가 나니 하는 말이겠지 뭘. 사실 미국인은 그렇지 않은데 한국인은 마음이 검어. 8군에 근무하는 한국인치구 미제 물건 한두 개 슬쩍하지 않는 치가 없으니깐. 그래서 퇴근 때가되면 한국인 종업원은 꼭 몸수색을 하잖아. 여자 검색원이지만 월경대까지 뒤질 땐 속이 상해 죽겠어."

"언니도 그렇게 슬쩍한 적이 있나예?"

"나야 뭘…… 다들 그렇다는 거지."

"살기가 워낙 어려우이 그러는 사람도 있겠지예."

"그런 이유만은 아니지만, 난 한국이 싫어. 무슨 수를 쓰든 이 땅을 떠나고 싶어. 또 언제 전쟁이 날는지두 모르구."

미선이 누나가 씹던 껌을 딱딱 터뜨렸다. 나는 마루 아래 소복이 모여 있는 싸라기눈을 비질하며 그런 대화를 들었다.

위채 학생들이 다투어 중문을 빠져나가고, 누나와 길중이도 책보를 들고 학교로 떠났다. 이어 경기댁네 홍규 씨와 미선이 누나도 출근했다. 다음 차례는 위채 주인아저씨였다. 노마님이 바깥 대문까지 아들을 배웅하고 돌아올 때였다. 바깥마당에서 노마님의 고함 소리가 들렸다.

"아침부터 웬일인교. 우리 집은 아무것도 살 끼 읎다 카인께예. 무슨 물건을 팔러 왔는지 모르지만 우리 집은 읎는 거 읎이 다 있심더."

"할머니, 우린 물건 파는 사람이 아니라니깐 그러시네. 이 집에 사는 사람을 만나러 왔다잖아요."

굵직한 남자 목소리였다.

"누가 속을 줄 알고. 당신네들 하는 수작을 다 안다이깐. 그래, 사람을 만내로 왔으모 그 사람이 대체 누군교? 내가 불러줄 낀게 마 여게서 기다리이소. 안마당에 들어오지 말고 밖에서 기다리란 말임더."

"우리가 들어가면 무슨 부정 탈 일이라두 있나요? 좆같이, 할망구 보자 하니 해두 너무하는걸."

한쪽 다리 없는 사내가 참을 수 없다는 듯 욕지거리를 했다.

나는 방문을 열었다. 길수가 무슨 구경이나 난 듯 신발을 챙겨 신고 뛰어나갔다. 노마님을 제치고 중문으로 들어선 사람은 상이군인 둘이었다.

"할머니, 이분들은 준호 아버질 만나러 오셨다우." 빨래한 아기 기저귀를 위채 통나무 쌓아놓은 쪽 간짓대 줄에 널던 준호 엄마가 민망한 듯 말했다. 그네는 두 상이군인을 맞았다. "어서들 오시우, 애아버지 집에 계십니다."

계급장 없는 작업모에 후줄그레한 군복을 입은 두 사내 중에 하나는 왼쪽 다리가 없어 바짓가랑이를 무릎께에 납작하게 접어 올렸고 겨드랑이에 목발을 끼고 있었다. 다른 하나는 화상으로 얼굴 한쪽이 흉하게 뒤틀려 마주 보기가 끔찍했는데, 그쪽 눈은 실명을 했는지 검은 동자조차 없었다.

준호네 방문이 열리고 준호 아버지가 얼굴을 내밀었다. 나도 아우를 뒤따라 마당으로 나왔다.

"한 중사와 김 하사로군. 집으루는 오지 말랬는데 아츰부터 무슨 바람이 불었어."

달가워하지 않는 기색으로 준호 아버지가 쪽문으로 나섰다.

"허허, 증말 이렇게 중대장님까지 문전 박대르 하김네까. 중대장 뵈오르 아츰 일찍 찾아왔음머이."

외짝눈의 상이군인이 너털웃음을 웃었다. 뒤틀린 흉터 탓으로 웃는 얼굴이 우는 표정이었다.

상이군인 둘은 준호네 방으로 들어가고, 노마님은 닭 쫓던 개처럼 멍뚱하니 섰다 혼잣말을 쑤얼거리며 위채로 올라갔다. 내다보던 경기댁도 방문을 닫았고, 순화 누나가 방천으로 나갈 헌 군복 빨랫감을 한 아름 안고 셋째 방에서 나왔다.

상이군인 둘은 30분 남짓 준호네 방에 머물다 나왔다. 그들이 밖으로 나올 때, 정태 씨가 쪽마루에 나앉아 따뜻한 초겨울 햇살 아래 해바라기하며 신문을 읽고 있었다. 내가 확장용으로 가져온 신문이었다. 나 역시 쪽마루에 나앉아 누나가 쓰는 지리부도를 펴놓고 보며, 홍해를 거쳐 수에즈 운하를 빠져 지중해로 들어선다…… 하고 마치 선원이나 된 듯, 미선이 누나처럼 이 땅을 떠나고 싶어 하릴없는 공상에 잠겨 있었다.

"중대장님, 꼭 나오셔야 합네다. 점심값과 차비는 물론 수건을 한 장씩 나누어 준다지 않습네까."

목발을 낀 상이군인이 따라나서는 준호 아버지를 돌아보았다.

"글쎄, 나는 먹구살기가 바빠 그런 데 한가로이 나갈 시간이 없대두 그러네."

"중대장님이 앙이 나오시믄 됩네까. 역전으 용사들이 다 모이는데 중대장님두 꼭 나오세야 합네다." 외짝눈 상이군인 말이었다.

준호 아버지가 두 상이군인을 바깥마당까지 배웅하고 돌아오자, 정태 씨가 신문에서 눈을 떼며 물었다.

"박 선생님, 오늘 무슨 모임이 있는 모양이디요?"

"낮에 종합운동장에서 '개헌안 통과 찬성 반공 궐기대회'가 있나 보우. 지난봄에두 그 비슷한 행사에 난 빠졌더랬는데 이번엔 꼭 나오라구 저렇게 성화구려."

"벌써 일주일이나 지났는데 신문에는 아덕 그 기사가 없어지디 않구먼요. 박 선생님, 도대체 그게 말이나 되는 소립네까. 총 202표 중 찬성이 135표, 부결이 60표, 기권이 7표라, 통과선 한 표가 모자라서 부결 처리허구서는, 이틀 뒤 사사오입(四捨五入)이란 소학생 산수 놀음 잔꾀를 궁리해서 번복허더니 새로이 통과 가결을 선포했다는 게 어디 말이나 되나요?"

정태 씨가 신문 한 귀퉁이를 손가락질하며 흥분했다.

"잔꾀는 잔꾄데, 졸렬하다는 생각은 들더면요."

"국회가 어디 그런 잔꾀나 부리라구 우리가 세금 내갔이요."

"이 박사 그 양반이 대통령 더 하구 싶어 그렇게라두 헌법을 고친 게 아닙니까. 그런 높은 자리 앉으면 누군들 쉽게 내놓겠수. 무슨 욕망보다두 권력욕이 무섭다는 건 세계 정치사가 잘 말해주는데. 그 욕망이야말루 상위 개념이라 자잘한 다른 모든 욕망을 한꺼번에 충족시켜주니깐요."

"박 선생님은 그 궐기대회란 데 나가실 작정입네까?"

"문전 박대나 당하는 병신들이 그런 대회에나 쫓아다닌다구 누가 우리 식구 생활을 보장해주우."

"오직 그 니유 때문에?"

"나두 성깔깨나 있었는데 세상살이가 그렇지 않습디다. 전쟁 뒤끝이라 그렇기두 하겠지만 이 자유주의란 세상은 사람을 사람으루 알아주지 않구 돈으로 사람을 저울질하는 게 너무 심한 것 같긴 하우."

"말씀 잘허셨습네다. 사실이 그래요. 반공 궐기대회두 그렇디요. 돈으루 사람을 사서 억지 대회를 열다니. 반공? 쳇, 반공으루 인민을, 글티 않디, 백성을 꼼짝달싹 못 하게 묶어두구 평생 반 토막 나라 제왕 노릇이나 하라지."

자기네 방으로 들어가려던 준호 아버지가 정태 씨의 빈정 거림에 무슨 생각이 났던지 걸음을 멈추었다. 그분이 쪽마루에 정태 씨와 나란히 앉았다.

"최 형은 반공을 싫어하는가 보우. 반공이 왜 싫으우?"

어투는 시비 조였으나 준호 아버지 목소리는 차분했다.

"한쪽은 반공만 주장하구, 한쪽은 친공만 앞세우니 통일이 어려울 것 같아 해본 소리라요. 어느 쪽으루든 이 민족은 통일부터 이뤄놓구 봐야 허는데……"

"내 소견으루 반공을 앞세워 선량한 시민을 무작하게 다스리는, 이럴테면 반공 제일주의으 처형이나 고문이나 테러가 아닌, 순수한 뜻에서으 공산주의를 거부하는 승공 궐기대회는 전쟁 치른 이 시점에서 꼭 필요하다구 생각하우."

"극우 반공주의자에게 그런 주문이 통할 것 같시요?"

"말하자면 그렇다는 거지요. 따지고 보믄 극좌 또한 얼마나 많은 인민을 반동이란 명목으로 처형했수."

"글쎄요. 반공이란 말을 너무 많이 들으니 이젠 식상해서 그런디 저로서는……"

"최 형 같은 반골은 어느 체제든 쉽게 적응하기 힘들겠지만, 자라나는 후세들에게 자유으 소중함을 깨워주기 위해서두, 또 총 들구 직접 싸워보지 않은 최 형 같은 이를 위해서두 반공정신은 필요하다구 보우. 무슨 말인구 하니, 이 땅에서 전쟁과 같은 폭력 혁명을 신봉하는 자들은 무조건 사라져야 한다구 봅니다. 우리 전우가 목숨 바쳐가며 어떻게 지켜온 자유입니까. 아직 참다운 자유주의를 제대루 실행해보지 못해 정치적 후진성을 면치 못하는 남한으 자유주의는 문제점이 없지

두 않지만 말입니다."

"……"

정태 씨는 준호 아버지를 쏘아보기만 할 뿐 입을 꿰고 있
었다.

"내가 반공 궐기대회에 안 나가는 건 이 박사가 반공을 구
실루 대통령 오래 하겠다는 점보다두, 내 생활이 여의치 않다
보니 그런 일에 짬을 내기두, 전우를 만나기두 면목이 없을 따
름일 때문이라우."

"선량한 소시민이십네다. 나두 뭐 박 선생님 같은 분 앞에
서 중뿔나게 내 주장을 펼 닙장이 못 됩니다만…… 어쨌든 이
번 전쟁이 반공주의자와 친공주의자를 확실하게 갈라놓은 셈
이웨다. 전쟁 전에는 사상적 주의자 외는 그렇게까지 동포를
서루 증오하지는 않았잖습네까."

"맞수. 미국과 소련으 체면 살리는 대리 전쟁을 치르는 사
이 녹아나기는 우리 민족과 이 강산뿐이었수. 양쪽 다 다른 나
라가 만든 무기루 열심히들 싸웠수. 그래두 통일이나 됐다믄
모를까, 3백만 넘어 희생자를 내구서두 이렇게 휴전이 되구 보
니 말루 다 표현할 수 없는, 증말 기막히는 엄청난 상처만 남
기구, 명분을 그 어디서두 찾을 수 없는 전쟁이 되구 말았잖
수. 허무한 생각두 들구, 안타까운 마음뿐이라우."

준호 아버지가 자신의 쇠갈고리 손가락을 어루만졌다.

"고향이 니북 땅이라 들었는데 전쟁 던에는 학교 교사를
하셨다면서요? 그럼 국군에는 언제 입대했수웨까?"

"강원도 평강에서 인민학교 교사를 지냈지요. 그러다 전
쟁이 나자 문화공작대 요원으루 뽑혀 해방구 후방지로 내려왔

다우" 하던 준호 아버지가 갑자기 힘주어 말했다. "7월, 경북 문경 지방 전투 때 국군에 귀순했다우. 간단한 심사 끝에 국군에 배속받아 포로 심문관으루 가을을 넘기구, 영천서 3개월 단기 교육을 받구 일선 소대장 배치를 받기는 이듬해 3월이었다우. 귀순 용사루 편성된 소대였답니다."

"국군에 투항한 특별한 사정이라두 있읍네까? 전쟁 던 니북 살 때 재산이 적몰되어 배정된 지역으루 이주됐다던가……"

"공산 세상을 겪어봤지만 선친으루부터 유학(儒學)을 익힌 탓인지 내게는 그 제도가 맞지 않습디다. 사람은 그 능력과 개성에 따라 상응하는 평가를 받아야 하는데, 두부모 자르듯 인간을 계급 평등이란 이름으루 재단하구선 획일적 통제 체제 루 사회를 조직화시키니 영 갑갑두 하구, 늘 감시당하는 분위기에서 생도들 가르치기조차 불편합디다. 즈이네 사상을 밀구 나가는 자들은 그렇지 않습디다만."

"글쎄요, 해석은 하기 나름입네다만…… 미군 비행기 폭격을 피해 내려왔으나 이쪽 땅두 문제는 적지 않디요. 사회 구조가 복잡해선디 문제가 훨씬 더 많습네다."

"50년 가을부터 중공군 참전 전후에 이북 땅은 미군 공습이 대단했다지요?"

"말두 마십시우. 니북 땅은 완전히 초토화되었습니다. 처음은 군수 시설이나 큰 건물이 폭격 대상이었으나, 나중에는 무차별 융단 폭격이었디요. 폭격을 피해 인민학교 생도들이 뒷산으로 몰려 도망가면 그 산을 폭파해버리기까디 했쉐다. 노인과 아낙네가 비행기 소리에 놀라 논두렁으로 뛰디요. 그러믄 비행기가 몇 차례고 되돌아와 기어코 기총소사로 죽이구 서는 떠났디 않갔시요. 미국 즈이 나라가 조선과 무슨 원쑤가 졌다구 그렇게나 처참하게 학살하구 철저히 파괴했는디 모르 갔시오. 그런 보고두 있었다지 않습니까. 미 8군 사령관이 즈 희 나라 대통령에게 전쟁 상황을 보고헐 때, 니북 땅은 비행기 루 철저히 파괴해버려 원시 사회루 만들어놓았다구……"

"전쟁 전에 부친께서는 무슨 일을 하셨수?"

"평양에서 사업을 했디요. 선교리에 농기구 생산 소규모 철공소를 자영했쉐다."

정태 씨가 이렇게 말했을 때, 평양댁이 양키시장으로 나 가려 군복 보퉁이를 들고 쪽마루로 나섰다. 군용 털목도리를 머리에서부터 귀쌈을 가려 턱 밑에서 졸라매었고, 담요로 만 든 통 좁은 바지 앞에 전대를 차고 있었다.

"큰애야, 그런 좌우익 사상 얘기는 내 하디 말랬잖아. 피 난 내래온 따라디치구 니북 살 때 못산 사람 어딨구, 내무서원 이나 당원들 행패 안 당했다는 사람 봤더냐. 여기 와서 살면 여기 사람 돼야디. 열심히 벌면 우리두 옛 고생 얘기하구 살 날 올 것이야. 남한 세상 좋다는 게 뭐 있갔어. 내 노력하면 남 부럽디 않게 살게 된다는 이치 아니갔어."

"아주머니 말씀 맞습니다. 우리같이 가진 것 없는 따라지 야 이 낯선 바닥서 어디 크게 성공이야 하겠습니까. 휴전선 무 너져 통일되는 날까지 열심히 일해 고향 떠난 설움이나 풀 만 큼은 살아야지요. 난 늘 내 한 팔을 고향 땅에다 묻어두구 왔 다구 생각하우. 그 팔 찾아 다시 붙일 수는 없겠지만 말입네 다. 그러나 은젠가 묻은 팔 찾으러 고향 갈 좋은 날이 오겠지요." 준호 아버지가 말했다.

"전쟁이 사람들 다 버려놓았이요. 모두들 돈의 노예가 되어 왕도둑놈들 앞에서두 그저 발발 기는 체제 순응주의자가되구 말았으니. 도둑질이든 뭐를 하든 날래 벌어 잘살겠다는 욕심 하나에 매달려 있디 않갔시요. 그렇다구 정직하게 힘써버는 하층 계급이 잘살게 되느냐 허면, 이런 계산은 뱁새가 황새 따라가기밖에 더 되갔시요." 정태 씨 말이었다.

"그럼 넌 돈이 필요 없다는 겐가. 모두들 잘살겠다는 꿈 아니구 이 마당에서 무슨 꿈이 더 중요하갔니?" 평양댁이 농구화를 발에 꿰며 아들에게 대거리를 놓았다.

"제간 놈이 이 바닥서 꿈꾸어본들 이룰 게 뭐가 있갔시요. 하두 답답허니깐 해보는 소리디요."

"할 일 없이 자빠져 있으니 괜한 걱정을 만들어서 하누만. 그 개소리 치워라 마. 안 그렇던 아가 피란 오구부터 삐뚤어져 두 많이 삐뚤어졌어. 피란 오기 싫달 때 그 땅에 두고 올걸. 끌 구 온 이 에미 욕질을 안 하나 원. 자식이 원쑤라더니 네가 이 에미 복장 썩여 죽일 거디!"

평양댁이 팩 쏘아 말하곤 군복 보퉁이를 머리에 이더니 다리 긴 도마의자를 들고 활달하게 마당을 질러갔다. 정태 씨는 화가 잔뜩 난 얼굴로 신문을 구겨 쥔 채 방으로 들어가버렸다.

"문제가 많은 청년이야." 준호 아버지가 정태 씨 뒤꽁무니를 보며 혼잣말을 했다.

며칠 동안 따뜻하던 날씨 끝에, 꾸므레하던 하늘이 점심 무렵부터 시름시름 겨울비를 뿌리던 날이었다. 나는 방에서 어머니가 어제 사 온 김장용 마늘을 까고 있었다. 간이 부엌 루핑 지붕을 두드리는 빗소리를 듣고 어머니가 내게 말했다.

"길남아, 뒤란에 헌 쌀가마니 있을 끼다. 그걸로 비에 안 젖게 우리 집 나무 덮어둬라."

"어무이, 우리는 나무 언제 펠 낍니껴?"

나는 아리던 눈을 손등으로 비비며 일어섰다.

"니한테 시킬까 바 그카나?"

"그런 기 아이라……"

"주인집 장작 펠 때 나무 패는 요령을 니도 잘 봐두거라. 비싼 밥 묵고 돈도 안 생기는 일 힘 빼가미 운동하는 사람도 있는데, 장작이라도 패모 그기 바로 일석삼조라 카는 기다. 운동 되제, 품삯 안 들제, 장작 패는 기술 배우게 되제."

담벽에 쟁여둔 통나무가리를 볼 적마다 그러려니 싶었는데 사실로 확인되어 나는 대답할 말이 없었다.

우장옷을 둘러쓴 내가 통나무 위로 올라가서 가마니를 덮고 있을 때였다. 열려 있는 중문 안으로 빈 지게를 진 웬 사내가 쭈뼛거리며 들어섰다. 물든 군복에 개털모자를 쓴 그는 주인집이 트럭으로 통나무를 들여놓을 때 가리 위에서 나무 쌓는 일을 하던, 털거지 사납게 생긴 황해도 출신 장정이었다. 그는 자기가 쟁여놓은 통나무가리를 힐끗 보곤 화단을 돌아 위채 쪽으로 갔다.

"아무두 안 계십니까?"

위채 댓돌에 올라서서 비를 피한 사내가 대청 유리문 안을 기웃거리며 사람을 찾았다.

"누굽니껴?"

부엌에서 안 씨가 나왔다.

"모르시겠습니까, 일전에 나무 쌓던 사람이라요."

사내가 개털모자를 벗으며 꾸벅 인사를 했다.

"그라고 보이 그러네예. 열흘 뒤에나 온다 카더마는 빨리도 왔네예."

"아니, 그게 아니라 비가 오니 생각이 나더만요. 나무를 젖잖게 해드릴까 하구 왔어요. 가마니를 주시면 제가 잘 덮어드리구 가겠습니다." 그가 빙긋 웃으며 덧붙였다. "품삯 달라지는 않을 테니 그 염려는 놓으시라구요."

"저 통나무 우로 우째 올라갈꼬 싶어 길남이 쟈한테 부탁할까 캤는데 마침 잘됐심더. 저 창고 안에 가마니하고 새끼줄이 있을 낌더." 안 씨가 말했다.

사내는 빈 지게를 벗어놓더니 창고 안에서 가마니 여러 장과 새끼타래를 들고 나왔다. 그는 그것을 들고 통나무가리 위로 올라갔다. 비를 맞으며 일을 했으나 그 솜씨가 재빨라 금세 끝이 났다. 노마님이 마루에 뒷짐을 지고 서서 사내의 날랜 솜씨를 지켜보고 있었다. 일을 끝낸 사내가 지게를 지고 떠날 차비를 하자, 안 씨가 부엌에서 숭늉 대접을 들고 나왔다.

"뜨신 물이나 한 그릇 묵고 가이소. 옷도 다 젖었는데 찬 속이나 데우구로."

"고맙습니다."

사내는 위채 처마 아래에서 더운 숭늉 그릇을 두 손으로 받쳐 들고 후룩후룩 마셨다. 숭늉 그릇을 비운 사내는 구레나룻 시커먼 턱주가리를 쓸며 가늘게 뿌리는 빗줄기를 멍하니 바라보았다.

"이 비가 끝나면 진짜 동장군이 닥치겠습니다."

노마님이 그때까지 마루에 서서 무슨 참견인가 하려 하더니, 점잖게 입을 떼었다.

"이 비 끝나모 댁이 우리 장작 패주게."

"아이구 고맙습니다. 싸게 잘 패드리겠습니다."

그 말을 기다리기나 했다는 듯 사내가 개털모자를 벗고 노마님에게 허리가 꺾어져라 두 차례나 절을 했다.

"상판은 꼭 소도둑 같애도 부지런하고 심성이 무던할 것 같아. 이북에서 적수공권으로 피난 온 사람이 독한 마음 묵지 않으모 이 바닥서 발붙이기 어데 쉽겠노마는 저 젊은이사말로 눈밭에 알몸으로 내놔도 굶어 죽지사 않겠군." 노마님이 중문을 빠져나가는 사내 뒷모습을 보며 한마디했다.

"지도 그래 보았심더. 사람이 외양보담 착실해 보이네예." 안 씨가 노마님 말을 받았다.

나는 방으로 들어가 다시 마늘을 까기 시작했다. 어머니는 학이 수 놓인 열 폭 홍콩제 양단 치마 가장자리에 겉으로 실땀이 보이지 않게 시침질을 하고 있었다.

"길남아, 니도 위채 할매 말 들었제? 나무 패는 그 사람 말이다. 그래 부지런하이께 일감이 떨어졌잖나. 세상에는 공짜가 없는 기라. 그 장정이 비 안 젖게 나무 덮어주로 왔을 때 그 통나무 패는 일감을 따내야지 하는 꿍심을 묵었는지 우쨌는지 모르지마는, 그기사 아무래도 좋다. 할매가 그 장정 보고 나무 패어달라는 말을 안 했으모, 비를 맞으며 그냥 털레털레 갔을 끼 아인가. 그러나 부지런케 남이 좋아할 일을 성심성의껏 해주이께 할매 눈에 든 기라. 공짜일이 진짜 돈 벌리는 일로 둔 갑한 기 아인가. 사람이란 모름지기 남으 눈에, 그 사람 행실 참 이뿌다, 이래 보여야 한데이. 그러자모 사람이란 모름지게 정직과 부지런을 제일로 앞세워야 하는 기라." 어머니 말씀이 었다. 당신은 방문을 닫아놓은 채 일을 하고 있었으나 안마당 에서 벌어진 사정을 훤하게 알고 있었다.

그날은 어둑발이 내릴 무렵, 비가 그쳤다. 비 끝에 몰아 치는 바람이 드세었다. 밤사이 기온이 급강하하더니 문틈으 로 스며드는 바람이 어찌나 찬지 어머니는 담요로 방문에 가 리개까지 쳤다. 들창을 막은 얇은 한지가 바람 소리에 줄곧 떨 었다. 그러나 나뭇단을 쌓아놓고도 그날은 군불을 지피지 않 아 방 안이 삼청냉돌이었다. 우리 삼형제는 한 이불 밑에서 이 불자락을 머리 위까지 둘러쓰고 새우처럼 옆으로 몸을 웅크 려 서로의 체온과 입김으로 몸을 녹였다. 옆방에서는 평양댁 이 정태 씨를 나무라는 소리가 들렸다. 어떻게 그렇게도 세상 을 삐뚜르게만 보느냐, 그런 마음가짐이 네 병에도 좋지 않다 는 꾸짖음이었다. 정태 씨는 대답이 없었다.

"양쪽에서 감싸주이께 꼬맹이 길수가 제일 덕을 보겠네."

"맞다." 길중이가 말했다.

선례 누나 말처럼 길수가 가운데 누워 잤으므로 형들 체 온 덕을 톡톡히 보는 셈이었다.

"누부야는 좋겠다. 어무이하고 길중이 사이에서 누버 자 이. 나는 진영에서 늦게 왔다고 젤로 추븐 바람벽 앞에다 재우 이께 손해만 본다."

내가 구시렁거렸다.

"니는 이 집안 장자 아인가. 니가 참아야제." 가장 안쪽에 누운 어머니가 말했다.

"그래도 그렇지예." 나는 말꼬리를 감추었다. 어머니는 무슨 일이든 힘든 일은 내게 시키고 그 이유는 이 집안 떠맡을 장자란 데 있었다. 나는 장가를 간 뒤에까지 때때로 다리 밑에서 주워온 자식이 아니면, 아버지가 다른 여자로부터 나를 낳아 집으로 데려오지 않았을까 하는 의심을 잠재적으로 지니고 있었다. 매질만 해도 어머니는 내게만 유독 극악을 떨었고, 어렵고 힘든 일은 여투어두었다 내게 맡겼다. 나 혼자 진영에 떨어뜨려둔 것도 당신이 낳은 자식이 아니라 그랬던 것 같았고, 대구로 올라왔으나 학교에도 보내주지 않고 신문팔이를 시킨 일도 따지고 보면 서럽지 않을 수 없었다.

"길중이 니는 자다가 와 자꾸 우리 이불 안으로 두더지맨쿠로 파고들어오나. 자다가 뭉클하이게 징그러버 죽겠더라." 누나가 말했다.

"새이가 이불을 뺏어가이게 그렇제."

길중이가 내 핑계를 대었다.

우리 식구는 아궁이가 있는 방문 쪽을 발치로 하여 내가 가장 추운 들창 있는 바람벽 쪽에, 다음이 길수, 다음이 길중이 차례였다. 누나와 어머니는 평양댁과 방이 붙은 안쪽에서 한 이불을 썼다. 길수가 화로나 되듯 내가 폭 싸안고 그 체온으로 몸을 녹이며 잠의 나라로 들어가기 전, 그래도 그 시간만은 다른 어느 시간보다 내겐 달콤했다. 나는 잠이 깊이 들어듣지를 못했지만 어머니 말씀으로는 그날 밤도 준호 아버지는 잠결에 또 고함을 지르며 전장의 악몽에 쫓긴 모양이었다.

이튿날, 아침에 깨어보니 윗목에 떠다 놓은 대접의 숭늉이 꽁꽁 얼어 있었다. 옹크리고 잠을 잔 탓인지 온몸이 찌뿌드드했고 뼈마디마다 관절 꺾어지는 소리가 났다.

주인아저씨가 출근하기 전에, 어제 통나무를 가마니로 덮어주었던 장정이 왔다. 지게는 지지 않았고 마대 자루에 도끼와 징만 넣어서 온 것이다.

"날씨가 이래 춥고 나무도 안죽 축축할 낀데 어째 패겠다꼬."

어제 내린 비로 땅바닥이 빙판을 이룬 마당을 노마님이 돌아보았다.

"이 정도 추위가 뭐 그리 대단합니까. 우리 고향 땅 삼정에는 한겨울이면 평균 기온이 영하 30도는 좋게 내려가는 게 보통인데요. 그리고 약간 축축할 때 나무를 패면 허실이 적습니다." 장정이 씨익하게 대답했다.

"삼정이란 데가 어덴데 그래 춥노?"

"황해도 수안군 삼정면이란 뎁니다. 첩첩산골이라 거기에는 사월에두 눈 오는 날을 흔하게 보지요. 전쟁 전에는 밭농사 두 짓구 산판에서두 일을 했답니다. 내 손으루 아름드리 나무두 많이 베어냈구요."

"그라모 장작 패는 일에는 절나이(아주 난 솜씨)겠네예." 설거지를 하던 안 씨가 밖으로 빼끔 얼굴을 내밀며 참견했다.

"그럼요. 조금 있다 보십시우. 제 장작 패는 솜씨가 난들(나다니는) 일꾼하고는 다를 겝니다."

장정은 가리 위의 가마니를 걷어내고 팰 통나무를 광 앞에 부렸다. 어머니 말도 있고 해서 나는 볕바른 담 아래 주머니에 손을 찌르고 나서서 장정 일솜씨를 지켜볼 작정이었다. 장정은 우선 받침나무 하나를 골라내었다. 바싹 잘라내지 않아 버팀발 구실을 할 수 있는 곁가지 달린 굵은 통나무였다.

"이제 슬슬 시작해볼까."

장정이 나를 보며 구레나룻 사이 누런 대문니가 보이도록 흐물쩍 웃었다. 그의 얼굴은 이제부터 돈벌이를 시작한다는 기쁨보다 일 그 자체가 즐겁고, 그 솜씨를 나는 물론 위채 노마님과 안 씨에게 보일 수 있다는 게 자랑스러운 그런 순박한 웃음이었다. 장정은 우선 홍두깨 굵기의 대단찮은 통나무 도막을 받침목 위에 올려놓았다. 잘린 면의 나이테를 보더니 도끼질할 부분을 가늠했다. 그는 손에 침칠을 하곤 도끼를 치켜들어 통나무 도막 정수리 부분을 내리쳤다. 한 번 도끼질로 통나무 도막은 가운데까지 금이 갔다. 두번째 내리치자 통나무 도막 중간쯤 금자리에 정확하게 도끼날이 꽂혔고, 통나무 도막은 흰 속살을 보이며 두 쪽으로 쪼개졌다. 힘자랑이 아니라 과연 기술이라 할 만한 난든집 솜씨였다.

"참말로 잘 패시네예. 나무 패는 데도 요령이 있나 봅니더. 어데로 때리모 그렇게 나무가 잘 쪼개집니껴?" 내가 물었다.

"그럼, 요령이 있구말구. 아무 데나 무작정 도끼질을 한다구 나무가 쪼개지지는 않아. 나이테가 좁은 쪽으로 도끼질을 해야 하구 가지 있는 나무는 그 가지으 옹이를 정통으루 갈라놓을 수 있어야 도끼날이 제 길을 잡아 파고드는 게지. 도끼질을 할 때 도낏자루를 쥔 손아귀에 닿는 느낌두 달라. 나무 속이 마치 돌덩이인 양 도끼날을 튀기며 제대루 받아주지 않으믄 그건 나뭇결을 잘못 잡은 게야. 힘만 들고 손아귀만 아프지. 도끼날이 나무 속으로 시원하게 파고드는 느낌이 들어야 결을 제대루 잡은 셈이야."

"그래도 힘이 세어야 나무를 잘 쪼개겠지예."

"물론이지. 그러나 도끼 치켜들 힘만 있다믄 나뭇결 성질을 이용해서 별로 힘 안 들이구두 팰 수 있어. 나무가 결대루 쫙쫙 갈라지면 패는 사람두 신바람이 나지."

장정은 정말 신바람 나게 통나무 도막을 패어나갔다. 어느덧 장정의 붉게 상기된 얼굴에 김이 무럭무럭 오르더니 땀방울이 맺히기 시작했다. 장정은 작업복 윗도리를 벗었다. 언제 빨아 입었는지 속옷은 회색이다 못해 깜조록이 절었고 기워줄 사람이 없는지 팔꿈치 양쪽은 구멍까지 뚫려 있었다. 그는 자신의 볼품없는 그 외양에 아랑곳없이 신들린 듯 열심히 도끼질을 했다.

황해도 하구 수안땅
금광 찾아 들어온
쪽바리 왜놈 찌까다비
황해도 하구 수안땅
벌채하러 들어온
쪽바리 왜놈 게다짝
오척 단구 대문니
장승 보구 놀라더니
대호 보구 또 놀라서
오줌 질끔 싸는구나……

장정은 흥얼흥얼 타령을 읊어가며 일을 했다. 비 탓으로 덜 말랐을 텐데 통나무는 결 따라 미끈하게 쪼개져 부스러기를 별로 남기지 않았다. 그 즐거운 노동을 지켜보는 내 콧속으로 나무의 향긋한 내음이 묻어왔다. 이번은 몇 번 도끼질에 나무가 쪼개어질까, 징은 언제 쓰게 될까. 나는 그런 얕은 재미를 즐기며 정신 놓고 장작패기를 구경했다. 땀에 흠씬 젖은 장정이 속옷 소매를 걷어붙이자 살점 없는 장작개비 같은 때 낀 팔뚝이 드러났다. 홀쪽한 배와 밋밋한 가슴팍, 알통 없는 깡마른 팔뚝에 어디에서 힘이 솟는지, 장정은 드러난 살갗마다 땀으로 번지레 젖은 채 열심히 일을 했다. 드디어 그는 내가 들기에도 무거운 아람이 될 통나무 도막을 받침목에 걸치더니 징을 박기 시작했다. 도끼등으로 징을 꽝꽝 박아 나무에 금이 터지자, 그 금에 도끼날을 내리찍었다. 굵은 통나무 도막이 쉽게 갈라졌다.

노마님과 안 씨가 장정의 일솜씨를 이따금 지켜보다 방이나 부엌으로 들어가곤 했다.

"저 젊은이를 내가 보긴 잘 봤군. 생긴 건 소도둑늠 같다만 참말로 열성으로 일을 하누만. 성주때기, 저 장정 점심밥 넉넉하게 멕여." 노마님이 장작 패는 장정을 두고 안 씨에게 말했다.

어머니도 이따금 방문을 열고 장작패기를 구경으로나마 현장 실습을 하는 내게 눈을 주곤 했다. 다른 구경 같으면 들어와서 공부나 하라는 불호령이 떨어졌을 텐데 어머니는 아무 말씀이 없었다.

"길남아, 추운데 왜 거기 섰지? 내 만두 사 왔다. 방으로 어서 들어와."

털스웨터를 입은 문자 이모였다. 화장을 하지 않아서인지 얼굴이 핼쑥했고 목소리에 힘이 없었다.

"이모 왔습니껴."

내가 반갑게 말하며 그 뒤를 따라갔다. 친이모님은 따로 있었지만 그렇게 불러주기를 문자 이모가 좋아함을 나는 알고 있었다. 돼지고기와 갖은 양념이 들어 있는 만두, 말만 들어도 내 입안에 군침이 괴었다. 문자 이모가 주전부릿감으로 종종 만두를 사 오지 않았다면 나는 그때까지도 중국인 거리의 유리 진열장 접시에 담긴 만두 견본만 구경했을 뿐 만두가 그토록 맛있는 줄 몰랐을 터였다.

방으로 들어와서 문자 이모가 만두를 싼 부대종이를 풀어놓자, 방 귀퉁이에 쪼그리고 앉아 졸던 길수의 초점 안 맞는 눈이 금세 생기를 띠었다. 길수는 따스한 기가 남은 말랑한 만두 앞으로 재빨리 다가왔다. 만두는 눈어림으로 열대여섯 개는 되었고 얼른 계산해보니 내 몫으로 네 개 차지는 될 것 같았다.

"길남아, 정지에 가서 간장 종재기 가꼬 온나." 어머니가 말했다.

심부름 시킬 사람이 나밖에 없기도 했지만 음식을 앞에 두고 내가 꼭 심부름을 해야 한다는 데 부아가 났다. 부엌으로 나가 서둘러 간장 종지를 가져오니 아니나 다를까, 이미 셋이 만두 한 개씩을 베어 먹은 뒤였다.

"언니, 사람 사는 낙이 뭐유. 술 취해 돌아가 쓰러져 자면 세상만사 시름을 잊지만 한밤중에 갈증이 심해 눈을 뜨면 그때부터 잠이 안 온다우. 헛구역질 삭이느라 쓴 담배를 피워 물구 이 생각 저 생각 하다 보면 그저 죽구 싶은 마음뿐입니다. 나는 왜 부모 형제 따라 그때 피난길에 같이 못 죽구 이렇게 살아남아 헛되이 세상을 사느냐. 그런 생각이 들면 그만 중치가 꽉 막히지 뭐유.”

문자 이모는 만두 맛도 없는지 한 개를 먹곤 스웨터 주머니에서 담배와 라이터를 꺼내었다. 어머니는 담배 불똥이 튈까 보아 얼른 바느질감을 옆으로 밀쳐놓았다. 문자 이모는 담배 연기를 한숨에 섞어 내뿜었다. 속눈썹 짙은 그녀의 큰 눈이 눈물로 글썽했다.

“누구는 어데 사는 낙이 있어 살아가나. 몬 죽어 이렇게 명줄을 잇는 기제. 저 자슥들만 읎었다 캐도 나는 이미 서까래에 목매달거나 복쟁이 알이라도 묵고 죽었을 끼다. 말도 말그래이. 지난 3년 시월이 내게는 10년 세월보담 더 길었고, 내가 저 자슥들과 함께 복쟁이라도 삶아 묵고 죽을라고 벼른 게 한두 분이 아이데이. 메칠 물마 묵으미 굶어본 사람은 안다. 죽는 것도 힘든 줄은 굶어본 사람만이 알지러.” 넋두리 상대를 잘 만났다는 듯 어머니가 말했다.

“언니, 난 어제 저녁일두 못 나갔다우.”

문자 이모가 만두를 아귀아귀 먹고 있는 나를 돌아보며 푸념 섞어 말했다.

“와, 어데가 아푸나? 그라고 보이 얼굴이 많이 축났구나.”

“어제 아침에 병원에 갔다 와서 하루 종일 이불 둘러쓰구 누워 울었다우. 하혈이 안 끊기구……”

"인자 마 그만 묵거라. 이거는 남가뒀다가 선례 누부야 하고 길중이 맛보구로." 어머니가 여섯 개 남은 만두를 부대종이로 싸며 말했다. 그리고 나를 보았다. "길남이 니는 이모님 집에 가서 도끼나 빌리 오너라. 니도 저 장정처럼 장작 한분 패바라. 사내 할 일이 따로 있고, 니는 우리 집안 장자 아이가."

어머니와 문자 이모가 만두를 하나씩, 길수가 세 개, 내가 네 개를 먹었으니 나는 홀가분하게 일어설 수 있었다. 내가 마루로 나서자 문자 이모의 나지막한 말소리가 들렸다.

"애를 또 떴어요. 벌써 두번짼데…… 마음두 심란하구 몸두 영 찌뿌둥해서 오늘두 그만 쉴까 봐요. 남들은 꽃다운 나이라구 말하지만 이 지겨운 세월을 언제까지 술상머리에 앉아 살아야 할는지…… 요즘은 전쟁 전 서울 살던 시절이 부쩍 더 생각나요. 부모님이며 형제며, 반 애들 얼굴 하며…… 사진조차 다 불에 타버려 그 얼굴들을 그저 머릿속에만 떠올려보는 꿈같은 추억이지만……"

이모님 집은 약전골목으로 빠지는 입구에 있었다. 도끼날이 상하지 않도록 잘 쓰라는 이모님 말씀을 듣고 나는 도끼를 빌려 어깨에 메고 왔다. 배도 든든해서 신문 배달을 나가기 전까지 나무를 패어볼 작정이었다. 집으로 돌아온 나는 나무 팰 터를 우리 방 앞쪽으로 잡았다. 눈썰미 있게 보아둔 대로 받침 나뭇감을 골라내고, 우리 집 통나무 도막 중에 그 굵기가 중치쯤 되는 놈을 골라 받침나무 위에 올려놓았다. 나는 장정 흉내 내듯 손에 침부터 발랐다.

"손에 너무 힘 주지 말구 발조심하거라. 잘못하면 발을 다쳐. 도끼를 너무 높이 쳐들지 말구 우선 나무 정통부터 맞춰야

해."

나무 패던 장정이 나를 돌아보았다.

나무 패는 일이 보기처럼 쉽지 않았다. 통나무 도막이 쪼개지는 것은 둘째 치더라도 우선 도끼날로 나무 가운데를 맞추는 일이 어려웠다. 두 손으로 도낏자루를 잡고 도끼날을 머리 위로 치켜들어선 수직으로 내리치는데, 도끼날은 둥근 면 가운데를 맞히지 못하여 통나무가 튀었다. 짐승이든 물고기든 정통으로 맞춰 단박에 숨통을 끊지 못할 때, 아이구 아파 하며 풀썩 뛰는 꼴과 흡사했다. 네가 이기나 내가 이기나 어디 해보자며 나는 기를 쓰고 도끼를 휘둘렀다. 그러나 도끼날이 통나무에서 숫제 빗나가버려 애매한 받침나무를 내리치기가 일쑤였다. 아무래도 어린 나로서는 무리라 원망스런 눈길로 우리 방 방문만 자꾸 더듬었다. 통나무 도막과 씨름하는 내 꼴을 보고 어머니가, "니는 안 되겠데이. 마 치아라"고 말해주었으면 좋으련만, "잘 안 되는데" "이거 영 안 되겠어" 하는 내 구시렁거림을 방 안에서 들었을 터인데도 끝내 방문은 열리지 않았다.

"바느질댁두 너무하네. 저 성냥개비 같은 어린애한테 나무를 패게 하다니. 나무는 고사하구 제 발등이나 안 쪼갤는지 모르겠어."

방문을 연 경기댁이 얼굴을 내밀었다.

나는 나무 패는 장정으로부터 징을 빌려와 장정이 했던 그대로 통나무 가운데에 도끼날 뒤쪽을 두드려 쐐기를 박았다. 쐐기가 고정되자 도끼날 등으로 내리친 끝에 통나무 도막은 그제서야 두 쪽으로 쪼개져 널브러졌다. 내가 처음 팬 장작은 흠집투성이였고 받침나무 주위에는 부스러기가 수북이 널려 있었다. 부스러기야 불쏘시개로 다시 쓸 테니 허실은 아니었다.

내 장작패기를 힐끗거리던 장정이 보다 못해 내 쪽으로 건너왔다. 나는 그가 제발 어머니에게, 이 애로서는 무리이니 내가 헐값에 나무를 패주겠다고 말하기를 바랐으나 그는 어머니와 한통속인 듯 우리 방문 쪽으로는 눈도 주지 않았다. 장정은 내게 나무 패는 요령을 직접 실습시켜주었다.

"내 힘이 네 힘 정도밖에 돼잖는다구 치자. 자, 보아라. 내가 힘없이 도끼를 이렇게 쳐들어 도끼를 떨어뜨리듯 나무를 맞추어보마"하더니, 장정이 도끼를 머리 위로 치켜들고 도끼날을 통나무 가운데에 떨어뜨렸다. 희한한 일이었다. 힘을 주지 않았는데도 도끼날이 떨어지는 무게만큼 통나무를 비집고 들어갈 틈이 쩍 벌어졌다. 벌어진 틈 사이로 두번째 도끼날이 그렇게 박히고, 세번째는 통나무가 마치 스스로 가슴을 활짝 벌리듯 쪼개졌다.

"세상 이치가 힘으로만 되지 않는 일두 많지. 항우 장사가 바윗돌을 들구 내리쳐두 개미가 안 죽는 수가 흔해. 나무패기두 그래. 도끼날이 흔들리지 않게 똑바루 내려와 통나무 이마를 정통으로 맞추어야 한다."

장정이 도끼를 내게 넘겨주며, 그렇게 해보라고 했다. 장정 말처럼 내게는 그 일이 쉽지 않았으나 내리칠 때 힘을 빼는 대신 도끼날을 내가 눈겨룸한 자리에 맞추니 그제서야 통나무가 튀지 않았다.

"증말 힘이 드네예."

나는 이마에 맺힌 땀을 훔쳤다.

"연습을 해. 자꾸 반복해보면 요령이 붙어. 우리 고향 마을엔 너만 한 소년들두 곧잘 통나무를 잘 패니깐."

장정의 그 말뜻을 내가 깨우치기는 고등학교 2학년 적, 처음 탁구 라켓을 잡아보았을 때였다. 탁구 라켓이나 공을 도끼나 통나무 무게에 비한다는 게 말이 되잖는다. 처음은 상대방 탁구대 위로 그 가벼운 공을 정확히 넘기기가 힘이 들었고, 도끼날에 비해 탁구 라켓의 면적이 훨씬 넓은데도 탁구공은 엉뚱한 방향으로 떨어지곤 했다. 라켓 면과 공이 맞는 각도가 손에 힘을 주는 탓에 제대로 조절되지 않기 때문이었다. 당구를 처음 배울 때도 힘을 주어 칠수록 당구알이 튀거나 매끄럽게 나아가지 않는 이치와 같다. 시골 중학교 선생으로 1년을 보낼 때, 학교에 정구장이 있어 정구채를 처음 잡아본 적이 있었다. 라켓 무게를 이기려고 힘껏 휘두르기만 하다 보니 공이 엉뚱한 방향으로 날아가듯, 그 모든 이치가 힘의 정도를 분배하지 못한 불찰이요, 그 알맞은 분배는 오랜 실습을 통해서만 터득할 수 있음을 그 당시로서는 내가 알 턱이 없었다.

문자 이모가 돌아간 뒤 때맞추어 길중이가 학교에서 돌아왔다. 어느 사이 점심때가 되었다. 어머니가 방에서 나와 부엌으로 들어갔다. 밥을 먹으면서도 어머니는 내 나무패기를 두고 한마디 말씀도 없었다. 우리 식구가 이 겨울에 얼어 죽지 않으려면 네가 그 통나무를 다 패야 한다는 어머니의 고집을 나는 당신의 말없음 속에 감추고 있음을 느낄 수 있었다. 내가 밥을 먹고 밖으로 나오니, 안 씨가 나무 패는 장정이 먹을 밥상을 들고 부엌에서 나왔다.

"어디서 자시지요?" 안 씨가 장정에게 물었다.

"이쪽에다 주시우. 여기서 그냥 먹겠습니다."

"날씨가 이렇게 추운데 한데에서 우째……"

"괜찮습니다. 일을 하면 추위두 모르지요."

"그렇게 해라. 겨울 한철에 난들 손은 방에 들이지 않는 법이다."

방에서 노마님의 말소리가 들렸다.

뒤에 안 일이지만 노마님은 겨울 한철 동안은 친척이나 대접할 만한 손이 아니면 대체로 방에 들이지 않았다. 장사치나 잠시 들르는 심부름꾼 따위는 지대 아래 세워놓고 마루에서 내려다보며 용건을 따지곤 돌려보냈는데, 그 이유는 방에 들이면 이를 옮긴다는 것이다. 연탄이 보급되어 그 독한 가스 덕분도 있었지만 서민들의 몸 간수와 복장이 한결 깨끗해지고부터 차츰 이가 자취를 감추었으나, 1950년대 겨울은 추위만큼이나 도시와 농촌을 가리지 않고 이 떼의 극성에 서민들이 시달렸다. 때와 장소가 따로 없이 한가한 짬만 얻으면 몸 여기저기를 긁적거려대기는 누구나 마찬가지였다. 양지 쪽에 앉아 이를 잡고 있는 거지들은 도시 거리 어디에서나 볼 수 있었다. 역전에 가면 미국 구호 단체에서 사흘거리로 시민들에게 디디티로 이 사냥을 해주었다. 붉은 열십자를 벽에 그려 넣은 지붕 씌운 작은 트럭 두 대가 대기했고 가운 입은 서양인 여자와 남자가 마스크를 쓰고 호스에 달린 꼭지를 통해 줄을 선 시민들 등짝 안과 가슴패기, 심지어 샅 사이에도 디디티 가루를 뿜어주었다. "이는 하룻밤에도 몇 동네를 건너간다. 이가 어데 얼어붙은 땅을 기어가겠나. 사람이 다 옮기는 기제. 그래서 예전에 행세하던 집은 행랑채에도 객방이 있고 안채에도 객을 재우는 방과 이불을 따로 두었느니라." 언제인가 노마님이 이 타령 끝에 한 말이었다.

장정은 장작 패는 옆에 가마니를 깔고 밥상을 받았다. 그는 안 씨에게 대접을 달라더니 콩나물·시금치·김치를 밥과 함께 대접에 붓고 고추장으로 비볐다. 나는 장작을 다시 패려다 말고 아가리가 미어지게 먹는 그의 걸쭉한 먹성을 지켜보았다. 나는 거지가 아닌데도 남이 밥 먹는 장면만큼이나 좋은 구경거리가 없었다.

"댁네는 은제 피란 내려왔습니껴? 가족은 어데 떨구고 호 뭄차 내려와 가족 찾아댕기능교?" 연못가 돌멩이에 엉덩이를 걸치고 안 씨가 장정에게 물었다.

"피난 내려온 게 아니라 인민군으루 전장터에 나갔다 포로 신세가 됐지 뭐요. 그래서 작년 6월 포로 석방 때 거제도에서 풀려나왔다우. 고향에서 내 뒤에 참전한 동무 말루는 우리 식구가 이남으로 모두 피난 내려왔다기에 나두 이쪽에 남기루 했지요. 1년 반 동안 부산·마산·대구로 숱해 돌아다녔지만 아직도 가족을 찾지 못했다우."

"처자식이 억시기 보고 싶었겠네예?"

"나이는 찼지만 이래 봬두 꼭지 안 떨어진 총각을 두고 그런 말씀 마슈. 난 여지껏 부모님과 동기간을 찾아다닌다우."

"아이구, 그래예. 내가 실례를 했구만예." 안 씨가 얼굴을 붉히며 까르르 웃었다. "밥 쪼매 더 주까예? 남은 밥이 있습니더."

"있으면 더 주시우. 시래깃국이 참 맛이 있네요. 콩가루 풀어 끓인 시래깃국은 고향 떠난 후 처음 먹어보누만요. 그러구, 시장 나다니면 황해도 수안군 삼정면서 나온 주씨 집안 사람을 알아봐줘요. 내 이름은 주억술이라 합니다."

내가 서툰 도끼질로 통나무 도막과 씨름하고 있을 동안 안 씨는 주 씨를 상대로 지분지분 말을 붙이고 있었다. 안 씨는, 전쟁이 나고 8월에 서방이 징집을 당해 떠난 뒤 두번째 편지를 마지막으로 넉 달 안에 유골이 되어 돌아왔다는 둥, 시집 간 지 두 달 만에 서방을 도라꾸(화물차)에 실려 보낸 게 마지막이었다는 말도 했다. 전쟁이 우리네 인생을 망쳤다고 말을 맞춘 듯 두 사람은 전쟁을 증오했고, 그래도 이 간난의 세월을 이기고 살아야 한다는 말로 서로를 위로했다. 외간 남녀 사이의 그런 대화를 못마땅해하며 노마님이 대청으로 나서지 않았다면 그런 화제는 더 이어졌을 터였다.

밥상을 물린 주 씨는 꽁초 한 대를 태우곤 다시 장작패기에 달라붙었다. 그날, 내가 신문 배달을 마치고 집으로 돌아오니 주 씨는 그때까지 일을 끝내지 않아 팬 장작을 장독대 옆 담벽에 모양 좋게 쌓고 있었다. 그는 마당을 깨끗이 쓸어놓은 뒤, 내일 아침 일찍 오겠다며 돌아갔다. 그날 밤, 나는 도끼를 휘두르느라 알이 밴 어깨와 겨드랑이가 얼마나 아리고 쑤셨던지 모로 누워 잠을 잘 수 없었다.

이튿날도 나는 주 씨와 함께 아침부터 장작을 팼다. 어제는 아침 외출을 했으므로 집에 없었던 정태 씨가 변소로 가다 통나무와 씨름하는 나를 보았다.

"길남이 넌 아무래두 힘이 달리는군. 어디 보자구, 내가 한번 해보마."

변소를 다녀오는 길에 정태 씨가 나섰다. 그러자 우리 방 방문이 열리고 어머니가 얼굴을 내밀었다.

"총각, 성치 않는 몸으로 그렇게 힘쓰는 일 하모 안 돼. 그 병은 늘 쉬는 게 약인 포스라븐 병 아닌가."

"아무럼 이깐 힘 조금 쓴다구 나을 병이 낫디 않갔시요."

정태 씨의 씨억한 말에 어머니가 대꾸를 못 하고 방문을 닫을 줄 알았는데, 그게 아니었다. 이제 어머니가 대놓고 말했다.

"총각 보래이. 커가는 아아들한테는 그래 의지하는 힘을 길라주모 안 된다. 지가 맡은 일은 어짜든동 지 심으로 끝장을 바야지러. 누가 대신해주는 기 버릇이 되모 앞으로 다른 일도 누가 도와주겠거니 하며 늘 기대는 버릇만 생겨."

어머니 말이 뜻밖인 듯, 아 그래요 하고 조금 놀란 표정으로 정태 씨가 들고 있던 도끼를 내게 넘겨주었다.

그날은 장작 패는 요령이 조금 늘어 일이 붙게 되었고, 잠 자리도 어제만큼은 불편하지 않았다. 내가 만져보아도 여윈 팔뚝이 쇠꼬챙이처럼 단단했다.

주 씨는 나흘 만에 두 트럭분의 장작을 다 패었다. 나로서 는 겨우내 패어도 끝내지 못할 일을 그는 가뿐하게 끝내고 뒷 정리를 깨끗이 한 뒤, 저물녘에 노마님으로부터 칭찬말과 함 께 품삯을 받아 떠났다. 떠나며 그는 품삯도 못 받는 어린 동 업자에게 한마디 말을 남겼다.

"나무패기를 힘자랑으로만 아는 사람은 제 몸 다치기 십 상이지. 죽은 나무두 깡아리가 있으니 잘 얼러줘야 해. 너두 내년쯤은 장작 패는 선수가 될 거야. 오늘 보니 곧잘 패던데.

또 보자구. 너두 황해도 수안군 삼정면 주씨 집안을 잊지 마.
내 이리루 지날 때 종종 들를 테니."

1975년 4월 30일, 스무 해에 걸친 베트남 전쟁에서 미군이
개입 종지부를 찍고 사이공을 베트콩에 넘겨준 날, 나는 텔레
비전의 그 충격적인 화면을 보며, 문득 마당 깊은 집 시절 주
씨가 내게 남긴 말을 기억해내었다.

7.

노마님이 말만 꺼내었다 흐지부지되었던 '아래채 방 한 칸을 비워달라'는 문제가 다시 거론되기는 12월로 접어들어서였다. 장사 수완으로 맺고 끊는 데는 이력이 난 대찬 여장부 주인아주머니가 직접 나섰다.

"주인마님이 아래채 사람들 모두 사랑으로 건너오시랍니더. 할 이바구가 계시다면서예."

안 씨가 아래채 네 방을 돌며 호출 명령을 내리기가 저녁 8시쯤, 밤도 제법 깊었을 시간이었다. 안 씨는 방방을 돌며, 아마도 어느 한 방을 비우라는 말씀이 계실 거라는 토를 달았다.

"아이구, 인자 날벼락이 떨어질 모양이구만. 어느 집 방을 비우라 칼란지 모리겠어."

어머니가 노래진 얼굴로 일손을 털고 일어섰다. 어머니의 손발이 떨렸다. 어머니가 나간 뒤, 내가 어두운 바깥을 내다보니 준호 어머니·경기댁·평양댁이 위채로 올라가고 있었다.

"방을 비우라모 우리는 어데로 가야제?"

내가 선례 누나에게 물었으나 누나는 밥상에 펴놓은 책에 눈겨룸만 할 뿐 대답이 없었다. 장작패기와 신문 배달로 늘 녹초가 되어 저녁밥만 먹고 나면 졸음이 퍼붓는 나였지만 그때만은 정신이 번쩍 들었다. 우리 식구만이 비와 바람을 피해 잠자고 쉬며 밥상 받을 수 있는 방 없이 거리로 나앉는다는 것은 거지가 되는 가장 빠른 길이었다. 거지가 애당초 생겨날 때부터 거지는 아닐 터였다. 남의 차가운 눈길로부터 보호받지 못한 채 거리로 나앉아 기거하게 되면 그게 바로 거지가 되는 전조였다. 다리 아래나 개천변에 거적때기 치고 생활하는 진짜 거지는 아닌, 힘들게 하루하루를 사는 가족을 나는 숱하게 보아왔고, 칠성시장 다리 아래만 가도 그런 사람들을 볼 수 있었다. 그들은 분명 거지 가족이 아닌데 사람들은 그들을 거지와 비슷한 무리로 취급했다. 그러나 우리 식구는 이 겨울에 그런 다리 아래로도 찾아들 성싶지 않았고, 설령 그렇게라도 된다면 거적때기로 벽을 삼은 방에 고운 색시들이 바느질감을 들고 찾아오지 않을 게 뻔했다. 그런 걱정으로 주눅이 들어 나는 자주 방문을 열고 불 밝은 위채 사랑을 살피며 위채로 건너간 어머니가 돌아오기만을 기다렸다. 누나와 길중이도 공부가 머리에 잘 들어오지 않는지 시무룩한 표정으로 자주 바깥 발소리에 귀 기울이는 눈치였다. 30촉 전등불이 흐릿한지 공책을 들여다보던 누나가 어머니처럼 그날따라 자주 눈을 비비더니 물코를 훌쩍거렸다. 길수만이 엄동 한철 낮에도 늘 펴놓는 아기 포대기만 한 이불 속에서 새우처럼 웅크려 잠들어 있었다. 설마 위채와 가장 끝인 우리 방이 쫓겨날 리 없겠거니, 나는 그렇게 나 스스로를 안심시켰다.

20분 정도 시간이 흐른 뒤였다. 위채에서 두런두런 말소리가 들렸다. 나는 방문을 열었다. 위채 사랑에서 아래채 어른들이 대청으로 나서고 있었다.

"선례 엄마, 안됐수. 심지 뽑기란 그 이치가 공평해서 누가 누구를 나무랄 수야 없지요. 주인아주머니두 계 오야를 하지만, 계 탈 순번 정한다구 심지 뽑을 때, 나두 필요할 때 목돈 못 타 애운해했던 적을 많이 당했죠. 그러나 참는 도리밖에 없더군요. 이리저리 변통하다 보면 언감생심 돌려 쓸 데두 있구. 셋방살이도 마찬가지 아니겠어요. 처음은 앞이 캄캄하지만 하루 이틀 지나면 살아갈 만한 방이 나선다우."

마당을 건너오며 경기댁이 어깨를 늘어뜨린 어머니에게 너스레를 떨었다.

그 말을 듣자 바깥이 어둡기도 했지만 나는 눈앞이 캄캄했다. 흑 하고 선례 누나의 숨 참는 울음이 터지기도 그때였다. 어머니는 주인아주머니가 내어놓은 네 개 쪽지 중에 가장 나쁜 쪽지를 쥐고 말았음이 분명했다. 평양댁이 어머니를 뒤따라 우리 방으로 건너오고, 훌쩍이던 누나는 울음을 보이지 않으려는지 방 밖으로 나가버렸다.

"선례 엄마, 너무 그렇게 상심하디 말아요. 일진이 나쁜 거디. 방을 비우는 집은 한 달 치 사글세를 안 받구 이사 비용까지 물어주갔다니 주인을 야박하게만 생각할 수두 없디 않갔시오. 집 없는 사람이 섧디. 나두 여기저기 알아볼 테니 옮길 집을 같이 수소문해봅시다."

평양댁이 말했으나 어머니는 그 말이 귀에 들어오지 않는 모양이었다. 넋 놓고 벽만 바라보고 있었다. 부엌에서 강아지 앓듯 누나의 훌쩍이는 소리가 들렸다.

"이 엄동에 장관동 부근에 방 얻기는 하늘에 별 따기일 끼고, 천상 성가(언니)네 아랫방이라도 빌려 겨울이나 나고 볼수밖에 읎겠구려. 그것도 쉽게 될란지 모르지만. 성가네도 애들이 넷이나 되는데 이 겨울에 여섯 식구를 한 방 쓰라 카모 그기 어데 말이 되는 소린가예. 조석으로 형부 보기가 아무리 낯짝 뚜꺼버도 체면이 있제…… 겨울방학 되모 두 자슥은 진영으로나 내려보낼까……"

어머니가 대중없이 이렇게 중얼거릴 때, 내 머릿속에 후딱 떠오르는 생각이 있었다. 나는 주인아주머니가 김천댁에게 하던 말을 분명히 들었던 것이다.

"어무이 김천때기도 방을 비워야 되는 것 같던데 그 가겟방에 우리가 들어가모 안 되겠습니껴?"

"머라꼬?"

어머니의 눈물 글썽한 눈이 빛났다.

"주인아지매가 방을 빨리 비우라며 쪼루고, 김천때기가 보름 안으로는 방을 비우겠다 카던 말을 지가 들었심더."

"그 말 들은 지가 은젠데?"

"그럭저럭 보름쯤 될 끼라예."

내 말이 떨어지기가 바쁘게 어머니는 방문을 열고 휭하니 밖으로 나갔다. 평양댁과 함께 나도 밖으로 나왔다. 선례 누나와 나는 어머니가 사라진 중문으로 발소리 죽여 걸었다. 누나와 나는 김천댁 부엌 안으로 살그머니 들어가 가게에서 흘러나오는 말에 귀를 기울였다.

"지도 언니 집을 떠야 할 처지기사 하지마는, 알고 보이 언니가 이 방에 들 사람을 미리 정해둔 것 같습디더." 김천댁 말이었다.

"그 사람이 누군데?"

"보금당 정 기사라 카데여. 집이 저 내당동 땅골이라 자증거로 출퇴근하이까 한 시간이나 걸린다 캅디더. 서울서도 금은방 일을 보다 피란 왔다 보이 정 기사네도 셋방을 살아여. 그 안사람이 알라 엎고, 자기네가 살 방을 보러 왔다미 여게 한분 댕겨갔어여."

"정 기사 그 사람한테 언제까지 방을 비아주기로 했고, 김천때기는 여게 떠나모 어데로 갈라꼬?"

"언니하고 약속한 기사 이달 들고 비아주기로 했지만 내가 들어갈 방이 안죽 안 비아져 몬 가고 있어여. 저쪽이 메칠 후 서울 차를 탄다미 짐까지 꾸려두고선 자꾸 차일피일 미룬 기 벌써러 일주일이 넘었어여. 저쪽도 서울내기인데 여기저기 빌려준 돈을 거다야 떠날 것 같습디더."

"그라모 정 기사라는 그 사람한테는 내가 해동할 때까지만이라도 양해 구하모 되겠네. 김천때기가 떠나모 우선 내가 이 방으로 옮겨 오고 말이다." 어머니 목소리가 활기찼다.

"그렇게 서로 편리를 보모 되기사 되겠군예. 언니도 이해할 겁디더." 김천댁의 대답이 시무룩했다.

이튿날 아침, 어머니는 주인아주머니가 출근하기 전에 나를 앞세워 보금당으로 갔다. 보금당이 시내에서 가장 번화한 송죽극장 앞이라 어머니 혼자서도 쉽게 찾을 수 있겠지만 그래도 집안에 사내라곤 내가 가장 컸으므로 의지기둥 삼아 데리고 갔던 것이다. 보금당으로 가니 단발머리 급사 애가 먼저 나와 청소를 하고 있었다. 잠시 뒤 자전거 안장에 도시락을 묶은 정 기사가 도착했다.

"저…… 정 기사님 맞지예? 지는 보금당 사장님댁 아래채에 사는 사람입니더."

어머니는 나이답잖게 부끄럼을 타며 말을 꺼냈다.

"아, 그래요. 말씀은 들었습니다만, 무슨 일루?"

"사실은, 다름이 아니라 정 기사님댁이 주인아주머니 가겟방으로 이사 올 끼라는 말을 들어서……"

"그 방을 비워주기루 약속한 게 벌써 일주일이 넘었는데두 김천댁이란 그 아주머니가 방을 안 비워주는군요. 김천댁이 사장님 인척이라 나두 참구는 있지만, 사람이 신의가 그렇게 없어서야 어디 되겠어요. 아주머니두 집으루 돌아가시면 독촉 좀 해주세요." 정 기사의 한술 더 뜬 말이었다.

"그런데…… 정 기사님께서 그 가겟방에 해동되고 이사 오시모 안 될까 해서……"

"뭐라구요? 아주머니가 무슨 권리루 우리 집 이사를 오라 가라 간섭할 처집니까?" 정 기사는 쇳소리로 따지듯 물었다.

"그기 아이라, 사실은 지가 아아들 데불고 바느질품 팔아 살아가는데, 이 겨울철에 덜렁 방을 비우라 카이 기가 멕혀서 그래예. 멀리 이사 가모 일감이 떨어지고……"

선생에게 벌받는 학생처럼 어머니의 주눅 든 자세와 목소리를 나는 더 듣고 있을 수 없었다. 더욱 내가 가장 듣기 싫어하는 말이 '바느질품'이었고, 경기댁이 더러 입에 올리는 '기생 바느질품'이란 말을 들으면 얼굴이 홧홧할 정도였다. 나는 부끄러워져 슬그머니 밖으로 나왔다. 정 기사의 말투로 보아 일이 쉽게 풀릴 것 같지 않았다. 바지 주머니에 손을 찌르고 한길을 어슬렁거리며 나는 어머니가 보금당에서 나오시기를 기다렸다. 어느 사이 학생들 등교도 끝나 아침 녘 번화가는 한적했다. 나는 송죽극장 선전판의 외국 영화 장면을 찍은 사진을 구경했다. 상영되고 있는 영화는 미국 서부 영화였다. 양키들이 말을 타고 달리며 인디언을 총질하는 장면을 어른들이 돈을 내고 들어가 박수치며 보는 게 나로서는 이해되지 않았다. 북한 치하 서울에 살 때도 땅에는 붉은 별판 단 깃발이 나부꼈으나 하늘에는 늘 흰 별판 단 미국 비행기가 점령하고 있었다. 비행기는 서울 중심부에 밤낮으로 폭탄을 떨구고 기총소사를 퍼부었다. 미처 피난 못 가고 서울에 남아 있던 많은 시민이 그 공습에 죽거나 부상당하고, 집이 불타는 장면을 어린 나는 별 두려움 없이 구경했다. 1950년 당시로부터 네 해가 흐른 지금 당시를 되돌아보면 전쟁은 참으로 끔찍했다. 만약 미국이 인디언을 무찔렀던 그 시절에도 비행기가 있었다면 평화롭게 살던 인디언을 미국인은 그렇게 죽였을 터였다.

내가 서부 영화 사진판을 구경하다 보금당 쪽에 눈을 주니 보금당 앞 한길에 어머니와 정 기사가 나와 있었다. 급사애 귀를 피해 따로이 나누어야 할 비밀한 이야기가 있는지, 어머니와 정 기사는 아주 가까이 붙어 서서 쑥덕거렸다. 말이 잘 오고 가다 어머니가 하소연하면 정 기사가 그 하소연을 들을 필요가 없다는 듯 보금당 문으로 몸을 돌렸고, 그러면 어머니가 다시 정 기사 팔을 잡기도 했다. 물론 정 기사는 처자식을 둔 어엿한 가장이었지만 내 눈에 그런 광경이 곱게 보일 리 없었다.

무슨 이야기가 많은지 지루할 정도의 시간이 지난 뒤에야 두 사람은 어떤 합의를 본 모양이었다. 정 기사가 왠지 어머니에게 손님을 배웅하듯 깍듯이 인사를 했다. 어머니도 수줍게 미소 띠며 허리 숙여 절했다. 그렇게 되자 좋지 않은 상상을 했던 나는 그런 상상이 부끄러워 스스로에게 부아를 내었다.

어머니는 옆에서 따라오는 내가 안중에 없는지 무엇인가 골똘히 생각하며 집으로 걸었다. 그 얼굴이 근심에 차 있어 나는 잘 풀린 모양이라고 여긴 일이 새삼 뒤틀렸나 하는 의문이 들었다. 어머니는 입술을 곰지락거리며 셈을 따져보기도 했다.

"어무이, 정 기사하고 방 말이 우째 됐습니껴?"

한국은행 대구 지점 네거리를 건너자 내가 참다 못해 물었다.

"증말 서울내기나더이, 깍쟁이도 지독한 깍쟁이야. 한 달에 6백 환씩이나 달라니 넉 달이모 2천4백 환 아인가. 한 달 월세가 쌀 두 말 값에 가깝다." 어머니가 씹어 뱉듯 말했다.

"머가예?"

"아, 글쎄 말이다. 정 기사 그늠이 3월 말까지 가겟방에 이사를 안 오겠다는 조건으로 달마다 6백 환씩을 따로 달라 안 카나 말이다."

"6백 환씩이나예? 주인집에 월세 내고, 집 임자도 아인 정 기사한테 또 그만한 돈을 내다이……"

"하모, 그러나 답답한 쪽이 우물 판다고, 우짜노. 처지 딱한 우리가 참을 수밖에. 우리사 장관동 떠나서는 입살이조차 몬 할 입장이 아인가" 하더니, 어머니는 손등으로 눈물을 닦았다. 어머니가 목이 잠긴 목소리로 말을 이었다. "길남아, 니 아부지가 있으모 우리가 이런 설움 당하겠나. 여자 혼자 바느질해묵고 산다고 정 기사가 사람 깔보는 거 바라. 백 환만 깎아달라 캐도 택도 없다 안 카나. 일주일 안으로 이사를 오겠다고 땅땅 큰소리치이, 내가 그 남정네를 우예 상대하겠노. 심지 뽑기만 해도 그렇제. 다른 집은 몰라도 우리 집은 이 엄동에 이사 갈 처지가 몬 되이 심지 뽑기를 안 하겠다고 내가 울며불며 말했는데, 주인집 안들(여자)은 나무 딜라놓으라 칼 때 말은 깜뿍 잊아뿟는지 들은 척도 않더라. 아니나 다를까, 반대한 내가 마 마지막 남은 쪽지를 쥐고 말았제. 길남아, 길은 오직 하나데이. 니가 크야 한다. 질대(왕대)같이 얼렁 커서 뜬뜬한 사내 구실을 해야 한다. 그래야 혼자 살아온 이 에미 과부 설움을 풀 수가 있다."

어머니 말씀에 나는 아무 대답도 할 수 없었다. 내가 이다음에 어른이 된다고 모든 경쟁 상대로부터 이긴다는 보장은 없었다. 나는 신문팔이와 신문 배달을 통해 세상살이의 어려움을 눈치로 터득했고, 사람과 사람의 관계가 얼마만큼 이기적이며 그 생존 경쟁에서 이기기가 얼마나 힘든지를 너무 일찍 알아버린 셈이었다. 어머니 말처럼 장차 내가 집안 의지기둥이 되려면 남을 딛고 일어서야 하는데, 그러자면 정직과 성실만으로는 어렵고 실력·체력·노력, 거기에 탐욕·교활·언변 따위까지 갖추지 않으면 안 되었다. 나는 도무지 어머니의 그 맺힌 한을 풀어드릴 수 없을 것 같았다. 내가 여자로 변할수 없다면 어서 세월이 흘러 머리 허옇게 센 노인이 되고 싶다고 내가 생각하기 시작한 것도 그날 아침 어머니 그 말씀을 들었을 때부터였다. 군에 입대할 나이가 되었을 때는 그런 마음은 절정에 이르러 정말 여자로 태어나지 않았던 게 원망스러울 정도였다. 나는 3년 졸병 생활을 무사히 이겨낼 자신이 없었다. 입대 영장을 손에 쥐자, 입대·제대·직장 구하기·결혼, 그래서 처자식 먹여 살리기의 뻔한 내 앞날이 떠올랐다. 나는 그만 암담해져 빨리 늙은이가 되어 내게 기대를 거는 모든 이들의 눈길로부터 무관심의 대상으로 남고 싶었다. 먹고 잠잘 곳만 있다면 공원이나 길거리에 하릴없이 소일하는 늙은이야말로 진정 부러움의 존재가 아닐 수 없었다.

"길남아, 우리가 정 기사한테 다달이 6백 환을 낸다는 말은 어느 누구한테 전해서는 안 된데이. 주인아지매한테는 비밀로 하기로 정 기사와 약속했으이 니도 그 비밀을 철저히 지켜야 한다. 남자는 자고로 입이 무거버야 군자 소리를 듣는다." 어머니가 말했다.

그날 저녁, 해가 지고 땅거미가 깔렸을 때쯤 주인아주머니가 집으로 돌아왔다. 짐승 털로 만든 고급 외투를 입은 아주머니는 위채로 가기 전에 우리 방부터 들렀다. 그네는 어머니를 쪽마루로 불러내었다.

"선례 엄마, 정 기사한테 말을 들었심더. 그라모 선례 엄마가 바깥채 가겟방으로 이사를 가고, 위채와 가까운 방인 경기댁이 이쪽으로 옮기모 되겠군예. 그러나 약속은 약속이니까 겨울은 나고 3월에 들모 가겟방은 꼭 정 기사한테 비워줘야 합니더. 그러자모 선례 엄마는 음력설 쇠고부터 이사 갈 방을 미리 알아봐야 할 낍니더."

"예, 그라께예. 편리를 봐줘서 고맙습니더." 어머니가 굽신 절을 했다.

"나는 정 기사가 그래 마음 넓은 줄은 미처 몰랐심더. 커는 애들 공부시킨다고 바느질품 팔아 살아가는 과수댁 딱한 사정을 듣고 보니 자기도 자식 키우는 입장에서 차마 박절하게 못 대하겠더라잖아예. 듣고 보니 정 기사 그 심성이 기특해서 내가 애들 먹이라며 소고기 두 근 사줬심더."

주인아주머니의 말을 듣자 나는 그럴 용기가 없었지만 마음만은 당장 보금당으로 달려가서 정 기사에게, 월세 6백 환은 받지 마소 하고 말해버리면 속이 후련할 것 같았다. 그러나 어머니 말씀처럼 내가 왕대나무처럼 빨리 자라 어른이 되더라도 그런 보짱을 부릴 성싶지 않았다. 화장 내음을 남기고 주인아주머니가 위채로 건너갔다. 그 말을 들은 평양댁이 어머니에게, 쉽게 해결을 잘 보았다며 어머니를 위로했다. 그러나 어머니는 나보다 더 부아 끓는 속을 삭이느라 대답조차 못 한 채 무심코 부드득 소리 나게 이빨을 갈았다.

이튿날 아침에는 과일 행상에 나서기 전 준호 엄마가 우리 방으로 건너왔다. 준호 엄마는 어머니에게, 자기네 사는 방을 우리가 쓰고 바깥채 가겟방으로 자기네가 옮기면 어떻겠느냐는 의견을 내었다. 김천댁이 방을 비우면 준호 아버지가 그 가게에서 군고구마 장사를 했으면 한다는 것이다.

"애아버지두 사람 끓는 한길에서 장사하기가 뭣하다는 말씀이시구, 우리 둘 중에 누구 하나는 집에 남았으믄 해서 그러우. 준호를 혼자 두고 나다니기가 늘 걱정이 되구믄요."

"준호네 사정을 모르는 바 아니지만 그건 그렇게 안 되겠네. 보다시피 안채 마당 밟고 들랑거리는 손은 모두 우리 방 찾아오는 젊은 여자들 아닌가. 위채 노친네가 우리 방 찾아오는 기생들을 볼 적마다 눈 흘기는 게 마치 가시방석에라도 앉은 듯한데 위채 코앞인 준호네 방으로 우리가 어째 옮겨 앉겠는가. 이제 몇 달이라도 노마님 그런 눈치 안 보고 살게 됐으니 한결 마음이 가벼워. 겨울 나고 이 집을 아주 떠나더라도 나는 우선 바깥채 김천댁 방으로 나앉아야겠어."

어머니의 단호한 거절에 준호 엄마는 대꾸도 못 하고 물러났다. 그러나 준호 엄마는 그쯤에서 단념하지 않고 장사일 끝내고 온 그날 저녁 다시 우리 방에 들렀다. 그네는 팔다 남은 흠집 있는 사과 세 알을 먹으라고 내놓았다. 그러고는, 준호 아버지와 의논해보았는데 방은 선례 엄마가 그대로 쓰고 가게만 자기네가 쓰는 조건으로 한 달에 150환의 사글세를 우리 집에 따로 내겠다는 것이었다. 선례 엄마도 해동하면 어차피 이사를 가야 할 처지이니 넉넉잡아 넉 달 정도라도 편리를 보아달라고 그네는 어머니를 졸랐다. 그렇게 되면 준호네도 넉 달 뒤에는 어차피 가게를 비워줘야 하는데 그 대책에 대해서는 말하지 않았다. 어머니도 준호 엄마의 그 청에 하는 수 없다는 듯, 주인아주머니와 의논을 해보고 허락이 떨어지면 그렇게 하겠노라고 대답했다.

"준호 엄마, 만약에 가게만을 쓰게 되더라도 150환을 내가 따로 받는다는 건 비밀임더. 그 비밀을 지키겠다모 내가 주인아지매한테 말해볼께예."

어머니는 마치 정 기사한테 당한 손해의 반분이라도 앙갚음을 하듯 그 말에 단단히 오금을 박았다. 사람이 정직을 생명으로 삼고 살아야 한다고 나에게는 누누이 강조한 어머니였지

167

만 돈 앞에는 역시 평범한 여자였다.

"그런 비밀은 지켜드려야지유. 겪어보았다시피 즈나 바깥
분이 입 하나는 무거워요."

준호 엄마가 개운한 얼굴이 되어 돌아간 뒤였다. 어머니
는 물코를 팽 풀더니, 전쟁이 나를 이렇게 모진 여자로 만들었
다며 복장을 쳤다.

"내가 정 기사 그늠을 욕질하고서 불쌍한 준호네 돈을 울
궈내겠다고 내 가게도 아닌 가게를 세까지 내주다니. 돈에 환
장 들린 년이 따로 없구나. 어쩌다 내가 이렇게 낯짝 두꺼분
년이 됐을꼬. 더러운 세월이여……"

어머니의 질펀한 넋두리가 늘어졌다. 어머니가 자주 쓰는
말 중에 하나인 '더러운 세월'을 살기는 마당 깊은 집 아래채
식구에게만 해당되지는 않았다.

공교롭게도 위채에 아름답지 못한 소동 두 가지가 비슷한
시기에 터지기도 바로 그 무렵이었다.

나는 신문팔이를 할 때부터 시내 중심가에서 주인집 맏아
들 성준 형이 누님뻘 되는 화려한 양장 차림의 늘씬한 여자와
같이 다니는 걸 여러 차례 본 적 있었다. 어떤 때는 여자가 바
뀌어 상대가 애젊은 처녀이기도 했다. 누님뻘 되는 여자는 삼
십대 중반의 전쟁 미망인으로, 그들 사이가 익은 고구마만큼
이나 뜨거워지자 그 소문이 부모 귀에까지 들어가게 됐고, 그
때가 지난가을이었다. 그 과수댁과 손을 끊으라는 부모의 불
호령이 떨어졌다. "네놈이 자식이 둘이나 딸린 과부한테 총각
장가를 들 거냐, 어쩔 거냐. 당장 관계를 안 끊으모 다리 몽댕
이가 분질러질 줄 알아라!" 주인아저씨의 이런 땡고함이 아래

채에까지 들려오곤 했다. 상대 여인은 휴전이 되기 직전에 전사한 육군 중령 미망인이란 정보를 경기댁이 아래채에 퍼뜨렸다. 그런 분란이 숙지막해지자 이번에는 성준 형이 '오성직물'의 어린 여공을 건드려 말썽을 부린 것이다.

어느 날 저녁 무렵, 주인아주머니가 막 돌아와 저녁밥을 먹을 때였다. 그 여공 아버지가 마당 깊은 집으로 찾아와 노마님과 주인아주머니를 상대로 삿대질을 하며 목소리를 높였다. 마침 성준 형은 물론 주인아저씨도 집에 돌아오기 전이었다.

"그래, 당신네들 재물깨나 있다고 우리 같은 핫바지 인생은 눈깔에도 안 차나! 소문날까 봐 해직시키고, 쉬쉬해가며 잠시만 기다리모 뒷조치를 해준다 카더마는 보름째 콧등도 안 비쳐. 내 딸이 죽을라고 수면제를 먹은 거 너거들이 아나 모르나! 내 딸년 목숨이 어데 동네 개만도 못한가. 내 딸이 그 지경이 되어 겨우 약에서 깨어나, 이 애비가 그 사실을 알게 된 기다. 당장 성준이란 늠 내 앞에 대령해! 내 어린 딸년 어떻게 책임질 낀가 이실직고 받고 말겠어. 배는 점점 불러오는데 그 장래를 어떡하겠다는 거냐!"

벙거지를 쓰고 허름한 작업복을 입은 사내는 술에 취해 있었고, 그는 두 시간 넘게 위채에 머물며 대청 유리창까지 부수는 행티를 부렸다. 주인아주머니가 안 씨를 따로 불러 무엇인가 지시를 내렸다. 안 씨 신고를 받은 중앙파출소 순경이 와서 그를 끌고 가지 않았다면, 마당 깊은 집 사람들은 그날 밤 잠조차 설쳤을 게 분명했다.

"법에 고소하겠다. 고소해서 성준이 그늠 반드시 쇠고랑을 채우고 말겠다!" 여공 아버지는 순경에게 팔목이 잡힌 채 집을 떠나며 악을 썼다.

용돈을 타 내려 제 아버지 회사를 들랑거리다 사귀게 되었다는 성준 형과 여공의 관계를 주인아저씨가 어떻게 매듭지었는지, 그 여공 아버지는 마당 깊은 집에 다시 나타나지 않았다. 그런 문제의 뒷소문이라면 마치 탐정이나 되듯 캐어내기를 좋아하는 경기댁이 안 씨와 노마님을 어떻게 구슬렸던지, 위자료가 오고 간 사실을 알아내어 아래채에 흘렸다.

"떵떵거리며 사는 집 1만 5천 환이야 푼돈 아닌가. 기생집 출입 열흘만 끊어두 1만 5천 환은 주머니에 떨어질 텐데. 요즘 세상엔 돈이면 하느님 부랄두 고아 먹을 수 있다니깐." 경기댁 말이었다.

성준 형은 부모 앞에 무릎을 꿇고 앞으로는 절대 여자들에게 한눈을 팔지 않고 공부에만 전념하겠다는 서약서를 썼다고 했다.

그러던 어느 일요일 낮이었다. 볕살 따뜻한 쪽마루에 나앉아 영어 회화책을 읽던 미선이 누나와 뜨개질하던 순화 누나가 나누던 대화를 나는 엿들었다.

"언니, 며칠 전에 말이야, 야밤에 피엑스로 들어온 좀도둑 셋을 잡았지. 삼인조였는데 준호 엄마 또래 여자두 하나 끼어 있었어." 미선이 누나가 말했다.

"셋 모두 혼쭐깨나 났갔어."

"언니, 혼쭐이 다 뭐야. 미군 헌병들이 그들 셋을 어찌한 줄 알아? 사흘 영창살이를 시키곤 한국 경찰에 인계하지 않구 그냥 풀어줬지."

"기래두 마음씨 고운 미군한테 걸렸으니 다행이갔네."

"다행이 다 뭐야요. 풀어내주며 얼굴에 빨간 페인트칠을 하곤 옷에 갓뗌 코리언이라고 썼어."

"페인트칠을 얼굴에다 했다구? 에미나이들 같으니라구, 너무하디 않았어? 그럼 사분(비누)으루 아무리 얼굴을 닦아두 지워지디 않갔잖아. 페인트 자국이 없어질 때까지 나다닐 수두 없게 됐으니 그걸 어떡해." 순화 누나가 안타까운 듯 말했다.

나는 마치 내가 페인트칠을 당한 듯 얼굴 근육이 뻣뻣하게 느껴져 손으로 얼굴을 쓸어내렸다. 페인트칠을 당했다는 세 사람은 살가죽을 벗겨내지 않는 다음에야 그 붉은색이 한 달, 아니 두 달이 지나도 쉽게 지워질 것 같지 않았다. 새빨갛게 도배된 얼굴의 칠을 지우려 살갗이 문드러져라 닦고 닦을 세 사람의 모습이 우련하게 떠올랐다.

"그런데 언니, 미군 헌병 둘이 여자를 석방시키기 전에 어찌한 줄 알아?"

"코쟁이는 할멈이래두 치마만 둘렀다믄 침부터 흘린다더라. 말 안 해두 알 만하니 그 말 그만두더라구." 속웃음을 킥킥거리던 미선이 누나가 다른 말을 꺼내었다. "말이 났으니 하는 말인데 주인집 큰 학생 말야, 며칠 전 학교엘 가는데 제일교회 앞에서 길을 막잖아. 무슨 할 얘기가 있다며 빵집에 잠시 들어가자 그러데."

"그래서 들어갔니?"

"학교 늦는다 해두 막무가내 팔을 잡길래 창피하기두 해서 따라 들어갔지. 한다는 소리가 자기는 내년쯤 미국 유학을 갈 예정인데 그동안 내한테 영어 회화를 개인교수 받구 싶다나."

"핑계는 좋군."

"그저께는 또 학교엘 가는데 그 바람둥이가 제일교회 앞에서 기다리다 편지 한 장을 불쑥 내밀더라."

"연애편디?"

"응, 미선 씨는 사막으 오아시스라느니, 한 떨기 분홍 장미 꽃송이라느니, 푸른 태평양 물결 건너 한 쌍으 파랑새 되어 유학을 같이 가자느니…… 아주 배꼽 잡게 웃기데."

"고등학생두 아닌데 그 문투가 뭐니. 치사 유치하다 얘. 여자에 미틴 잡놈. 개 버릇 아딕두 못 고쳤구믄. 너 몸매가 탐스러워 눈독을 잔뜩 들이나 봐. 조심해. 나이 몇 살 안 먹었어두 보통 늑대가 아니니깐."

"차라리 가난한 봉급쟁이가 낫지, 위채 시집살이를 어떻게 견뎌내. 여자는 집 안에 가둬두구 그 건달은 줄곧 바람만 피울 텐데. 생각만 해두 몸서리쳐져."

"너두 생각이 쬐끔은 있는 모양이구믄. 시집살이까지 념려 다하구. 앙큼한 기집애."

"천금을 싸 들구 온대두 난 싫어. 물찬 제비 같으 그런 남자는 싫내두."

처녀 둘이 모여 밤 깊은 줄 모르고 재잘거리다 보면 봉창이 밝아온다는 경기댁 말처럼, 두 처녀는 제가끔 일을 해가며 한 시간 넘게 수다를 떨었다.

주인아저씨 내외가 대판 싸운 사건은 미선이 누나가 좀도둑 얼굴에 미군이 페인트칠을 했다는 이야기를 들려준 이튿날 일어났다. 밤이 제법 깊었을 무렵, 중문 쪽에서 주인아저씨의 볼멘 고함 소리가 들려왔다.

"니 안 들어오고 증말 이칼 끼가! 챙피한 줄은 알아서 뻗대기는 억시기 뻗대네."

방문 가까이에 앉아 신문 구독자 중 하나인 책 대본집에서 빌려온 명작문고를 읽던 내가 방문을 빼끔 열었다. 찬바람이 얼굴을 쳤다. 어둑신한 속에 주인아저씨가 주인아주머니의 털외투 깃을 잡아채어 중문에서 안마당으로 끌어들이는 참이었다. 아주머니가 작은 소리로 무어라고 말대꾸하며 벋섰으나 아저씨는 아주머니를 한사코 사랑채로 끌고 갔다.

사랑에서는 한동안 말다툼 소리가 그치지 않았다. 주인아저씨 목소리가 훨씬 컸으나, 주인아주머니도 지지 않겠다는 듯 대들었다.

"집 있고 묵고사는 걱정 읊으모 다른 걱정거리가 머 있겠노 카지마는, 잘사는 집은 잘사는 대로 우환이 있구마는. 너거들도 이다음에 시집 장가 가모 제발 부부 싸움은 하지 말거래이. 서로 쪼매씩 양보하고 상대 쪽을 이해해주모 만구에 싸울 일이 머시 있겠노. 가정은 분란이 읊어야 하고, 만사 불행으 시초는 백년해로할 부부 사이에 틈이 벌어졌을 때니라."

어머니가 재봉틀을 돌리며 우리들에게 하신 말이었다.

와장창.

무엇인가 깨어지는 소리가 사랑채 쪽에서 들려왔다. 나는 다시 방문을 빼끔 열고 위채를 건너다보았다. 잎을 떨군 겨울 나뭇가지 사이로 위채 대청 전등불이 환했고, 마침 노마님이 사랑채로 건너가고 있었다. 주인아주머니가 울며 서방에게 대드는 소리가 들렸다. 경기댁이 스웨터를 걸치고 쪽마루에 팔짱을 끼고 서서 사랑을 넘겨다보았다. 아래채 다른 방들도 방문을 조금씩 열어놓아 방 안 불빛이 마당에 기둥을 눕히고 있었다.

"창피한 줄 알아야제. 니가 멀 잘했다고 질질 짜기는 짜노. 자슥들 보기 부끄럽지도 않나!"

노마님이 어느 때보다 기를 세워 며느리를 닦달하고 있었다.

"나도 손 귀한 이 가문에 시집와서 아들만 셋 낳아 길길이 키웠어여. 내가 뭘 잘못했나예. 자슥 잘되라고 나선 일, 무신 부끄러운 일을 저질렀단 말입니껴." 울음 섞인 주인아주머니의 항변이었다.

이튿날 아침, 주인아주머니는 보금당에 나가지 않았고 하루내 사랑에 죽치고 들어앉아 있었다. 경기댁이 그 부부 싸움의 원인을 캐내려 안 씨에게 물었으나, 그네도 알 수 없다고 대답한 모양이었다. 그러자 경기댁은 노마님이 안 씨와 함께 고추를 빻으러 시장에 나갈 때 그 속을 떠보려 고추 부대까지 들어다 주며 따라갔다 왔으나, 역시 헛수고였다.

"노친네가 심통을 부리느라 입을 꿰매구 있어 뭘 캐낼 수가 있어야지. 며느리 욕질만 하며, 우리 젊을 적 같으면 친정으루 내쫓겨두 벌써 내쫓겼다는 말만 하데. 주인댁이 무슨 일을 저질러도 된통 저지른 것 같애. 주인댁이 바람이 난 것 같지는 않구, 내 생각으로는 수습하기 힘든 계가 깨어지지 않았나 싶군. 그래서 바깥양반한테 손을 벌린 게지. 주인댁이 욕심을 부리느라 곗돈을 빼내어 보금당에 금은을 사재기했다 미처 환금을 못 했는지 원…… 요즘 산통 깨어지는 게 무슨 유행 같아 믿을 오야가 있어야지." 경기댁이 어머니에게 들려준 말이었다.

주인아주머니는 나흘 만에 칩거를 마치고 보금당으로 출근을 했다. 화장을 짙게 했으나 눈두덩의 멍 자국이 푸르스름하게 남아 있었다. 주인아주머니가 그렇게 출근한 날 아침에서야, 노마님도 경기댁의 그 검질긴 캐어내기 작전에 물렸음인지 며느리의 비행을 털어놓았다. 양지바른 대청 끝에 나앉아 두 사람이 나누는 이야기를 나는 장작을 패다 엿들었다.

"……남녀가 말이데이, 몸 붙여 춤추는 데 있잖아. 서양춤 추는 거게서 남으 서방을 껴안고 춤을 추다 서방한테 들킨 기라." 노마님의 말이었다.

"지난 광복절을 기해 댄스홀은 전국적으로 폐쇄령이 내려졌다던데 아직 그런 데가 있었군요. 허긴 비밀 댄스홀이야 경찰 눈을 속여 몰래 영업을 하겠지요. 그런데 마님, 아드님이 며느리 퇴근길에 몰래 뒤를 밟은 모양이지요?" 경기댁이 물었다.

"그기사 모르지마는 하여간에 춤추는 데서 며느리를 잡아내서 그길로 찌푸차에 태아가꼬 끌고 왔대."

"며느리 춤 상대는 어떤 사람인데요?"

"경찰서 사람이었다나. 서방질해도 할 말이 있다더이 아가리는 찢어졌다고 변구 하나는 그럴듯하데. 큰손자님이 자꾸 말썽을 피아서 미국 유학을 보낼라는데 신원 조회라 카나 그기 잘 안 돼서 부탁할라꼬 만나다 그래 됐다나 어째 됐다나."

"허긴 댄스홀이 문제가 많은 음침한 장소야. 전쟁 나고 웬 춤바람은 그렇게 드세어서…… 할머님도 그런 소문 들었지요. 어느 잘생긴 건달 녀석이 댄스홀에서 만난 여자만 후려냈는데, 동침한 처녀만두 서른 명이 넘는다잖아요. 그 건달 수첩에 적힌 처녀 연락처 전화번호에는 대학교 다니는 양갓집 규수두 수두룩했답디다. 바느질댁에 출입하는 어린 기생들두 그렇지만, 요즘 젊은것들은 정조라는 게 여관집 낯짝 닦는 수건하구 한가지라니깐요. 나두 다 큰 딸애 키우지만 자나 깨나 부탁하는 말이 몸 소중히 간직하라는 말밖에 다른 말이 무슨 소용 있어요. 세월이 하두 빨리 변하구 있어 우리 같은 고물이야 따라갈 수 없는 세상이야요."

"말세야, 말세. 우리 시집살이할 때만 해도 행세하던 집 아녀자는 문밖 출입을 못 했고, 어데 출타할 때도 꼭 쓰개치마로 얼굴 가리고 가마를 탔제. 서양 풍속이 활개 치고부터 삼강오륜이 무너졌어. 도회지는 더 심하고. 이 꼴 안 볼라모 내가 낙향을 하든지 어서 죽어야제……"

노마님은 주먹으로 허리를 치더니 몸을 일으켜 안방으로 들어갔다.

김천댁이 드디어 방을 비워주게 되어, 우리가 바깥채 가겟방으로 이사를 가는 날 아침이었다. 이사 갈 곳이 한 대문 안이요 짐이래야 별것 없었으나 누나와 길중이라도 도와주면 좋으련만 둘은 어엿한 학생이라 책보 들고 당당하게 학교로 떠나버렸다. 장롱조차 갖춰놓고 살지 않다 보니 이삿짐이 모두 자질구레한 잡동사니였다. 그러나 끄집어내어 늘어놓고 보니 방 안과 마당에 이것저것 무더기로 수북하여 나는 어느 물건부터 어디에다 들여놓아야 할는지 엄두가 나지 않았다. 어머니는 오후에 찾아갈 바느질 일이 바빠 그 어수선한 가운데도 재봉틀 끼고 앉아 일을 했기에 내가 혼자 짐을 옮기지 않으면 안 되었다.

"길수는 저지레만 할 테이 준호랑 나가 놀아라 카고 길남이 니가 옮겨라. 적당히 갖다 놓으모 제자리 놓는 거는 내가 이 일 퍼뜩 끝내고 할 테인께. 비 오겠다, 어서 서둘러라." 어머니가 저고리 시침질을 하며 말했다.

어데 종놈으로 부리묵을라고 나를 대구로 델고 왔나, 하고 속으로 투덜거리며 나는 하늘을 쳐다보았다. 더껑이 구름이 잔뜩 끼어 날씨가 우중충했고 새초롬하게 추웠다. 비라도 질금거린다면 내다 놓은 짐들이 엉망이 될 것 같았다. 데려왔거나 주워온 자식은 이래저래 설움이 많다고 기분이 상해 있을 때, 그렇게 일하기 싫으면 점심 굶으면 된다는 어머니의 빈정거림이 떨어졌다. '굶기려면 굶기지, 나는 정말 오늘 신문 배달도 안 하고 집을 떠나버릴 테야.' 그런 생각을 하면서도 나는 부엌의 그릇을 다라이에 주섬주섬 담았다.

"길남이 바쁘겠네. 저 장작까디 바깥채루 옮기자믄."

마당에 나선 순화 누나가 나를 보았다.

순화 누나는 몰라볼 만큼 달라져 있었다. 새벽 같게 밥도 짓지 않고 집을 나서더니 땋고 있던 머리카락을 자르고 퍼머를 해버린 것이다. 흰 저고리에 자주색 치마를 차려입고 있었다. 늘 신는 고무신이 아닌 굽 낮은 구두까지 신고 나선 게 예사롭지 않았다.

"누나 오늘 어데 좋은 데 가는갑네예?"

"고향에는 못 가디만 좋은 데 가디. 길남이 너두 이담에 크믄 참한 처녀하구 선볼 날이 올 거야."

같이 나선 평양댁은 장사 일을 미루었는지 군복 아닌 치마저고리의 나들이옷으로 치장하고 있었다.

"좋겠수. 피난 와서 딸 시집까지 보내게 됐으니. 순화 시집가면 어서 정태 아들 장가라두 보내야 새색시가 들어앉아 군복두 빨구 살림을 살 텐데."경기댁이 부엌 앞에 쪼그려 앉아 양푼의 그릇을 부시며 말했다.

"아드님두 나이 한 살 더 먹기 전에 장가보내야디요. 좋은 직장 있겠다, 색시감이 줄을 설 텐데요."평양댁이 말을 받았다.

"걱정 안 해두 우린 다 봐놓은 데가 있다우."

경기댁이 허리를 펴고 일어나 손에 묻은 물을 치마에 닦았다. 그네는 버들피리 소리 내듯 빌릴리 방귀를 흘렸다.

내가 세간살이를 바깥채 마당으로 예닐곱 차례 옮겼을 때였다. 머릿수건 쓴 김천댁이 보퉁이를 들고 가겟방 쪽문에서 나왔다.

"길남아, 이제 우리 물건은 다 치웠어여. 방도 깨끗이 닦아놓았고. 방 안에 넣을 물건은 안에 들라도 되여."

"그라모 아주 떠나는 깁니꺼?"

"그래, 칠성동으로 간단다."

"복술이는예?"

"바깥에 있을 끼다."

내가 쪽문을 통해 가게 밖으로 나서니 골목길에는 가재도구를 덩이덩이 실은 손수레가 있었다. 순화 누나 선보는 데 함께 갔을 줄 알았던 정태 씨가 후줄근한 작업복 차림으로 손수레 손잡이에 엉덩이를 걸터앉아 있었다. 그 옆에 선 복술이는 입이 미어지게 풀빵을 먹다 나를 보고 말했다.

"길남이 새이, 우리 이사 가여. 어무이하고 좋은 데로 이사 가."

"길남아, 내 그냥 떠나이간 안채 사람들한테 떠났다고 안부 전해줘여. 풀빵 통은 준호네한테 넘기기로 했으이 두고 가는 거여." 김천댁이 가게를 둘러보곤 말했다. 그네의 얼굴은 늘 그렇듯 겁에 질린 채 찌푸린 하늘만큼이나 근심에 찌들어 있었다.

정태 씨가 손수레를 끌고, 김천댁이 뒤에서 밀며 세 사람은 긴 골목을 빠져나갔다. 정태 씨와 김천댁이 마치 부부 사이로 보였다. 만약 평양댁이 보았다면 한마디 불호령이 떨어질 만한 광경이었다. 아래채 사람들에게는 몰라도 김천댁이 주인집과 일가붙이라면 노마님에게는 인사를 해야 할 텐데 빚쟁이 피하듯 그냥 떠난 것이다. 내가 보기에 도회지 이사라는 게 인정 없이 싱거웠다. 고향에 있을 때, 역 아래쪽에서는 거적으로 지붕과 벽을 엮은 피난민 여남은 가구가 살았다. 그들이 제 고향 집을 찾아 북으로 떠날 때도 그렇지가 않았다. 이웃 사람들이 역까지 따라 나가주었고 언제 다시 보게 될 거냐며 손을 잡고 눈물을 글썽이기도 했다.

안마당으로 들어와 김천댁이 손수레에 짐을 싣고 이사를 갔다고 말하자, 어머니도 그 점을 의아하게 여겼다.

"그 안들 이상하네. 내가 어데 몬 할 짓을 했나, 떠난다고 말이나 하고 갈 일이제."

한마디를 하곤 어머니는 재봉 일만 했다.

나 역시 만약 이 길로 집을 아주 떠나버린다면, 어머니가 그렇게 말할는지 몰랐다. "그 자슥 이상하네. 에미가 못 할 짓을 했나, 떠난다고 말이나 하고 갈 일이제. 역시 내 배 속에서 안 나온 자슥은 어데가 달라도 달라." 어머니는 그렇게 구시렁거리곤 나를 찾을 생각도 않고 재봉틀을 돌리리라. 그러나 나는 집을 떠나도 칠성동으로 이사 간다는 김천댁과 달리 마땅히 갈 곳이 없었다. 그 나이 때까지 동무와 싸움 한번 해본 적이 없었고, 놀아도 나처럼 주눅 들린 동무들과 어울려 공깃돌받기 놀이나 했던 게 고작인 나로서는 내 뜻대로 무슨 일이든 당차게 실천한다는 게 불가능했다. 내 그런 풀죽 같은 성질을 그때 이미 알고 어머니는 내게 신문팔이를 시켰고 마음껏 홀대할 수 있었는지 모른다고 성년이 되어서야 깨달았으니, 당시로서는 억울한 심정을 누구에게 하소연할 데가 없었다.

오후부터 어머니가 짐 옮기는 일에 나서고, 선을 보고 돌아온 순화 누나도 우리 일을 도왔다. 어머니가 순화 누나에게, 남자가 무엇 하는 사람이냐고 물었다. 순화 누나는, 육군 중위라고 뺨을 붉히며 대답했다.

"그라모 음력설 안에 예식을 올리겠네?"

"저쪽두 고향이 평안돈데 형제분만 이남으루 내레와서…… 남자분 부대가 부산에 있구, 형님 되는 분이 양키시장에서 구제품 물건을 취급하는 분이셔서 다리를 놓았나 봐요. 살림 차릴 방이며 결혼 비용두 만만찮아 내년 봄쯤이나 하게 될는지……"

"남자가 순화 마음에 들었나 보군."

"군인이야 다 그렇디요. 우락부락해 뵙디다. 서루 집안이 외롭다 보니 서두르긴 해야 된다구 말은 맞추었으나……"

"순화는 시집 가모 서방 잘 받들고 살림 야물게 살 끼다.

심성이 착하고 부지런하이께." 어머니가 말했다.

"그러나 상대가 국군 장교라니깐 오빠 반대가 심해서……"

"같이 살 사람이 순화인데, 순화 맘에 들모 됐제, 떨어져 살 오래비가 무슨 소용이 있노."

길중이와 누나가 학교에서 돌아와 이사 일을 거들어, 우리 식구는 전등불이 들어왔을 때야 바깥채 가겟방에 얼추 짐을 제자리에 정리할 수 있었다. 저녁밥은 다른 날보다 두 시간이나 늦게, 아궁이에 군불을 겸한 장작불을 지펴 지어 먹었다. 어머니는 모두 수고했다며 다른 날보다 밥만은 양껏 먹게 했다. 가겟방은 아래채 우리가 살았던 방보다 조금 더 넓었고, 옆집 쪽으로 들창이 나 있었다. 늦게 집으로 돌아오던 주인아주머니가, 이사했네 하고 방 안을 빼꼼 들여다보았다. 자정 가까울 무렵에는 고구마 굽는 드럼통을 얹은 손수레를 끌고 온 준호 아버지가 가게 앞에서 기침을 하며 어머니를 찾았다. 그분은 방문을 열고 내다보는 어머니에게, 내일부터 가게를 쓰겠다고 말했다.

"인자 독채라, 호젓해서 좋네. 꼭 내 집 같구만. 우리도 은젠가 내 집 가지고 살 날이 올란지 모르지만, 그때까지 여게서 눌러살았으모 을매나 좋겠노. 길남이가 어서 커서 돈벌이하모 그제야 우리 집을 가질 수 있을란강. 그때가 어느 세월일꼬. 더러분 세월이 어서 빨리 가야 할 낀데……" 어머니가 이부자리를 펴기 전에 방 안을 걸레질하며 말했다.

우리 식구가 썼던 방으로는 주인아주머니 말대로 위채와 가장 가까운 경기댁이 이사를 와야 마땅했다. 그러나 경기댁은 그 끝 방이 하수구를 끼고 있어 여름철이면 냄새가 난다 하

181

여 옮기기를 거절했으므로, 준호네가 군말 없이 우리가 썼던 방으로 옮겼다. 경기댁네는 준호네 방으로, 비게 된 경기댁네 방은 성준 형 공부방으로 쓰게 되었다. 이제 방문만 하나 열면 미선이 누나와 성준 형이 늘 얼굴을 볼 수 있게 되었다. 누가 덕을 보고 누가 손해를 보는지 몰랐으나 경기댁은 성준 형이 옆방으로 온 게 탐탁지 않은 눈치였다.

"아니, 짱구 방이 없어 아래채 한 칸을 쓴다더니 큰 학생 이 책상을 옮겨오다니. 판자벽 하나를 사이에 두구 다 큰 총각 이 옆방살이를 하게 됐으니 방귀두 마음대루 못 뀌겠구만."

경기댁이 그렇게 투덜대었으나 당신이 주장하여 옆방으 로 이사를 나게 되었으니 어쩔 수 없는 일이었다. 그렇게 되자 그날 저녁 피엑스에서 퇴근하고 돌아온 미선이 누나가 팔짝팔 짝 뛰며 흥분했고, 선례네 방으로 옮기지 않았음을 두고 제 엄 마를 나무랐다. 또 변덕을 부려 번거롭게 살림 다시 옮길 염치 가 없었던지 경기댁은 잠자코 있었다.

이튿날부터 준호 아버지는 우리 방 앞 가게에 나앉아 드 럼통 두 개를 놓고 군고구마와 풀빵을 구웠다. 준호 엄마는 행 상을 끝내고 돌아와 저녁밥을 지어 먹고 나면 가게로 나와 자 정 무렵까지 서방 장사 일을 도왔다. 나는 이틀에 걸쳐 우리 집 땔감을 바깥채 마당으로 옮겼다. 그동안 장작패기는 지지 부진이어서 제때 땔감을 대기에도 쪼개어놓은 장작이 달리는 형편이었다.

가겟방으로 우리 식구가 나앉은 지 닷새째 되던 날, 12월 중순을 넘겨서야 마당 깊은 집에서 가장 끝으로 우리 집도 김 장을 하게 되었다. 가겟방으로 이사를 한 뒤에 김장을 한다는 게 그렇게 늦어졌고 이사를 하고도 차일피일이었다. 골목길로 지겟짐에 젓동이를 얹은 젓갈 장수가 자주 오르락내리락거리며, "새우젓이나 메루치젓 사소!" 하고 외칠 적마다, 우리 집도 어서 김장을 해야 하는데 하고 어머니가 말했지만 바느질 일감이 밀려 짬이 나지 않았던 것이다.

김장 담그는 그날은 바람이 몹시 불고 날씨가 유난히 추웠다. 어머니는 바느질 일을 시작하기 전에 새벽 같게 염매시장으로 나가더니, 김치만 있으면 겨울에는 다른 반찬이 필요 없다는 평소 말대로 배추 서른다섯 포기와 무 다섯 단을 사 왔다. 배추는 속이 알차지 않고 푸른 잎이 많은 하등품이어서 네 쪽으로 가르기에는 무리였으나 아래채 가구가 스무 포기 정도의 김장을 한데 비추어 우리 집은 그 양이 배가 되게 많았다. 어머니는 그렇게 김장감을 사 오며 쓰레기로 버린 시든 배추 겉잎과 무 줄기를 따로 챙겨 짱배기에 잔뜩 이고 왔다. 그렇게 공짜로 가져온 허섭스레기 같은 배춧잎·무 줄기는 새끼줄로 묶어 통풍 잘되는 곳에 걸어두었다. 겨우내 국거릿감으로 쓰기 위해서였다.

막상 김장을 하려다 보니 수돗물이 시간제 급수인 데다 수도꼭지가 얼기까지 하여 겨울이면 식수와 세탁조차 달리는 판이어서 배추 씻을 물이 걱정되지 않을 수 없었다. 주인집은 물론 경기댁과 평양댁까지 물장수에게 물을 사서 김장을 했고, 준호 엄마는 배추를 사서 숫제 방천에서 씻고 소금에 절여 왔으므로 우리 집도 으레 물을 사서 김장을 담가야 할 형편이었다. 그러나 물을 돈 들여 사서 쓸 어머니가 아니었다.

"삼대에 걸쳐 떵떵거리며 유세하고 살았다는 집에 우째

우물조차 안 팠을꼬. 하는 수 없지러. 길남아, 니가 이모님댁 물지게를 빌려가꼬 중국 학교로 가서 물을 길러 온나. 그게 폼 뿌물이 잘 나온다 카더라. 양철통 가득은 힘에 부칠 낀게 반쯤 씩만 지고 오너라. 세 분은 댕겨와야 김장을 할 수 있을 끼라." 아침밥을 먹고 난 내게 어머니가 말씀했다.

긴 골목을 빠져나가 종로통 중간쯤에 대구에서는 규모가 가장 큰 중국 요릿집 '군방각'이 있었다. 그 건너에 있는 중국 인 학교까지는 마당 깊은 집에서 3백 미터가 넘는 거리였다. 어머니가 그렇게 명령했으니 물 길어오는 일을 하지 않을 수 없었고, 일을 안 하면 밥을 굶길 터이므로 나는 물지게를 빌려 이모님댁으로 갔다. 어머니는 한번 뱉은 말은 늘 모질게 실천 했으므로, 밥을 굶기겠다면 반드시 굶기는 분이셨다. 오늘 저 녁 일 끝내고 니 매 좀 맞아야겠다고 말씀하시면, 그날 밤 어 머니는 반드시 숯포대 매를 들었다. "아푸더라도 소리 내서 패 악치지는 말거라. 시끄러버모 옆방에 잠을 못 잘 테이께. 이 악물고 안 참으모 니가 어데서 잠을 자든동 집에서 쫓가내뿔 테이께." 어머니는 이렇게 다짐을 놓곤 핏줄이 설 만큼 사정없 이 내 종아리를 쳤던 것이다.

나는 학교 수위에게 굽신거리며 통사정해서 겨우 물 한 지게를 얻어왔다. 그러나 두번째는 문전에서 거절을 당할 게 뻔해서 도무지 나설 엄두가 나지 않았다. 그때 떠오른 생각이 신문 배달하고 남은 확장지였다. 나는 이틀 치 신문을 들고 가 서 수위 영감에게 공짜 신문을 주고 물을 두 지게 더 얻어 올 수 있었다. 물을 져다 나를 때, 찬바람에 귀는 닭볏이 되어 아 렸고, 어깨가 내려앉으려 했고, 다리까지 후들거렸으나, 그 정도는 약과였다. 무엇보다 물기 있는 손이 시린 데는 참을 수 없었다. 처음은 손가락이 발갛게 부풀더니 나중에는 푸르죽죽하게 색이 변했고 손가락이 떨어져 나갈 듯 아팠다. 신문 배달을 할 때는 주머니에 손을 꽂고 걸을 수도 있었으나 물지게를 지고 걷자니 물통 줄을 잡지 않으면 물통 중심이 시계추처럼 움직이는 데다 물이 출렁거려 제대로 양발을 뗄 수가 없었다. 걷다 쉬어가며 입김으로 아무리 손가락을 녹여도 아픔이 가라 앉지 않았고, 계속 그렇게 아프다간 손가락이 석고로 변하지 않을까 싶을 정도였다. 주인집 막내아들 똘똘이 형이 가진 것 중에 무엇보다 탐나는 물건이 말랑한 가죽 장갑이었는데 아쉬운 대로 목장갑만 꼈더라도 훨씬 나을 터였다. 그래서 그해 김장과 더불어 손이 시렸던 기억은 오랫동안 남아 있었는데, 군 생활을 하며 대암산 최전방 철책 앞에서 겨울밤 보초를 설 때의 코를 뜯어내는 듯한 추위와 가히 견줄 만했다.

소금을 많이 치고 양념으로는 고춧가루와 찧은 마늘만 써서 버무린 김치였으나 김장 담근 날 먹는 김치 맛이란 그때나, 맛에 대해서는 이제 어떤 음식이든 이력이 나버린 지금이나 별반 다르지 않다. 그 시절 먹은 그 풋김치 맛이야말로 지금껏 그 어떤 음식보다 맛있었고 지금도 그 김치 생각만 하면 입에 군침이 돈다. 며칠 동안은 똥을 눌 때 똥구멍이 찢어져라 쓰릴 만큼 나는 포기김치를 죽죽 찢어, 김치를 반찬으로 먹는 게 아니라 밥을 반찬 삼아 걸게 먹었다. 그러니 똥에 소화가 되지 않은 붉은 김치가 그대로 섞여 나오게 마련이었고, 똥이 제대로 끊어져서 똥통에 떨어지지 않았다.

새벽이면 배가 쓰려 남 먼저 안마당 변소를 찾아들며, 이

제는 김치 그릇은 바라보지도 않고 물에 말아 밥을 먹어야겠
다고 결심한 어느 날 새벽이었다. 변소 안에서 아픈 배를 접고
앉아 된힘을 주며 낑낑거리자, 바깥에서 빨리 나오라는 경기
댁의 재촉이 두 차례나 떨어졌다.

"어젯밤에도 안 들어왔다며?"

경기댁이 누구에게 묻는 말이 들렸다.

"알 만한 데를 다 수소문해봐두 찾을 수가 없디 않갔시요.
기피자 단속이 심허다던데 애매하게 헌병한테 붙잡혀 갔나 허
구 경찰서에두 연락해봤시오."

순화 누나의 근심 서린 대답이었다.

"저 영천 쪽에 있다는 난민 수용소에두 가봤나? 정태가
방천만 아니라 고향 사람 찾으러 거기 갈 수두 있을 테니깐."

"오늘 버스 타구 그쪽으루 나가볼까 해요."

아마 정태 씨가 이틀째 집을 비웠나 보다고 나는 짐작했
다. 내가 마당 깊은 집에 살게 된 뒤 정태 씨가 외박을 한 적은
한 번도 없었다. 웬일일까 싶었고, 정태 씨가 늘 이 사회를 두
고 불평하던 말이 떠올라 어디에서 말을 잘못했다 잡혀가지나
않았나, 나 역시 걱정이 되었다.

아침밥을 먹고 나는 늘 그렇듯 방에서 어머니와 마주 보
고 앉았기가 따분하여 가게로 나앉았다. 빵모자 쓴 준호 아버
지가 한 드럼통에 풀빵을, 다른 드럼통에는 고구마를 굽고 있
었다.

"길거리보다 여게서 장사하인께 어떻습니껴?" 내가 물었다.

"두 가지를 하니 그런대루 밥은 먹갔어. 이런 가게라두 내
가게를 가졌으믄 좋갔는데, 언제 통일이 돼서 고향에라두 갈

까. 북선 쪽으루 통일이 된다믄 이제 나 같은 국군 쪽 상이군인은 그 사회에서 냉대깨나 받겠지만⋯⋯"

"어느 시간이 제일로 많이 팔립니껴?"

"대중없지. 그래두 배가 출출한 늦은 밤이믄 골목 안 사람들이 자주 들르지. 퇴근길에 한 봉지씩 들구들 가니, 아무래도 저녁때가 낫다구나 할까."

준호 아버지의 오른손이 갈고리다 보니 불구가 되기 전 오른손잡이였던 그분으로서는 아무래도 그쪽 손 놀리는 게 둔했다. 그래서 성한 왼손으로 두 드럼통을 건사하기에 바빴다. 목장갑은 성한 손에만 끼고 있었기에 짧은 내 소견으로는 한 켤레를 사면 남보다 두 배는 쓸 수 있겠거니 싶었다. 그냥 보는데도 째려보는 듯한 준호 아버지의 사나운 눈길과 쇠갈고리 손을 보곤 골목 안 아이들이 사려던 풀빵도 안 사고 줄행랑치더라는 말이 생각났다. 그럴 때 준호 아버지의 참담한 표정은 떠올리지 않아도 알 만했다. 장사 수완은 역시 준호 엄마가 더 나았는데, 며칠 전 아침에는 준호 엄마가 장관동 긴 골목 집집마다 대문을 두드려가며 방문했던 적이 있었다. 상이군인이 된 애아버지가 동네 가게에 풀빵과 군고구마를 파니 애들 군것질은 이빨에 해로운 과자나 사탕을 먹이지 말고 배가 부른 우리 가게를 이용해달라고 선전했던 것이다. 전쟁 전에는 학교 교사까지 지낸 분이 전쟁터에서 팔을 잃고 고향에도 못 가는 처지가 되었으니 그 정도 동정이야 해줄 수 있지 않느냐는 준호 엄마의 말은 설득력이 있었다. 주근깨투성이의 핼쑥한 얼굴에 차분한 그네의 말씨는 주인집 노마님 말씀대로 심성 착한 가련한 아낙네로 보일 만했고, 그런 선전이 있은 뒤 준호 아버지의 장사가 훨씬 잘됨은 당연한 결과였다.

"풀빵하고 야끼모(군고구마)하고 어느 쪽이 더 많이 팔립니껴?" 내가 물었다.

"아무래두 군고구마지." 준호 아버지가 일손을 멈추고 나를 보았다. "넌 일제 말에나 겨우 태어났을 텐데 야끼모가 무어냐. 광복된 지 10년이 다 돼가는데 아직 그런 일제 말 잔재가 없어지지 않다니. 어른들이 입에 밴 소리루 야끼모니 벤또니 그런 말을 써두 우리 교육을 받은 너들은 그런 말을 쓰면 안 돼. 내 말 알갔지?"

수꿀해진 나는 할 말이 없었다. 말없이 한동안 준호 아버지의 풀빵 굽는 솜씨를 보고 있자, 새벽에 변소에서 들은 순화 누나 말이 생각났다.

"준호 아부지, 정태 씨 말입니더. 그분 이틀째 집에 안 들어온 줄 아십니껴?"

"아니. 왜, 왜 안 들어왔다던?"

"아무도 모른답니더."

"잡혀갔나?" 준호 아버지가 혼잣말을 했다. 그분도 그런 추측부터 먼저 든 모양이었다.

"모르지예. 어째 됐는공."

"그 사람, 똑똑은 하던데, 생각이 그래서야 어디…… 이 어수선한 세월에 모난 돌이 정 맞기 십상이지."

준호 아버지가 역시 혼잣소리로 중언부언 읊었다.

정태 씨는 나흘이 지나도 집으로 돌아오지 않았고, 그 행방은 묘연했다. 경기댁은, 정태가 김천댁과 유난히 각별하게 지냈으니 어디에서 동거 생활이라도 하고 있지 않나 하는 추측을 준호 아버지 가게 앞에 나앉아 말했다. 평양댁은 아들을 찾다 못해 그쪽에 혐의를 두는 듯했으나 마당 깊은 집 사람들은 누구도 김천댁 이사 간 집을 알지 못했다. 그 집을 알아두려 했던 사람이 없었지만 김천댁도 막연하게, 칠성동으로 간다는 말만 흘렸던 터였다. 김천댁 이삿짐을 정태 씨가 옮겨준 걸 보았기에 나 역시 그가 김천댁 셋방에 진득이 붙어 있지 않나 싶었지만 따라가보지 않았으므로 그 집을 알 수 없었다. 칠성동만도 올망졸망한 서민 주택이 수천 가구가 되었고, 그 집들은 전쟁이 끝났지만 한두 가구 난민들에게 셋방을 들이고 있었다. 빨래터 방천에서 흘러내린 물이 그 동을 가로지르는 신천 방죽은 게딱지 붙듯 피난민들 판자촌이 즐비했으므로 방마다 뒤진다는 것도 쉽지 않았다. 그러나 순화 누나는 방천에서 군복 빨래를 해오는 틈틈이 칠성동은 물론 그곳 시장과 서문시장으로 세 오빠를 찾아 나섰다. "멀고 먼 예까지 피란 나와서 또 이산가족이 되다니. 정말 서러워서 못 살겠네." 다리 품만 팔고 돌아온 날 순화 누나가 뱉은 말이었다. 대학 입시를 눈앞에 두고 밤을 새우다시피 공부에 몰두하던 민이 형도 방과 뒤면 제 형을 찾으러 수소문하고 다녔다. 그는 서울대학교 법과대학을 지망하고 있었는데, 주위 사람들 말로는 평소 실력만으로도 합격은 너끈하다 했다.

8.

거리의 라디오점에서 성탄절 노래가 흘러나오고, 제일교회 마당에 선 히말라야시더에도 색색의 종이줄과 마분지에 그려 만들어 붙인 산타클로스며 솜뭉치가 달렸다.

내가 추위에 달달 떨며 신문 배달을 마치고 어둠이 내리는 송죽극장 앞을 거쳐 오다 보면, 현란한 불빛 아래 어디에서 돈이 쏟아지는지 잘 차려입은 사람들로 밀채이는 번화가야말로 구경거리였다. 그 거리에서만이 연말 대목 경기의 활기찬 모습을 한눈에 볼 수 있었다.

— 다섯 식구 복어국 끓여 먹고 동반 자살.

— 연말 강추위로 동사자 속출. 어제 대구에서만도 네 명.

— 굶다 못해 자식을 소개소에 팔던 비정의 부 구속.

— 고아원 소년들 일일 일식 급식에 항의 집단 탈출⋯⋯

신문에서는 그런 기사가 꼬리를 물었다. 그러나 나는 그 화려한 거리에서 성준 형이 여전히 양장 차림의 맵시 있는 처

190

녀와 팔짱을 끼고 다니는 모습과, 사복으로 갈아입고 친구들과 어울려 빵집을 들랑거리는 동희 누나를 만날 수 있었다. 그렇지만 그들을 보면 고개를 숙여 내 쪽에서 먼저 피해버렸다. 나는 그들이 아니라 다른 사람을 찾고 있었던 것이다. 정태 씨와 김천댁은 그 거리에서만 아니라 내가 배달하는 구역 어느 곳에서도 만날 수 없었다. 얼굴에 칼자국 있던 사내도 지난가을 이후 만나지 못했다.

한 달 중에 네번째 맞는 일요일은 송죽극장 부근의 금은방과 시계포가 문을 닫고 하루를 쉬었다. 그러나 그날 아침 느지막이 주인아주머니는 털외투에 여우목도리를 두르고 외출했다. 신문 배달이 없는 날이었으므로 오후 들어 내가 가게 앞에 나앉아 따뜻한 볕을 쬐며 대본집에서 빌려온 김내성의 『괴기(怪奇)의 화첩(画帖)』이란 탐정소설을 읽고 있자니, 주인아주머니가 열 살 남짓한 단발머리 계집아이를 뒤에 거느리고 돌아왔다. 계집아이는 바둑판무늬의 헐렁한 미제 구호품 외투에 종아리가 썰렁했고 찢어진 운동화를 신고 있었다. 서캐가 하얗게 앉은 머리카락과 마른버짐이 핀 파리한 얼굴로 미루어 내가 배달하며 늘 보는 고아원 아이들과 너무 닮은 모습이었다. 반들거리는 눈과 꼭 다문 입이 무척 다부져 보였다.

한참 뒤, "자아앙작 패슈우" 하고 길게 외치는 소리가 골목 안쪽에서 들려, 내가 그쪽을 고개 빼고 보니 작업복 입은 지게꾼이었다. 개털모자를 쓴 그가 가까이 오자 털거지 사납게 생긴 주억술 씨였다.

"안녕하십네까, 중대장님."

인민군 출신의 주 씨가 국군 장교였던 준호 아버지에게

경례까지 붙이며 농조의 인사를 했다.

"엿새쯤 됐나. 그동안 별고 없었구요?"

"별고 없었습니다. 중대장님, 그동안 황해도 수안군 삼정면 사람 못 봤습니까?"

주 씨가 누구나 보고 노래 삼아 읊는 말이었다.

"이 사람아, 중대장 소리 제발 그만두게. 남사스럽게시리. 그라구, 내가 자네 가족 봤다믄 으레 안 일러줄까. 그래, 포항 쪽으루 갔다 온다던 일은 아무 성과가 없었나 보지?"

"곡산, 그 첩첩한 산골짜기 사람은 한 분 만났더랬지요. 고향 쪽 회포는 풀었으나 수안은……" 하더니, 주 씨가 나를 돌아보고 말했다. "넌 장작 많이 팼어?"

"아니예. 힘이 들어서 날마다 쪼매씩만 팹니더."

장관동 골목길을 이따금 나다니는 주 씨가 어느 날 내게, 두세 시간이면 끝날 일이니 우리 집 통나무를 공짜로 쪼개주겠다고 말한 적이 있었다. 그러나 정태 씨가 장작을 패보겠다고 나서자 어머니가 면박 주던 일로 미루어, 그의 말은 어림 반 푼어치도 없는 소리였다. "댁네는 그렇게도 할 일이 읎어 우리 자슥 일석삼조조차 뺏어갈라 카능교" 하고 어머니가 또 면박을 놓을 터였다. 나는 어머니께 그 말을 전하지 않았고, 주 씨 청을 물리치고 내가 계속 장작을 패겠다고 말했던 것이다.

"오늘 오전에 짐 나르기를 네 번이나 했으니 풀빵으로 요기나 해볼까."

주 씨가 지게를 벗더니 가게 문턱에 걸터앉아 김이 무럭무럭 오르는 풀빵 한 개를 덥석 베어 물었다. 방도 한 칸 없이 역 앞 난민합숙소를 거처 삼아 뭇사람 사이에 끼여 잠을 잔다는 그의 처지로 보아 나에게 풀빵 하나 먹으라고 줄 리 없겠으나, 나는 꿀꺽 침을 삼켰다. 내가 곁눈질로 그 먹성을 보고 있자, 주 씨가 두 개째 풀빵을 집더니 반쪽을 뚝 떼어 내게 주었다.

"너 이거 먹구 안채 성주댁 잠시 불러줄래?"

주 씨가 땀구멍 숭숭한 주먹코를 씰룩이며 멋쩍게 웃었다.

나는 가게 안쪽 손잡이 옆에 손바닥만 한 유리가 붙은 우리방 방문에 눈을 주었다. 유리 안쪽은 캄캄했고 재봉틀 돌리는 소리가 들렸다. 어머니는 무엇이든 남에게 얻어먹지 말라고 귀 따갑게 말했으나 내 손이 절로 그 풀빵 조각을 잡았다. 나는 가게 부엌을 거쳐 바깥마당에서 그 풀빵을 먹어치웠다. 안채로 들어가니 위채 부엌문이 닫혀 있었다. 늘 열어두던 부엌문이라 이상한 생각이 들었다.

"안 씨 아지매 부엌에 없습니껴?"

"처사 목욕하인께 총각은 문 열면 안 돼." 안 씨가 부엌 안에서 말했다.

좌르르 물 끼얹는 소리까지 들려 나는 안 씨가 물을 데워 목욕을 하고 있는 줄 알았다. 까르르 웃어제치는 안 씨 웃음소리가 들렸다. 마당 깊은 집에서는 누구보다 구김살 없이 밝은 그네라 목욕을 하면서도 장난질 치는 모양이었다. 지난여름 어느 밤, 부엌 안에서 목물하던 그네를 우연히 보았을 때, 어슴푸레 드러나던 그 흐벅진 겨드랑살이 떠올랐다.

"아주머이예, 바, 밖에 잠시 나와보이소. 누가 찾아왔심더."

제풀에 얼굴이 빨개진 내가 말을 더듬거렸다.

"누군데?"

"나와보시모 알 낌더."

나는 바깥마당으로 나왔다. 잠시 뒤 안 씨가 손에 묻은 물기를 닦으며 가게 앞에 얼굴을 내밀었다. 안 씨 얼굴을 보니 웬걸 목욕한 티가 나지 않아, 내 쪽이 머쓱해졌다.

"주 씨 왔네예. 싱걸벙걸하는 걸 보이 무슨 좋은 소식이라도 있읍니껴?" 안 씨가 물었다.

"가랑잎 같은 떠돌이 신세에 좋은 일이 뭐 있겠습니까. 풀빵을 먹다 보니 성주댁 생각이 나서 불렀습지요. 나흘 동안 장작 팰 적에 더운 밥에 좋은 반찬 멕여주신 것 말씀입니다. 이남 내려오구 처음이라 자다가두 문득문득 그 생각이 나더만요. 고생할 때 인정 베푼 은덕을 잊으면 개보다 못하다는데, 이번은 제가 풀빵이나 야끼모를 대접할게요. 아무거나 입맛당기는 대로 실컷 자시보라요. 돈 걱정일랑 마시구."

주 씨는 구레나룻에 붙은 밀가루 부스러기를 거친 손으로 쓸었다.

"눈먼 돈을 줏었는지 구린 춤지 돈 헐어 쓰시는지 모르지만 묵어라이 묵고 봐야지예. 주 씨, 고맙심더."

안 씨가 드럼통 뚜껑에 놓인 주먹만 한 군고구마를 집어 들고 껍질을 벗기더니, 반 토막을 분질러 내게 넘겨주었다. 나는 그것을 얼른 받아 다시 우리 방 방문을 흘낏 보곤 연한 녹두색 김이 오르는 속살을 베어 먹었다. 달콤한 게 맛이 좋았다. 그날의 일진에 식복이 있었던지 두 차례나 공짜로 주전부리를 하게 된 셈이었다. 주 씨가 물주전자를 들어 꼭지에서 흐르는 물을 입으로 받아 마셨다.

"지도 시장에 나댕기며 황해도 수안군 삼정면 사람을 열심히 수소문해보는데 참말로 사람 찾기 힘들데예. 좁은 땅에서도 이래 힘들모 미국 같은 대국 천지에서 한분 헤어져뿔모 우째 가족을 찾는공 모르겠네예."안 씨가 주 씨에게 말했다.

"길을 두리번거리며 걷다 보면, 두껍아 너 여기 있었구나, 병정 나가서 안 죽구 멀쩡하게 살아 있었구나! 하고 소리치며 어머님이 어디선가 불쑥 나타날 것 같은데, 그게 쉽지 않네요. 좁다지만 내게는 너무 넓은 남한 천지에서 사람 찾기가 보통 어렵지 않아요."

주 씨가 문턱에서 일어서며 손을 털었다.

"우리 집에도 부모 잃은 아이가 왔심더. 마님이 고아원에서 가스나를 델고 왔는데, 얼매나 추접던지. 그래서 물을 데워 때를 씻기주는데, 아이구, 누룽지도 그런 누룽지가 읊지 멉니껴. 그러잖아도 열쇠같이 마른 몸에 네댓 벌 때를 뺏기내이까 온몸이 앙상한 뼈만 남습디다. 내 그래서 옥이란 갸한테 말했지예. 부모 잊아뿔고 설움 많은 니를 내가 친동기로 알아 1년 안으로 포동포동하게 맹글어놓으꾸마 하고 말입니다."

"네, 그러서야지요. 좋은 말입니다. 불쌍한 노약자와 고아를 돌봐주면 그 공은 하늘이 새겨둔다는 말이 있지요."

주 씨가 준호 아버지에게 셈을 치르고 지게를 졌다. 그동안 준호 아버지는 한마디 말도 없이 씰룩씰룩 부끄럼 띤, 아니면 무언가 고마워하는 듯한 묘한 미소를 지으며 불구의 손까지 동원하여 생고구마를 화덕 아궁이에 넣고, 장작불을 보고, 풀빵을 뒤집곤 했다. 또 어느 길로 나서볼까 하고 중얼거리며 주 씨는 쨍하게 맑은 겨울 하늘을 잠시 올려다보았다.

"아줌마, 할머님이 찾으세요."

주인아주머니가 고아원에서 데려온 옥이란 계집아이가 가게로 나오며 안 씨에게 말했다. 주인아주머니를 쫄쫄 따라오던 오전만 해도 발에 차이는 밤송이 같던 그 아이는 안 씨의 정성으로 말끔하게 새로 태어나 있었다. 치마저고리로 옷을 갈아입었고, 양미간에 파란 심줄이 얼비칠 정도로 맑은 얼굴이었다.

"참, 시장 갈 시간 됐네. 오늘은 증말 장을 푸짐하게 봐올 낀데……" 혼잣말을 하던 안 씨가 인사하고 떠나는 주 씨를 불러 세웠다. "주 씨예, 모레 아침에 오이소. 지가 아주 진수성찬으로 대접 자알 할께예. 메칠 굶어도 허기 안 지구로 기름끼 있는 음식으로 대접하겠심더."

안 씨가 뱅긋 웃었다.

"집안에 무슨 잔치가 있습니까, 아니면 제사라두?"

"크리스마스가 모레인께 내일이 이브라든가 이불이라든가, 하여간 내일 밤에 집에서 잔치를 연답니더. 참, 잔치가 아이라 파티라 카제. 열댓 명이나 초대한다 카인께 대청이 꽉 찰낍니더. 내일은 중국 음식점 군방각 일류 요리사도 둘이나 불러 파티 음식을 특별로 장만한담더."

나는 눈을 동그랗게 떴다. 안 씨가 말하는 파티가 어떤 파티인지 모르지만 말만 들어도 마음이 싱숭생숭했다. 환한 불빛 아래 푸짐하게 담긴 갖가지 음식 접시가 놓이고, 부드러운 음악이 흐르고, 잘 차려입은 사람들의 웃음소리가 낭랑하고…… 부자들의 그런 놀이 세계란 상상만 해도 가슴 뛰는 아름다운 광경이 아닐 수 없었다. 24일 밤 한때는 안채로 들어가 그 구경을 하는 것만으로도 심심치 않게 보낼 수 있을 것 같았다.

전등불이 들어오고 땅거미가 내렸을 때야 순화 누나와 민이 형이 피곤한 다리를 이끌고 돌아왔다. 일요일 하루 낮을 정태 씨의 행방을 수소문하다 오는 길이었다. 남매의 걸음걸이가 그랬지만 표정도 밝지 않았다.

"오늘도 헛수고니?" 준호 아버지가 둘을 보고 물었다.

"서문시장서 평양사범학교를 같이 다닌 형님 친구분을 만났지요. 요즘은 소식을 모르구 서울에 기복이라구, 형님과 친하던 친구가 교사를 한다던데, 그 친구를 만나러 안 갔나 모르겠답디다. 무척 보구 싶어 했다면서요." 민이 형이 말했다.

"김천댁은?"

"오늘두 찾디 못했쉐다. 준호 아버디, 이럴 땐 어카면 좋디요?"

머플러를 쓴 순화 누나의 얼굴이 울상이었다.

"어린애두 아니구 다 큰 사람을 뭘 그렇게 찾아다녀. 언젠가 제발루 걸어 들어오겠지."

"몸두 성티 못한데 이 추운 날씨에……"

"강 형사라구, 오늘두 다녀갔지. 김천댁 소식을 모르냐며 말야." 준호 아버지는 그제서야 생각이 난 듯 말했다.

저녁밥 먹고 나와 따뜻한 드럼통의 반사열을 쬐던 내 얼굴이 팔초하게 생긴 강 형사를 떠올렸다. 김천댁을 찾고 있기는 그 역시 평양댁 식구와 닮은꼴이었다. 아니, 강 형사는 김천댁을 통해 얼굴에 칼자국이 있는 사내를 쫓고 있었다.

이튿날 오후, 나는 일과대로 대구일보사로 나섰다. 날씨가 추워 바지 주머니에다 손을 깊이 꽂고 어깨를 움츠리고 걸었다. 거리는 크리스마스 노래로 넘쳤고 오전 수업으로 공부를 마친 학생들이 길을 메우고 집으로 돌아가고 있었다. 모자 쓰고 교복 입은 학생들만 만나면 나는 무슨 죄라도 지은 듯 길을 비켜주며 길갓집에 바싹 붙어 걷는 버릇이 있었다. 학생들이, 내일이면 방학을 한다고 기분 좋게 떠들어대었다. 시내 학교는 24일로 겨울방학에 들어갔던 것이다. 새해 달력과 크리스마스 카드를 파는 점방에는 유독 여학생이 많이 끓었다. 예쁜 카드를 고르는 여학생을, 나는 그런 카드를 보낼 곳도 받을 리도 없으므로 무심히 바라보았다. 쓸쓸한 마음은 어쩔 수 없었다. 땅만 내려다보고 걷자니 어머니가 내게 처음 사준 운동화는 두 차례나 신기료 장수로부터 땜질을 했는데도 고무창이 아가리를 벌리고 있었다.

신문사 뒷마당에는 배달할 소년들이 신문 나오기를 기다리며 바람 빠진 축구공을 차며 놀고 있었다. 한주는 역시 보이지 않았다. 겨울 들어 날씨가 추워지자 그의 어머니가 아파 누워 간고기 행상을 못 했으므로 이제 열세 살의 가장이 된 한주가 더 열심히 돈을 벌고 있었다. 그는 껌만 팔지 않았고 미제 드롭스·초콜릿·연필, 심지어 손톱깎이와 귀이개 따위까지 가지고 다니며 팔았다.

신문이 나와 손 씨가 중부 구역 배달원에게 신문을 나누어줄 때서야 한주가 벌게진 얼굴로 헐레벌떡 뛰어왔다. 그는 풀빵 장사를 하기 전 준호 아버지처럼 작은 손가방을 들고 다녔다.

"넌 임마, 맨날 지각이다. 확장은 개코도 몬 하면서."

합죽뺨의 손 씨가 한주를 보고 퇴박을 놓았다.

"아저씨, 그래도 고정 독자 안 떨구는 배달원은 나밖에 없다구요. 말이 확장이지, 먹구살기두 힘든 이 겨울철에 신문 새로 보는 집이 어디 쉽습디까."

한주의 대답은 늘 그렇게 막힘 없이 시원했다.

"어무이 좀 어떠노?"내가 한주에게 물었다.

"어제 처음 병원으로 모시고 갔지. 심장병이라든가, 그래. 어머닌 전쟁 전에두 산소에 갈 적에 언덕길을 오르실 땐 피곤해하셨거든. 전쟁 통에 못 먹구, 너무 놀라구, 일을 많이 해서 그렇다나 봐. 이제 내가 죽기 살기루 뛰는 수밖에. 책임이 무거워."겨울바람을 맞는데도 한주의 얼굴은 땀에 차 있었고 단내 섞인 입김이 품어져 나왔다.

"약은 자시나?"

"며칠분을 타 왔지만…… 편안히 쉬구 잘 자시는 게 젤루 좋은 약이라나. 숨을 제대루 못 쉬구 괴로워하실 땐 옆에서 보기가 안타끼워."

"내가 머 니를 도와줄 일도 읎고……"

"도와주다니. 느이네두 살기 힘드는 판에"하곤, 한주가 덧니를 보이며 씩 웃었다. "요즘이 난 대목이야. 크리스마스와 연말이 끼얼거던. 이럴 때 열심히 안 벌고 언제 벌어. 길남아, 그럼 내일 또 봐. 배달 잘해!"

한주는 내 어깨를 치곤 한길로 뛰어갔다. 그는 자정 무렵까지 시내 중심 거리의 곳곳을 누비며 대목 장사를 할 터였다.

나는 신문 배달을 마치고 일부러 한적한 주택가 골목길을 골라 집으로 돌아왔다. 배달을 할 때는 내 구역을 뛰다시피 휘질러 다녔기에 추위를 별 느끼지 못했으나 돌아오는 길은 늘 차가운 저녁 바람이 살갗을 들볶다 못해 뼈까지 아리게 했다.

저물 무렵 그 귓갓길의 추위란 배고픔 못지않게 마음을 외로
움과 슬픔으로 채워 더러운 세월을 탓하는 어머니처럼, 나 역
시 무슨 낙으로 이 세상을 사느냐는 푸념이 절로 나왔다. 꽁꽁
얼어붙는 어둠 속으로 먼지보다 더 작은 알갱이가 되어 형체
없이 사라지고 싶었다.

약전골목으로 접어들자 한약방과 건재상들이 전등불을
켜기 시작했고 사람들의 발길도 잦았다. 마당 깊은 집으로 들
어가는 긴 골목 어귀에서 나는 성준 형과 미선이 누나를 만났
다. 학교 야간반 등굣길이라 미선이 누나는 교복 차림에 가방
을 들었고, 성준 형은 집에서 곧장 나온 듯 외투를 걸친 채 딸
딸이를 신고 있었다. 둘은 마주 보고 서서 꽤나 심각한 표정으
로 무슨 이야기인가 나누고 있었다.

"어디 제 파트너가 되어달라는 겁니껴. 캡틴 통역을 맡아
달라는 거지예. 나도 영어 개인교수를 받고 있지만 아직 내 실
력으로는 통역이 불가능하니까 드리는 말이라예."

"어쨌든 전 그 파티에 참석하지 않겠어요. 내일 이브 저녁
에는 교회에 행사가 있어요."

"미스 박, 여권을 수속 중이라 한 달만 있으면 난 미국 유
학길에 올라예. 한국 떠나기 전 마지막 간절한 부탁이니 이번
청은 꼭 들어주이소. 이젠 구실구질한 러브 고백 따윈 안 할
낍니더. 나도 마음만 묵으모 앗싸리한 놈이라예."

성준 형이 미국 사람처럼 어깨를 들썩하며 두 손으로 물
건 받는 시늉을 했다.

"송진 껌이라더니, 참말 검질기기도 하네."

미선이 누나가 손목시계를 보았다.

"그럼 미스 박이 참석하시는 걸로 알고 따로 통역을 물색하지 않겠습니다."

성준 형이 일방적으로 통고를 하곤 나를 앞질러 골목으로 들어섰다.

이튿날 저녁이었다.

주인집 위채 대청에서 벌어진 파티야말로 정말 볼만한 구경거리였다. 먼저, 무엇보다 나를 놀라게 하기는 그 파티에 빠질 줄 알았던 미선이 누나가 당당하게 참석한 점이었다. 더 알맞게 말하자면 미선이 누나가 파티에 끼었다는 사실보다 그녀의 달라진 차림이 나로 하여금 벌린 입을 한동안 다물지 못하게 했다. 미선이 누나는 우리 집에 출입하는 기생들처럼 눈화장을 짙게 하고, 뺨에 봉숭아색 연지를 바르고, 윤곽도 선명하게 입술을 빨갛게 칠했으니 나이가 두어 살은 더 들어 보였다. 미국 영화의 선전 사진에 나오는 여배우만큼이나 요염했다. 평소에는 가벼운 화장을 하고 피엑스에 출근했다 퇴근하고 와서 학교로 갈 때는 생머리를 묶고 화장을 지워 순진한 여고생 티를 내었는데, 이번에야말로 한껏 멋을 부렸던 것이다. 그런데 그렇게 짙게 한 화장도 그렇지만, 경기댁 말대로 미군 피엑스 양품부에서 빌려 입었다는 그 검정 공단 드레스라는 옷이 더 볼만했다. 드레스는 가슴께에서 잘록 파고들어간 허리까지 앞쪽으로 Y자 모양을 이루어 수십 개의 물방울 구슬이 영롱하게 달려 반짝였고, 둥근 치맛단이 얼마나 펑퍼짐했던지 길수 또래의 아이들이 숨바꼭질 삼아 숨어든다 해도 둘은 들어갈 만했다. 그러나 무엇보다, 천을 아끼려 그렇게 만들지는 않았겠으나 뽀얀 가슴살이 반쯤 넘게 드러난 그 대담한 옷을 입고

도 미선이 누나가 전혀 부끄러운 티를 내지 않는 데 나는 혀를 내둘렀다. 그녀의 젖가슴이 유난히 커 교복을 입고 걸을 때도 출렁거릴 정도였으므로 가슴을 파놓은 드레스다 보니 젖통 사이의 깊은 골과 풍선처럼 탐스럽게 솟은 윗 젖살이 훤하게 드러났다. 어린 내가 보기에도 성준 형뿐 아니라 어른 남자라면 그 큰 젖통을 한번 주무르고 싶어 누구나 군침을 흘릴 만했다.

파티에 초대되어온 손님은 2군사령부에 사무 용품 일체를 납품하는 업체 사장인 주인아저씨 사촌 내외, 영남비료 사장이라는 친척 내외, 역시 친척 된다는 군복 정장 차림의 육군 대령, 대구경찰서 대공 담당 친척 경감 내외, 그리고 양코배기로 머리카락이 갈색인 젊은 미군 대위, 그 외에 도청 무슨 국장이라는 관리 내외였다. 물론 주인아저씨 내외와 성준 형도 끼여 있었다. "성준 도련님을 미국 유학 보내는데 그 교제를 겸한 파티라나 봐예. 그래서 미국 무신 대학교 초청장을 알선해준 양늠 군인하고 신원 보장을 책임져준 친척 된다는 갱찰서 높은 분이 초대돼서 왔심더." 안 씨가 파티 참석자들을 열거하며 경기댁에게 귀띔해준 말이었다.

마당 깊은 집 아래채에서 그 파티 구경꾼은 경기댁과 나였다. 준호네는 크리스마스이브 대목 장사라 준호와 아기까지 식구 모두가 가게에 나앉았고, 평양댁은 고향 사람들이 모이는 망년회에 맏아들 소식을 알아보러 나갔고, 순화 누나와 민이 형은 방 안에 있는 눈치였으나 위채 대청에서 벌어지는 파티에 한눈을 팔지 않았다. 늘 싱글벙글 웃으며 휘파람을 부는 경기댁 아들 홍규 씨는 서문시장에서 건어물상 집안 외동딸과 연애 중이어서 통행금지가 없는 즐거운 날 밤을 애인과 함께 어디 좋은 곳에서 보내는지 집에 없었다. "충치를 치료해주다 사귀게 되었다던데, 처녀 집이 대구 바닥서 이대에 걸친 큰 부자래요. 서문시장 금싸래기 땅에 점포를 세 개나 가졌구 공평동에 있는 적산가옥 자택이 대지만두 250평이나 된대요. 치과의사 사위라면 부랄 두 쪽만 차구 오면 된다니 우린 결혼 비용두 필요가 없지 뭐예요." 경기댁이 마당 깊은 집에 퍼뜨린 소문만큼, 흥규 씨는 부잣집 외동딸을 사귀고 있음에 틀림없었다. 나로서는 다 같이 이북에서 피난 나온 흥규 씨와 순화 누나가 짝이 되었으면 하고 은근히 바랐으나, 두 집안은 너무 그 속내를 잘 아는 가난뱅이 처지로 하여 인연을 딴 곳에서 택하게 되었음이 적이 섭섭했다.

나는 경기댁네 쪽마루에 경기댁과 나란히 앉아 추위로 오들오들 떨며, 샹들리에 전등을 대낮 같게 환하게 밝힌 위채 대청 유리문 안쪽의 은성한 파티를 먼발치에서 치켜다 보며 구경했다. 담요를 둘러쓴 경기댁은 초조하게 담배를 피우며 잘 차려입은 여러 사람 사이에 섞인 자기 딸을, 마치 이리 떼 놀이터에 풀어놓은 양을 지키듯 감시하고 있었다. 대청에는 대형 톱밥 난로가 벌겋게 달아 있었고, 전축에서는 미국 대중가요가 흘러나왔다. 대청 한쪽에는 흰 보를 씌운 다리 긴 식탁이 있었고, 그 식탁 위에는 여러 종류의 음식과 술병이 즐비했다. 손님들은 쟁반을 들고 자기가 먹고 싶은 음식을 마음대로 골라 쟁반에 담았다. 자기 몫 음식이 따로 있지 않고 등등산 같게 쟨 음식을 저런 방법으로 양껏 먹을 수 있다니, 참으로 부러운 광경이 아닐 수 없었다. 연미복에 나비넥타이를 맨, 군방각에서 온 젊은이가 손님들 시중을 들고 있었다.

"음식두 지랄같이 처먹네. 서서 낄낄거리며 먹는 저 서양식 짓거리가 대체 무슨 꼴이람. 음식 맛두 제대로 모르겠군."

경기댁의 빈정거림이었다.

"서양식 식사는 역시 통이 큼더. 음식 접시 앞을 돌아댕기미 지 묵고 싶은 거마 골라 배 터지게 묵을 수 있으이까예."

"신문 배달하는 너는 어느 세월에 저렇게 차려놓구 서서 다니며 먹어보겠니. 길남이 너, 자신 있어?"

분명 비꼬는 말인데 나는 대답할 수 없었다. 추위 탓만도 아닌, 나는 평생 저런 방법으로 음식을 먹어볼 수는 없을 것 같은 절망에 몸을 떨었다.

내가 그런 식사 방법이 뷔페식이란 걸 알게 되기는 그때로부터 20여 년이 지난 뒤였으니, 견문 넓고 똑똑한 경기댁도 그 별난 식사를 당시로서는 처음 봤음에 틀림없었다. 그러므로 내 생각 또한 경기댁과 별 차이가 없었다. 교자상에 음식을 차려 여럿이 상 주위에 둘러앉아 먹는 게 아니라, 음식 담은 접시를 들고 걸어 다니며, 또는 의자에 다리 꼬고 앉아 먹는 모습이 보기에 그렇게 자연스러울 수 없었다. 그러나 그들은 달콤한 음악에 곁들인 좋은 음식을 먹으며 쾌활하게 웃었고 열심히 지껄였다. 아래채에서 올려다보는 위채 대청의 유리문 안쪽은 마치 동화 속에 나오는 별난 세계였다.

"차려입구 나섰을 때는 숭하기 짝이 없더니 그래두 저런 파티에 섞이니 썩 잘 받는데그래. 미선이는 역시 안목이 있어. 너가 봐두 미선이 누나 멋쟁이지?"

"미국 영화 백보 그림판 같네예. 어른 남자라모 누구나 홀딱 반하겠심더."

"꼴에 사내자식이라구 보는 눈은 있군."

경기댁이 쑤얼거린 말처럼, 처녀로서 유일하게 참석한 미선이 누나는 그 파티 분위기에 단연 돋보였다. 다른 아주머니들은 조선옷 차림이었지만 그녀만이 화려한 드레스를 입은 데다 미군을 여러 사람과 어울리게 그 주선을 능숙하게 하고 있었기 때문이었다. 성준 형은 미군 옆을 따라다니는 미선이 누나 옆을 졸졸 따라다니고 있었다. 미선이 누나의 불룩한 젖가슴을 자주 넘겨다보는 성준 형이야말로 내가 보기에는 한 마리 이리였다. 경기댁은 그 이리를 먼발치로나마 열심히 감시했고, 그런 감시자랄까 관찰자는 나 말고도 또 있었다. 위채 대청을 구경하기에 딱 좋은 위치인 사랑채 방문을 빼끔 열고 짱구 형과 똘똘이 형이 열심히 구경하고 있었다. 가정교사인 민이 형이 그날만은 공부를 가르치지 않았던 것이다. 크리스마스이브라고 밤 외출을 했는지 동희 누나는 보이지 않았다.

위채 부엌은 전등불이 환한 가운데 군방각에서 파견된 요리사가 부지런히 새 음식을 만들고 있었다. 안 씨는 더운 김이 오르는 지지고 볶은 그 새 음식을 큰 접시에 담아 대청으로 날랐다. 옥이도 심부름을 하고 있었는데 빈 접시를 부엌으로 나를 때마다 어둠 속에서 몰래 그 접시 바닥을 개처럼 핥아대었다. 추위에 떨며 그 파티를 지켜보고 있던 나 역시 옥이처럼 먹다 남은 찌꺼기 음식이나 얻어 걸릴 수 있지 않을까 하는 꿍꿍이 속셈이 있었으나 그런 기회는 좀처럼 오지 않았다. 앉아 있으면 누가 챙겨주랴 하는 뱃심으로 부엌에나 가볼까, 어쩔까 망설이며 내가 그쪽을 힐끗거릴 때였다.

"어머머, 내 그럴 줄 알았다니깐."

갑자기 경기댁이 탄성을 질렀다. 나는 위채 대청을 보았다. 바야흐로 춤판이 벌어지고 있었다. 남녀가 짝을 이루어 서로 부둥켜안고 느린 음악에 맞추어 물결 일렁이듯 대청을 거닐었다.

"아니, 저년이 언제 저런 춤까지 다 배웠어!"

경기댁이 숨넘어가게 외쳤다.

주인아저씨와 아주머니는 물론 한 쌍이었고, 미선이 누나는 양코배기 군인과 춤을 추었다. 육군 대령과 성준 형은 상대가 없다 보니 응접의자에 앉아 춤추는 쌍을 구경하고 있었다. 한 곡이 끝나자 모두 박수를 치며 웃었고, 성준 형이 전축에 다른 판을 걸었다. 경쾌하고 빠른 춤곡이었다. 성준 형이 얼른 미선이 누나를 낚아채 춤을 추기 시작하자, 다른 사람들도 짝을 바꾸었다.

"미친 연놈들, 정말 지랄하구 자빠졌네. 저 연애대장 자식이 웬걸 의자에 궁뎅이 붙이구 앉았나 했다. 안 추겠다면 그만일 걸, 응해주는 미선이 년도 제정신이 아냐. 저러다 저 잡놈 꾐에 넘어갈걸. 넘어가고 말걸."

경기댁이 조바심 내었다. 쓰고 있는 담요를 떨치고 위채로 달려갈 듯하던 그네가 새 담배를 붙여 물었다.

그 춤 광경을 넋놓고 쳐다보고 있을 때, 길중이가 발소리 죽여 안마당을 질러왔다. 그는 나를 보자, 어머니가 찾는다고 말했다. 그제야 나는 정신이 번쩍 들었고, 방으로 들어가면 어머니가 회초리를 들게 될지 모른다고 생각했다. 어머니는 오늘 저녁 크리스마스이브 밤 술자리에 입고 나갈 일감이 밀려 어젯밤은 눈도 붙이지 못한 채 호롱불을 밝혀 밤도와 일을 했고, 오늘도 하루 종일, 지금까지도 재봉틀을 돌리고 있을 터였다.

"어무이 골났나?" 아우에게 내가 물었다.

"응."

아우가 조그맣게 말하며 고개를 끄덕였다.

"많이 났나?"

"그런 거 같애."

내가 방으로 들어가자 아니나 다를까, 재봉틀을 돌리던 어머니의 불호령이 떨어졌다. 바깥채 가겟방으로 이사를 온 뒤 어머니는 옆방 사람 눈치를 볼 필요가 없었으므로 큰 몸집만큼이나 그 목소리가 늘 컸다.

"이 썩어빠진 늠으 자슥아! 니가 부잣집 파틴지 잔친지 그짓 보아놓으모 그기 중학교 들어가는 시험에 나온다 카더나? 잘 처묵고 잘사는 사람 그 돈놀음 잔치 본다고 니한테 무슨 이득이 돌아오겠노! 저 얼비(어리숙한)를 내가 장자라 믿고 이래 눈 팔아 키우모 난중에 무신 덕을 보겠다꼬……"

어머니의 목소리에 물기가 섞여 있었다.

"자, 잘몬했습니더."

주눅이 든 내 목소리가 떨렸다.

"기름진 음식 많이 묵어 배창자 터져 죽을 그 부자들 파티 구경이나 하고 평생 그 밑구녕 닦아주는 종 노릇이나 하모 니 꼴 좋겠다. 이 정신 빠진 늠아!"

어젯밤 잠을 제대로 못 잔 어머니가 핏발 선 눈으로 나를 쏘아보곤, 재봉틀을 돌리며 연방 악 퍼질렀다.

"다시는 그런 구경 안, 안 하겠습니더."

"당장 나가거라! 집에 들어올 생각 말고 나가. 굶어 뒈지든 얼어 죽든 집을 나가! 나가기 싫거든 숯포대 다섯 자루를 가지고 들어와!" 어머니의 분김에 찬 고함에 이어, "아이쿠!" 하는 비명이 터져 나왔다.

재봉틀 바늘이 그만 어머니의 왼손 집게손가락 손톱을 구멍 내고 말았다. 어머니가 손을 빼내지 못한 채 어쩔 줄 몰라 하는 사이, 재봉바늘에 등솔기가 박히던 물색 양단 저고리로 빠르게 피가 번지기 시작했다.

"어무이 뒤로, 동태(바퀴)를 뒤로 돌리이소!"

"피다! 어무이 피납니더."

비슷한 외침이 공부하고 있던 누나와 길중이 입에서 동시에 떨어졌다.

어머니가 재봉틀 바퀴를 뒤로 돌려 손톱에 박힌 바늘을 올리고 손가락을 겨우 빼어내자 새 옷감에 피가 뚝뚝 떨어졌다.

"아이구, 이 새 양단 저고리를 우짤꼬. 물리내라 카모 우예야 될꼬……" 어머니는 다친 손가락을 잡고 아픔도 잊은 듯 피에 묻은 양단 저고리를 내려다보며 울상을 지었다. "선례야, 퍼뜩 정지에 나가 물하고 사분 가져온나."

선례 누나가 부엌으로 나가 대야에 물을 담아 들고 비누를 가져왔다. 그사이 어머니는 재봉틀 서랍에서 손수건을 꺼내어 다친 손가락을 묶었다. 어머니는 양단 옷감의 피 묻은 부분을 물에 적시더니 비누를 문질러 조심스럽게 빨기 시작했다. 나는 방문 앞에 망연자실 서서 어머니의 그 빨래를 바라보고 있었다. 가슴이 뛰고 다리가 후들거렸다.

"선례 엄마, 무슨 일이 있어여?"

서방 가게일을 돕던 준호 엄마가 어머니 비명을 듣고 물었으나 어머니는 그 말이 귀에 들리지 않는 모양이었다.

"핏자국 흔적 나모 우짤꼬. 물리내라 카모 똑같은 옷감을 어데서 구할꼬."

어머니는 울음 섞인 말만 읊어대었다.

나는 순간적으로, 이 기회에 집에서 나가버려야 한다고 결심했다. 어머니는 나를 보고 집을 떠나라 말했고, 만약 그 말에 굴복하여 숯포대 회초리를 가지고 직수긋하게 방으로 들어온다면 전에 없는 가혹한 매타작이 시작될 터였다. "뒈져라, 니 같은 종자는 밥마 축낼 뿐 살 필요가 없다. 자슥새끼 하나 전쟁 통에 죽었다고 생각하모 그뿐, 내사 아무렇지도 않다!" 어머니는 이렇게 지청구를 떨며 삿매질을 해댄 끝에 내가 입에 거품을 물고 늘어질 때서야 회초리를 거둘 게 분명했다. 그쯤에 그치지 않고 지렁이꼴 피멍 자국이 삭은 뒤까지 어머니는 두고두고 손톱을 재봉틀 바늘에 꿰뚫린 실수와 남의 새 옷감에 피를 묻힌 불찰을 내 탓이라 타박하며, 더러운 세월의 한풀이를 겸해 더 자주 매를 들 터였다.

나는 슬그머니 방에서 나왔다. 운동화를 신고 가게 옆문을 거쳐 골목길을 나섰다. 날선 바람이 차가웠다.

"길남아, 어디 가니?"

딸애를 업은 채 풀빵을 굽던 준호 엄마가 물었으나 나는 대답하지 않았다. 이제 준호네 식구와도 마지막이라는 느낌에 가게를 뒤돌아보았다. 준호 아버지는 반장집 딸애에게 군고구마 봉지를 건네주고 있었다. 또 누구인가 군고구마를 사 가려 차례를 기다렸다. 그 장사도 대목이라고 손이 제법 있었다.

나는 1환 한 장 없이 비어 있는 바지 주머니에 두 손을 꽂고 약전골목 쪽이 아닌, 종로통 쪽 어두운 긴 골목길을 천천히 빠져나갔다. 이제부터 나는 부모와 형제가 없는 고아라고 나 자신을 마음으로 매질했다. 한편, 누구의 간섭도 받지 않는 대신 나 혼자 살아가야 한다고 나를 격려했다. 이제 어머니, 누나, 아우들도 영원히 찾지 않으리라. 길바닥에서 얼어 죽든 굶어 죽든 내 발로 걸어 집에 들어가지 않으리라. 어금니 옹당 물고 결심을 새기자 어느 사이 두 눈에서 눈물이 흘러내렸다. 나는 주먹으로 눈물을 닦았다.

종로통으로 나서자 길거리는 불이 밝았고 사람들의 내왕이 잦았다. 크리스마스 캐럴이 거리에 넘쳤다. 나다니는 사람들은 추위에 아랑곳없이 모두 행복에 겨워 보였고 외토리는 나 혼자밖에 없었다. 막상 거리로 나왔으나 나는 갈 곳이 없었다. 떠오른 얼굴이 한주였다. 그는 오늘같이 통행금지조차 없는 날은 밤새워 거리를 누비며 행상할 게 틀림없었다. 나는 한주를 찾아보기로 했다. 번화가 송죽극장을 향해 나는 바람을 가르고 내달렸다.

자정 무렵까지 나는 중앙통 일대와 송죽극장 부근, 동성로와 향촌동을 샅샅이 훑으며 한주를 찾았다. 심지어 식당과 다방으로 들어갔고, 비어홀 안을 기웃거리다 시중꾼에게 뒷덜미를 잡혀 쫓겨나기까지 했다. 한주 또래 아이들 뒤꼭지만 보아도, "한주야!" 하고 큰 소리로 불렀으나 번번이 허탕이었다. 한주에게 내 다급한 처지를 호소하면 그가 분명 무슨 묘책을 세워줄 것 같은데 개똥도 약에 쓰려면 구하기 힘들다고, 어디에 숨어 나를 피하고 다니는지 알 수 없었다. 서너 시간은 좋이 헤매고 다니느라 나는 지쳐버렸다.

한주를 찾기에 가망이 없음을 내가 깨닫기는 자정을 넘겨 번화가의 사람들이 훨씬 줄어버리고 난 뒤였다. 가게들이 불을 끄고 문을 닫았다. 주정꾼들만 허튼소리를 왜자기며 비틀걸음을 걸었다. 그래서 내가 실망 끝에 찾아가게 된 곳이 그날 밤 두번째 걸음이 되는 대구역 대합실이었다. 우선 추위를 이겨내기 위해서도 바람막이 벽이 필요했다.

대합실 안은 그런대로 훈기가 있었고, 나처럼 잠잘 곳 없는 사람들이 긴 나무의자에 웅크리고 앉아 밤을 나고 있었다. 아니, 새벽 기차를 타려 기다리고 있는지도 몰랐다. 깡통 든 거지 아이들도 보였다. 그러나 한주는 그 시간에도 그곳에 없었다. 나는 옆 사람 체온 덕이나 보려 나무의자의 사람 틈 사이에 비집고 앉았다. 눈물은 나오지 않았으나 처량한 마음이었고 앞으로 혼자 살아갈 일이 막막했다. 남으로부터 나를 보호해줄 방이 우리들의 삶에 얼마나 절실하게 필요한지를 그때는 뼛속 깊이 실감하지 못했으나, 뒷날 그 경험이 좋은 약이 될 수 있었다. 잘못했다고 빌며 매를 실컷 맞고 말걸. 그런 후회가 뒤늦게 들었지만 이제는 엎질러진 물이었다. 대합실 쪽 문을 바라보며 막연하게 한주가 나타나기를 기다리기에도 지쳐, 나는 두 발을 의자에 올려놓고 무릎 사이에 머리를 박았다. 어느덧 나는 잠이 들고 말았다.

참으로 아프고 무서운 꿈을 꾸었다. 어머니가 내게, 두 손을 손톱끼리 나란히 맞추어 재봉틀 판에 올려놓으라고 명령했다. 그러곤 내 손을 꽉 누르더니 재봉틀을 돌리며 마구 내리찍

히는 바늘 아래로 내 손톱을 욱여넣었다. 재봉틀 바늘이 가지런히 놓인 열 개 손가락의 손톱을 뽕뽕 구멍내며 실을 박아나갔다. 손톱에서 분수처럼 피가 솟았다. "니도 이렇게 당해봐야 정신을 차릴 끼다. 에미가 밤잠 몬 자서 제정신이 아니라 내 손톱에다 바늘을 박았듯, 니도 세끼 밥 묵고 살기가 힘든 줄 이렇게 당해봐야 알 끼다!" 어머니가 비명을 지르는 내게 은결든 목소리로 이기죽거렸다. 어머니의 얼굴은 마귀 얼굴같이 눈꼬리가 찢어졌고 흰자위가 피를 머금어 붉었다.

나는 손톱이 너무 아파 눈을 떴다. 바깥 역 광장이 어슴푸레 밝아오는 새벽녘이었다. 청소부 아저씨가 대합실 안을 비질하고 있었다. 나는 부랑패들에게 잡힐세라, 아니면 어머니가 회초리를 들고 여기까지 찾아올까 보아 얼른 대합실을 나섰다.

나는 중앙통 한길을 걸었다. 날이 밝아오고 있었다. 두부 장수 요령 소리가 들렸고, 반갑게도 조간 신문을 배달하는 소년도 만났다. 그런데 이상하게도 걷는 것이 힘이 들 만큼 배가 고팠고 홀쭉한 뱃가죽이 접혀졌다. 어제 저녁밥을 먹었고 아직도 아침밥을 먹기 전인데, 마치 하루를 꼬박 굶은 듯 허기졌다. 어젯밤에 한주를 찾으러 너무 돌아다닌 탓인지, 아침밥을 먹지 못할 처지이므로 배 속이 지레짐작하고 엄살을 떠는지 알 수 없었다. 향촌동 뒷골목으로 꺾어들었을 때야 나는 내 눈길이 부지런히 무엇인가를 찾고 있음을 깨달았다. 식당 뒷문 옆에 내다 놓은 쓰레기통이었다. 나는 버려진 개처럼 그렇게 큼큼 냄새를 맡으며 쓰레기통 안을 살피고 있었던 것이다. 거지가 따로 없었다. 나야말로 이제 거지가 되어 남이 먹다 버린 음식 찌꺼기를 탐하고 있었다. 쓰레기통에 내다 버린 꽁꽁 언 국수 가락을 떨리는 손가락으로 집어 올릴 때, 아무도 보는 사람이 없었지만 나는 부끄러웠고 뺨으로 더운 눈물이 흘러내렸다. 어쨌든 먹어야 살고, 앞으로 이런 찌꺼기 음식을 아무렇지 않게 먹을 수 있어야 한다고 나는 옥마음을 먹었다.

한주를 만나기는 그날 정오 사이렌이 불고 난 뒤, 대구경찰서와 극장 만경관 사이에서였다. 나는 걷기에도 힘에 부쳐 양지 바른 길가의 바람막이 된 구석에 쪼그리고 널브러져 앉아 있었는데, 한주가 저만큼에서 걸어오고 있었다. 아기 예수가 태어난 날이기도 했지만 내게 한주야말로 구세주로 보였다.

"한주야!"

"길남이구나. 너 거기 왜 앉았니? 옳아, 얼굴에 얼룩이 있는 걸 보니 울었구나."

"울긴 뭘……"

나는 한주에게 어젯밤 너를 얼마나 찾았는지 모른다며 투정했고, 집을 나오게 된 경위도 들려주었다.

"그간 일로 집을 나오다니. 너처럼 그런 일루 집을 나와버린다면 집 안에 얌전하게 붙어 있을 애가 어딨겠냐. 길거리가 온통 집 나온 고아들루 넘쳐나구 말걸. 길남아, 그러지 말구 집으루 들어가. 그땐 엄마도 속이 상해 화를 내셨겠지만 지금쯤은 걱정하시며 기다리실 거야."

한주가 내 입장을 전혀 고려하지 않고 너무 쉽게 결론을 내려버리는 데 나는 부아가 났다. 믿었던 도끼에 발등 찍힌다는 말이 이를 두고 하는 말 같아 밤새 한주를 그리워했던 게 적이 실망되었다.

"아이다. 니는 우리 어무이가 을매나 매정하고 무서분지 잘 모른다. 나는 집으로 안 들어갈 끼데이. 어무이는 내 같은 자슥을 기다리지도 않아. 너한테 인제사 하는 말이지만 난 사실 우리 어무이가 낳은 자슥이 아니거덩. 아부지가 어데서 나를 낳아 집으로 델꼬 왔어. 그래서 난 날 낳은 어무이가 누군지 얼굴도 몰라. 은젠가 찾게 될란지 모르지만."

"그래에?"

한주가 눈을 동그랗게 떴다. 거짓말을 한 것 같아 나는 대답을 못 하고 머리만 주억거렸다.

"집에서 나왔다면 너 배고프겠구나. 가자. 어젯밤에 시내에서 너와 숨바꼭질할 동안 돈을 제법 벌었거든. 내가 풀빵 사주마. 따라와."

한주가 나를 이끌었다. 그는 향촌동으로 내려가는 어귀에 있는 풀빵 굽는 손수레 포장 안으로 나를 데리고 들어갔다. 나는 풀빵 두 개를, 한주는 하나를 먹었다. 목이 메게 아귀아귀 먹는 내게 그는 마치 형처럼, 생각을 고쳐먹고 집으로 들어가라고 타일렀다.

"어머니는 그렇더래두, 아무렴 네 형제들은 한 핏줄이 아니니. 집을 나와 어떻게 살겠다구 그런 억지를 부려. 그럴수록 마음을 굳게 가지구 용기를 내야지. 가진 것 없구 아버지 없는 우리 처지에는 남 못잖은 용기와 부지런 떠는 것밖에 뭐가 남겠니. 참는 자에게 복이 있다는 말도 있지 않아."

나는 아무 대답도 못 했다. 그러나 집으로 돌아갈 마음은 없었다. 한주가 풀빵값을 치렀다. 한길로 나서자 그는 내 손을 다정하게 잡고, 꼭 집으로 들어가야 한다고 다짐을 받으려 들었다. 나는 대답하지 않았다.

"그럼 헤어져야겠군. 난 장사를 해야 하니깐. 또 물건을 팔러 다녀야지. 너두 열심히 벌어야 내년에는 중학교에 갈 수 있잖아. 그러자면 집으루 들어가야 해. 길거리에 떠돌아다니며 어떻게 공부를 하겠니. 신문사에서 또 보자구. 그래두 신문 배달은 확실한 고정 수입인 셈이야."

한주가 덧니를 보이며 씩 웃곤 휑하니 군인극장 쪽으로 떠났다.

나는 고등학교 2학년 적까지 대구일보를 비롯하여 영남일보, 동아일보 보급소로 옮겨 다니며 줄기차게 신문 배달을 했으나 한주는 이태 만에 대구일보 배달을 그만두었다. 그는 어머니가 오랫동안 병석에 누워 있음으로써 소망하던 야간 중학교에도 못 들어가고, 인쇄소 겹수(보조공)로 일자리를 옮겼기 때문이었다. 그러므로 그와 나는 대구일보 중부보급소에서 2년 동안 함께 일을 한 셈이었다. "넌 학교를 다니지만 나는 어디 그럴 형편이 되니. 당장 내가 안 벌면 세 식구가 굶구 어머니 약값은 누가 대. 신문 배달이란 아무리 오래 한들 다리품이나 팔지, 그게 어디 중뿔난 기술이라두 되니. 나이 먹어 배달 자리두 떨려나게 되면 내 꼴이며 집안이 뭐가 되겠니. 그래서 마침 일자리가 난 김에 인쇄소로 옮기는 거야. 그래서 인쇄 기술자가 될 테야." 그렇게 한주와 헤어졌지만 나는 신문 배달을 마치면 종종 북성로 뒷골목에 있는 인쇄소로 그를 만나러 찾아가곤 했다. 서식(書式)과 명함 따위를 찍어내는 작은 인쇄소였다. 옷과 얼굴에 기름때를 묻혀 그는 가장 나이 어린 겹수로 열심히 일을 하고 있었다. 한주의 어머니는 그해 여름에 돌아가셨다. "불쌍한 어린 남매를 이 남도 객지 바닥에 두구 눈을 못 감겠다며 얼마나 내 손을 아프게 쥐시는지, 앓아누우신 어머니 손아귀 힘이 그렇게 세신 줄 몰랐어." 늘 명랑한 얼굴이던 한주가 그 말을 내게 했을 때만은 눈시울을 붉혔다. 한주 어머니는 휴전 네 해 뒤에 돌아가셨지만 그 죽음 역시 원인을 전쟁 탓으로 돌린다면, 이 땅에 알게 모르게 전쟁의 잠복성 종기를 오장육부에 오래 여투어두다 끝내 그 종기의 독성으로 죽게 되는 목숨이 그 얼마나 되랴. 따지고 보면 내 막내아우 길수도 그런 죽음에 해당될 것이다. 한주 이야기를 좀더 덧붙인다면, 야간 대학 재학 중에 사병으로 입대한 내가 상등병 계급장을 달고 휴가를 나왔을 무렵, 한주는 규모가 네댓 배로 커진 예전 활판 인쇄소의 기장이 되어 있었다. 그는 기름때 묻은 작업복에 얼굴조차 검정 인쇄물을 묻힌 채 신문 배달 시절처럼 덧니를 보이며 씩 웃곤, "니는 쫄병 아닌가. 내가 돈을 버인께 막걸리 한 되 사지" 하고 경상도 사투리를 흉내 내며 반갑게 맞아주었다. 그는 그때 이미 '하도 혈육이 그리워' 장가를 가서 아들 하나를 두고 있었다. 간이 주점으로 옮겨 앉아 이런저런 이야기 끝에 나는 명희 소식을 물었다. 중학교와 고등학교 시절, 남매가 살던 산격동 단칸 셋방으로 이따금 놀러 갔기에 나는 그의 누이를 잘 알고 있었다. 초등학교를 어렵게 졸업하자 곧장 식당 심부름꾼으로 오빠와 함께 생활 전선에 나섰던 명희는 별 예쁜 얼굴은 아니었으나 오빠 못지않게 야무진 소녀였다. 식당 일을 그만둔 뒤 양말공장 공원으로 취직하더니 뒤늦게 야간 중학교에 다닌다는 말을 듣기는 내가 군에 입대하기 전이었다. "지금은 침산동 방직공장에 나가지. 말이 났으니 하는 말인데 길남아, 우리 소싯적 신문 배달할 때 말이야, 난 너와 명희가 짝이 되면 어떨까 하구 나이답잖게 엉뚱한 생각을 한 적 있었지. 그러면 말 그대루 남남북녀루 어울리지 않겠는가 하구. 그러나 이젠 틀렸어. 학력 차이가 너무 나버리구 말았으니깐. 사람이란 다 제 갈 길이 있고 맺어지는 인연두 따루 있나 봐." 한주가 말하곤 헛웃음을 웃었다. 그 쓸쓸해 뵈던 웃음이 그와의 마지막 만남이었다. 내가 제대하고 대학에 복학하여 대학신문 편집 책임 일을 맡았을 때, 그 신문 조판과 인쇄를 전담하던 '경북인쇄소'가 북성로에 있었다. 나는 북성로 뒷골목의 한주 직장을 찾아갔다. 그러나 그는 이미 그 인쇄소를 떠나고 없었다. 인쇄소 사장 말로는 서울에 일자리를 얻어, 서울이면 한 발이라도 더 고향 가까운 쪽이라며 솔가해버렸다 했다.

나는 지금도 내 대구 생활의 출발을 돌이켜볼 때, 겁 많은 나에게 용기를 주고 가난 속에서도 구김살 없이 씩씩하게 '더러운 세상'을 곧잘 뚫고 나가던 소년 가장 한주를 잊지 못한다. 특히 신문 배달원으로 나의 취직 자리를 주선해줄 때, 보급소장 손 씨 앞에서, "길남이를 한번 믿어보세요" 하던 말과, "참는 자에게 복이 있다"는, 어디서 주워들었는지 그 성경 구절은 그 뒤 오랫동안 내 마음속에 남아 있었다. 그래서 무슨 일이든 참고 기다리는 끈기와 남이 믿을 만한 사람이 되어야 한다는 성실성은, 때때로 나 자신을 홀연히 돌아보게 하는 각성제 구실을 톡톡히 했다.

길거리 시계포를 기웃거려 오후 2시가 채 되기 전에 나는 신문사로 갔다. 뒷문으로 막 들어서니 교복 차림에 책 몇 권과

도시락 싼 보자기를 든 선례 누나가 수위실 옆에 오도카니 서 있었다. 누나를 오랜만에 만난 듯 반가웠으나 계면쩍어져 나는 눈길을 떨구고 아가리 벌린 운동화코로 흙먼지를 차 날렸다.

"길남아, 그만한 일로 집을 나가다이. 니 어젯밤에 어데서 잤노?"

나는 대답하지 않았다.

"어무이가 어젯밤에 니 나가고 일도 걷어치우고 오랫동안 우셨어. 자슥들하고 같이 묵고살라고 이래 죽을동 살동 일하는데 자슥들이 이 에미 보기 싫다 카모 내가 멋 때문에 일하겠노, 하시고 넋두리를 하면서 말이야. 아침에 학교 도서실에 가려는 나를 보고 오후에 신문사로 가보라 카시데."

누나는 고등학교 입시를 바로 코앞에 두고 있어 방학 중에도 학교 도서실에서 종일토록 공부하고 있었다. 누나가 지망할 예정인 대구사범학교는 특차로 학생을 뽑았는데, 학교마다 성적이 우수한 학생들이 지망했고, 그 경쟁률이 평균 4대 1은 되었다.

나는 누나에게 묻고 싶은 말이 많았다. "그노므 자슥 집 떠나니 입 하나 줄어 앓는 이 빠진 듯 속이 시원하다." 어머니가 이런 말을 하시지 않았느냐, 내가 집으로 돌아오면 반쯤 죽여놓겠다고 욕질을 안 했느냐, 양단 옷감의 피가 말끔히 씻겨 표가 나지 않게 되었느냐, 재봉바늘에 찔린 어머니 손가락은 어찌 되었느냐. 그러나 입술이 떨어지지 않아 나는 아무 말도 묻지 않고 기계실 쪽으로 한눈을 팔았다. 윤전기 돌아가는 소리가 들렸다. 뒷마당에는 배달할 소년들이 바람 빠진 축구공을 차고 있었고, 자전거에 걸터앉은 손 씨는 명수에게 닭달을 놓는 참이었다. 확장을 못 한다고 꾸짖고 있음에 틀림없었다.

"신문 배달 마치고 집으로 돌아와. 어무이가 고깃국 끓여 놓으실 거야. 니 밤새 밥도 몬 묵고 배고프겠데이. 내 도시락 안 묵고 가져왔어. 배달하다가 어데 한갓진 데서 묵어."

선례 누나가 도시락 보자기를 내게 넘겨주었다.

"마 괜찮다. 그냥 가주고 가. 난 집에 안 돌아갈 거야. 오늘로 신문 배달도 끝내고 인자 대구시를 아주 떠날 끼라. 진영에도 안 가고 멀리, 아주 멀리로 가버릴 낀께 어무이한테 그렇게 말해. 내 하나 읎다 캐도 그럭저럭 살 낀께."

나는 마음에 없는 말을 지껄이고 있었다. 설움으로 목이 메었고 눈물이 솟았다. 그런 서러움이 나로 하여금 마음 편한 대로 지껄이게 해주었다.

"니 무신 그런 말을 다 하노? 가다이, 집 떠나 어데로 간다 말이고. 니는 고아가 아이잖나."

"어무이한테, 앞으로 날 찾지 말라 그래. 신문팔이나 시킬라고 나를 대구로 델꼬 와서 학교도 안 넣어주고 매질이나 하는데, 어떤 얼빠진 늠이 장작이나 패미 종맨쿠로 집에서 살겠노. 나는 인자부터 호문차 살아갈 끼라. 호문차 산다고 다 고아가? 나는 호문차 살 자신이 있어. 밤새 역 대합실에서 자미 그 생각만 했으니까."

나는 갈 데까지 가버리겠다는 식으로 수월하게 뱉어내었다. 나는 말을 마치자 배달원들이 공을 차는 뒷마당 안으로 걸었다. 누나가 내 팔을 낚아채었다.

"길남아, 니 생각이 잘몬됐어. 어무이가 내년에는 중학교에 꼭 넣어준댔잖아. 그렇게 억지 부리지 말고 배달 끝나모 꼭 집에 들어와야 해. 역 주변에는 불량패들이 우글거린다는데. 고아들을 잡아가서 어데다 팔아묵기도 하고."

나는 배달원들과 손 씨가 누나와 내 쪽을 지켜보고 있는 게 창피했다.

"가, 가라이까!"

내가 윽박지르자 누나는 하는 수 없다는 듯, 배달을 마치면 집으로 꼭 와야 한다는 말을 남기곤 고까워하는 얼굴로 걸음을 돌렸다.

나는 꾀를 내어 손 씨로부터 2백 원을 가불했다. 누나가 월사금을 못 내어 이번에 중학교 졸업도 힘들게 되어 나를 찾아왔다고 말했던 것이다. 손 씨도 교복 입은 누나를 보았으므로 내 말이 그럴듯하게 들렸던지 선선히 2백 원을 가불해주며, 손바닥만 한 잡책에 가불 금액과 날짜를 써넣었다.

내가 신문을 끼고 신문사 뒷마당을 나설 때까지 한주는 오지 않고 있었다. 내가 떠난 뒤 한주가 헐레벌떡 달려오면, 늦게 왔다고 손 씨에게 욕지거리깨나 들을 게 분명했다.

신문 배달을 마치고 나는 장관동 긴 골목 중간쯤, 준호 아버지 가게가 저만큼 보이는 데까지 가서 오랫동안 망설였다. 집으로 들어가 어머니에게 잘못했다고 빌까 어쩔까. 과연 어머니는 고깃국을 끓여놓고 나를 기다릴까. 누나가 그런 달콤한 거짓말로 내게 미끼를 던진 게 아닐까. 어머니는 "이 자슥, 니 잘 기어들어왔다. 집 떠나고 보이께 고상만 되제? 그래, 좋다. 니 커서 불량패 되기 전에 인제 한분 죽어봐라" 하며 매타작을 놓지 않을까…… 어둠이 내릴 때까지 나는 이런저런 궁리를 했다. 누나나 길중이가 나를 찾으러 나온다면 그들 눈에 띄는 곳에 서 있다 못 이기는 체 따라 들어가야지. 그런 마음을 먹었으나, 우리 식구는 아무도 가게 앞에 얼쩡거리지 않았다. 식구가 밥상 주위에 둘러앉아 내 걱정을 도란도란 이야기하며 맛있게 저녁밥을 먹는 정경이 떠올랐으나, 누나에게 흰소리를 쳤던 만큼 나는 내 발로 집에 들어갈 용기가 나지 않았다.

나는 돌아섰다. 어둠이 먹물 같게 내리는 긴 골목을 천천히 빠져나오며, 역시 내가 갈 곳은 역 대합실밖에 없다고 생각했다. 추위와 허기가 온몸을 오그라들게 죄어왔다. 우선 2백 원을 헐어 군고구마로 저녁 요기를 하고, 나머지 돈을 불량패에게 빼앗기지 않으려면 옷 속 어디에든 갈무리를 잘해둘 필요가 있을 성싶었다. 역시 바지의 아랫단을 접어 감친 곳의 실밥을 따고 그 속에 넣어두는 방법이 가장 안전하리라 여겨졌다. 한주로부터 들은 말이었다.

"시원언한 메밀묵이나 꿀맛보다 더 달고 쫄깃하안 차압쌀 떠억 사아려. 뜨근뜨끈한 팥죽도 있습니다아!"

초저녁부터 야식장수가 골목길을 누비며 외치고 다녔다. 지게에 헌 담요를 뭉쳐 싼 팥죽 단지, 메밀묵 단지와 찹쌀떡 함지를 얹은 야식장수가 내 곁을 지나쳤다. 개털모자를 쓰고 검정물 들인 군용 외투를 입고 있었다. 진영 장터거리 주막에 얹혀살 적에 동짓날에나 먹어본 팥죽 생각을 하자 금세 뱃구레에서 꼬르락대는 소리가 나고 입에 군침이 돌았다. 그러나 금싸라기 같은 돈을 간식용으로 헐어 쓸 수는 없었다.

"뜨근뜨끈하안 파앗죽에 차압쌀떡 사시요오……"

야식장수 외침이 등 뒤에서 멀어졌다. 나는 그를 뒤돌아보았다. 통행금지 사이렌이 울릴 때까지 야식장수는 추위에 떨며 다리품을 팔 터였다. 하루 끼니 굶지 않고 살기가 힘든 줄 벅벅이 깨닫자 목울대로 무엇인가 울컥 복받쳤다. 목구멍을 싸하게 하는 신물이었다.

주머니에 손을 꽂고 종로통을 거쳐 중앙통 큰길을 걸으며 이제 나는 한주를 애써 찾지 않았다. 그는 내 편이 아니라 어머니 편임이 분명했던 것이다.

나는 어제처럼 역 대합실을 찾았다. 실업자, 부랑아, 새벽 기차를 탈 사람들로 의자들마다 차고 넘쳐 내가 비집고 앉을 틈이 없었다. 나는 의자 가장자리 시멘트 바닥에 쪼그리고 앉아 무릎 사이에 귀싸대기까지 박고 잠들었다.

나는 어젯밤처럼 또 꿈을 꾸었다. 선례 누나로부터 들은 이야기가 꿈속에 소로시 나타났다. 미국 재봉틀 발명가인 절름발이 하우가 사형장에 끌려가는, 그가 꾼 꿈이 내 꿈속에 스며든 신기한 꿈이었다.

가난한 하우의 아내는 바느질 일로 생계를 꾸려나갔다. 절름발이로 직업이 없던 하우는 밤늦게까지 바느질 일로 시달리는 아내의 고단해하는 모습을 볼 때마다 '불쌍한 아내, 저런 일을 기계로 시킬 수는 없을까' 하는 생각을 하게 되었다. 바느질은 똑같은 운동을 되풀이하는 단순한 작업이므로 그 일을 기계에게 못 시킬 까닭이 없었다. 하우는 틈만 나면 재봉 기계에 관한 연구에 몰두했으나 그 발명이 쉽지 않았다. 그러던 어느 날, 하우는 이상한 꿈을 꾸었다. 꿈속에서 어떻게 된 영문인지 그는 토인 추장 앞에 끌려 나가, 한 시간 안에 재봉 기계를 만들지 못하면 사형에 처한다는 엄명을 받았다. 그러나 아무리 궁리를 짜내보았으나 그 기계 발명이 쉽지 않아 그는 마침내 사형장에 끌려 나갔다. 사형 집행인 토인이 창을 겨누며 다가왔다. 햇빛에 창끝이 반짝이는 순간, 하우는 창끝 조금 넓적한 부분에 구멍이 뚫려 있음을 보았다. 순간, 그는 '바로 이거다!' 하고 외쳤다. 하우는 번쩍 정신을 차리고 잠에서 깨어났다. 보통 바늘은 뒤쪽에 실을 꿰는 바늘귀가 있었으나 토인의 그 창은 앞쪽에 바늘귀가 있었던 것이다. 하우는 그 앞쪽 바늘 구멍에 실을 꿰어 윗실과 밑실로써 겹바느질을 할 수 있는 이중 재봉 방법의 묘안을 드디어 발명하게 되었다. 프랑스의 시몽, 미국의 헌터가 역시 그와 비슷한 재봉 방법의 기계를 발명했으나 널리 쓰이지 못했는데, 하우가 꿈에서 암시를 얻어 누구의 도움 없이 그 발명에 성공한 셈이었다. 그는 특허를 내어야 했고, 가진 돈이 없었으므로 재봉 기계를 계속 생산할 수 있는 자본주를 구하려 재봉틀 설계도를 가지고 뛰어다녔다. 하우의 발명을 전해 듣고 영국에서 물주가 나타나 배를 타고 건너갔으나 그는 허탕을 치고 돌아왔다. 그러는 사이 미국과 영국의 재봉공장들은 수십 배의 빠른 방법으로 옷을 만들 수 있는 기계가 생산되면 자기네 일거리를 빼앗기게 되므로 시몽과 헌터의 경우처럼 하우의 발명품을 맹렬히 비난했고, 그의 집 앞은 그들 시위로 이웃들이 밤잠을 못 잘 지경이었다. 그때 하우 앞에 나타난 사람이 싱거였다. 사업 수완이 뛰어난 싱거는 하우가 발명한 재봉 기계의 설계도를 훔쳐내어 발 밟는 장치와 헝겊을 앞으로 밀어내는 장치를 약간 개량하여 재빨리 여러 주에 특허를 얻어내었다. 그리고 자기 이름을 따서 '싱거 재봉틀 전시회' '한 집에 한 대의 싱거 재봉틀을!' '싱거 재봉틀 빨리 돌리기 시합' 따위의 주장말로 대대적인 선전에

열을 올리고, 월부 판매라는 새로운 판매법을 도입하였다. 싱거는 순식간에 엄청난 돈을 벌었다. 이제 재봉틀이라면 '싱거 재봉틀'로 알 만큼 세계 시장을 주름잡아버린 것이다. 절름발이 하우는 크게 실망했다. 그는 여전히 가난했으며, 곧이어 남북 전쟁이 터지자 젊지 않은 나이에 성치 않은 몸으로 북군 졸병으로 입대하고 말았다.

하우가 토인의 창에 찔려 죽게 될 순간처럼, 나 역시 창 끝에 구멍이 나 있음을 똑똑히 보며 잠에서 깨어났다. 나는 대합실 안을 두리번거렸다. 바깥은 깜깜했고, 대합실은 휑뎅그렁했다. 아래위 어금니가 절로 마주치며 재봉하는 소리를 내었고 추위가 뼛속까지 파고들었다. 옆을 보니 나보다 어린 거지 소년이 빈 깡통을 안고 내 옆구리에 머리를 기대어 잠들어 있었다. 이제 나는 그와 똑같은 신세였기에 그 검정 묻은 지저분한 거지 소년 얼굴이 오히려 정다웠다. 나는 몸을 긁적거리다 다시 잠이 들었다.

너무 추워 골골 앓으며 혼곤한 잠에 취해 있을 때, 잠결에 누구인가 나를 부르는 소리가 들렸다. 처음 나는 그 목소리가 자본가 싱거에게 패배당한 불행한 하우가 나를 부르는 소리로 알았다.

"길남아, 길남아."

나는 눈을 떴다. 옆에 있던 거지 소년은 보이지 않았고, 내 앞에 검정 무명치마폭이 펼쳐져 있었다. 눈을 치켜뜨고 올려다보았다. 눈물 그렁한 슬픈 얼굴로 나를 내려다보는 어머니 눈과 마주치자, 나는 부끄러워져 머리를 다시 무릎 사이에 처박았다. 왈칵 눈물이 쏟아졌다.

"가자. 집에 가자고."

어머니는 그 말만 하곤 앞장을 섰다. 어머니는 손에 쥔 손수건으로 물코를 팽 풀더니 눈언저리를 닦았다. 나는 어머니를 뒤따라 역 광장으로 나섰다. 어슴새벽으로 건물 위 하늘이 희부옇게 터오고 있었다. 나는 팔려가는 처량한 망아지 꼴이었고, 선례 누나를 따라 대구로 올 때의 마음이 그랬다. 아니, 나는 나쁜 일을 한 뒤 숨어 다니다 경찰에 체포되어 끌려가는 느낌이었다. 어머니는 마당 깊은 집에 도착할 때까지 내게 한마디 말씀도 없었다. 당신은 묵묵히 걷기만 했지 내가 따라오는가 어떤가 뒤돌아보지 않았다.

아침 밥상을 받자, 콩나물과 대파 건더기 사이에 쇠고기기름이 동동 뜨는 고깃국이 내 밥그릇 옆에만 놓여 있음을 알았다. 그 뒤로도 그렇다, 그렇지 않다며 변덕이 죽 끓듯 했지만, 그 순간만은 내가 어머니 아들임을 마음 깊이 새겼다. 목이 메어 밥이 잘 넘어가지 않았고, 어머니는 여전히 아무 말씀이 없었다.

나는 가출에 대한 죄갚음이라도 하듯 이튿날 아침부터 이모댁 도끼와 징을 빌려와 부지런히 장작을 패었다. 더러운 세월과 가난에 따른 분풀이라도 하듯 땀을 흘리며 열심히 도끼를 휘둘렀다. 크리스마스이브에 외박을 한 위채 동희 누나가 퇴학 처분을 받게 될 거라며 경기댁이 준호네 가게에 나앉아 소문낸 말도 내게는 별 관심이 없었다. 남고생 자취방에서 남학생 셋과 여학생 셋이 함께 밤을 새웠는데, 이웃집에서 '못된 학생'들이라며 경찰에 신고하여 학교에 통보가 된 모양이었다. 지금 세상에는 그저 흔한 일로 여길 터이나 당시로서 남녀가 혼숙한 미성년자의 그런 비행은 혼인길이 막힐 만큼 대단한 사건이 아닐 수 없었다. 누가 퇴학을 당하든 말든, 정태 씨의 행방이 그때까지 까마득하든 말든, 나로서는 알 바 아니었다. 내 가출을 두고 끝내 가타부타 한마디 말씀도 하지 않음으로써 더 아픈 마음의 회초리를 맞고 있던 나는 통나무 도막을 열심히 쪼개고 신문 배달을 하는 일만이 어머니 환심을 살 수 있는 방법이라고 믿었던 것이다.

장작패기는 악심을 먹은 만큼 차츰 그 요령에 익숙해져 일이 붙었다. 잠자리에 들었을 때 팔뚝과 가슴을 만지면 단단하게 알심이 배어 있었다.

9.

새해 첫날이라 하여 즐거운 일이나 집안에 별로 달라질 일이 있을 리 없었다. 식구 모두가 나이를 한 살씩 더 먹었고, 요릿집들이 며칠 문을 닫았기에 어머니가 연말 그 바쁜 대목 일로부터 헤어날 수 있었다는 점뿐이었다. 신문도 공무원 연휴처럼 사흘 동안 발행되지 않아 나 역시 한가한 짬을 얻었으나 그 사흘 안으로 3분의 1쯤 남은 통나무를 다 쪼개기로 했기에 나는 기를 쓰고 일에 매달렸다.

1월 4일, 새해 들고 처음 나온 신문을 배달한 그날을 내가 기억하게 되기는 두 가지 사건이 두고두고 잊혀지지 않기 때문이다. 그날 신문 사회면에 그 기사가 사진과 함께 대문짝 같게 실렸으나 나는 그 사실도 모른 채 신문 배달을 하다 현장에 다다라서야 그 끔찍한 사실을 알게 되었다.

'희망고아원'은 내 구역 신문 구독자로, 두 개 고아원 중 하나였다. 고아원 운영을 규모 있게 운영하는 쪽이 아닌, 고아들의 옷매무새와 영양 상태가 좋지 않게 보이는 고아원이 '희망' 쪽이었다. 그날 그 고아원에 신문을 넣으려 도착했을 때, 많은 구경꾼이 고아원 좁은 마당을 메웠고, 경찰들이 고아원 퀀셋 건물로 접근하려는 구경꾼을 막고 있었다. 구경꾼이 저희들끼리 나누는 말로는 원장이란 작자와 그 가족이 크리스마스와 연말을 맞아 외국 기관 여기저기에서 들어온 구호금과 구호품을 몽땅 챙겨 어젯밤에 야반도주했다는 것이다. 사건은 그 정도에서 끝난 게 아니고 퀀셋 건물 뒤 소각장이 있는 둔덕에 가매장한 어린 고아 시체 다섯 구가 발견되었다 했다. 뼈만 앙상하게 남은 굶어 죽은 고아 시신이었다. 벼룩의 간을 내어 먹은 놈, 능지처참할 놈이란 욕설이 구경꾼들 사이에서 쏟아지고 있었다. 퀀셋 건물 한쪽 유리창에는 굶어 죽지 않고 살아남은 고아들의 파르족족한 얼굴들이 조롱박처럼 매달려 때꾼한 눈동자로 마당의 구경꾼을 살폈다. 그로써 나는 아쉽게 구독자 한 가구를 잃게 된 셈이었다.

신문 배달을 마치고 집으로 돌아오니 선례 누나가 밥을 짓고 있었으나 방 안에 어머니가 보이지 않았다. 시장 가기에 늦은 때라, 어머니가 어디 가셨냐고 나는 선례 누나한테 물었다.

"문자 이모가 자살했대. 그래서 그 집으로 간 거야." 누나가 시무룩이 대답했다.

"자살? 죽었단 말이가……"

나는 앞으로 그 맛 좋은 만두를 다시는 얻어먹지 못하겠구나 하는 생각부터 먼저 들었다.

우리 형제가 저녁밥을 먹지 못한 채, 바깥이 컴컴해진 뒤까지 어머니는 돌아오지 않았다. 문자 이모가 세 들어 사는 집이 장관동과 약전골목을 사이에 둔 길 건너 계산동이었으나, 나는 그 집을 알 수 없었다. 길중이와 나는 골목 입구까지 어머니를 마중 나갔다. 한길은 한약방과 건재상에서 비추는 전등불빛으로 환했고, 차가운 저녁 바람이 길을 쓸며 넘쳤다. 저녁밥 든든하게 먹었을 동네 아이들이 한길에서 술래잡기를 하며 놀고 있었다. 나는 그 애들이 부럽지 않았고 어서 어머니가 나타나기만을 기다렸다. 길중이는 발이 시린지 모둠발로 뛰었다.

불을 켜고 달려온 미군 지프가 골목 입구에 멎었다. 운전사는 흑인이었다. 빨간색 머플러를 쓴 미선이 누나가 긴 백을 멘 채 지프 뒷자리에서 내렸고, 미선이 누나와 나란히 앉았던 미군 장교도 따라 내렸다. 그 양코배기 장교는 바로 위채 대청에서 벌어졌던 크리스마스이브 파티에 참석했던 젊은 대위였다. 남녀는 골목 입구에 마주 보고 서서 한참 동안 영어로 무슨 말인가 나누었다. 미군이 미선이 누나의 잘록한 허리에 손을 두르고 있었다.

"쏼라쏼라, 주잉검 기부 미."

"코 큰 늠은 미국늠, 미국늠은 좆 큰 늠."

"양공주데이. 미국늠 좆 빨아묵는 양공주 맞데이."

술래잡기하던 아이들이 멀찍이 서서 미군과 미선이 누나를 보고 욕지거리하며 킬킬거렸다. 미선이 누나가 아이들 쪽을 도끼눈으로 바라보더니 뒷굽 높은 뾰족코 구두 소리를 내며 골목 안으로 들어섰다. 미군은 손을 흔들고 다시 지프 운전석 옆자리에 올랐다. 차는 푸른 가솔린 연기를 꽁무니로 뿜으며 떠났다. 평소에 그 연기를 맡으면 머릿속이 몽롱하게 기분이 좋았으나 오늘따라 배가 고파서인지 현기증이 났다.

계산성당 쪽 골목 입구에서 누구인가 머리에 큼지막한 가구를 이고 힘든 걸음으로 걸어오고 있었다. 어머니였다. 어머니는 혼자 힘으로 들어 옮기기에 힘든 서랍 달린 경대를 머리가 짜브라져라 이고 돌아오던 참이었다. 거울이 흔들릴 때마다 어머니 걸음이 술 취한 듯 비틀거렸다. 어머니가 한길에 경대를 조심히 내려놓자, 길중이와 내가 한쪽을 잡고 어머니가 반대쪽을 잡아, 우리 모자는 그 경대를 집으로 옮겼다.

"어무이, 경대는 웬 깁니껴?"

자개까지 박힌 윤나는 까만 경대를 보고 누나가 반겼다.

"문자가 약을 묵고 죽었다 보이 장롱이며 옷이며 살림 도구며, 누가 가주고 갈 사람이 있어야제. 주인집 안들이, 문자가 죽기 전에 수양언니를 늘 입에 올렸다 카미 이 경대를 선물로 가주고 가라 카데. 사람이 죽었는데 경대가 무신 소용인교, 하며 내가 안 가주고 올라 카이 유독 경대를 탐내는 친구 기생이 여럿이라며 퍼뜩 가주고 가라고 떠맽기길래……"

"경대가 참 멋집니더." 내가 말했다.

쪽마루에 걸터앉은 어머니가 똬리로 썼던 수건으로 눈물을 닦았다. 어머니가 혀를 차며, 헐벗은 가죽나무 한 그루만 덩그마니 섰는 어두운 바깥마당을 넋놓고 내다보았다.

"사람 목숨이 무언지. 그래 한분 죽으모 그뿐인 걸 다들 멋 때문에 아등바등 사는지…… 새해가 되니 사고무친 신세가 더욱 서러버 마 그래 비상 묵겠다는 생각을 했는가. 그래 죽어서 먼츰 저세상에 간 부모 성제들 만내는 길을 택할라고 이 세상 하직했나. 죽고 시푸다 살기 싫다, 오미 가미 눈물 짜며 그래 하소연하더마는, 마 그기 빈말이 아니었던 기라. 약 묵을 때 그 마음이사 오죽했겠나. 참말로 이 세상은 한으로 첩첩산을 이룬 더러운 세월이라. 꽃 같은 나이, 피기도 전에 모가지 자르는 더러운 세월인 기라…… 그래 죽고 나도 울어줄 사람은 같이 일하던 기생 몇뿐이니, 일거리도 없는 참에 저녁 묵고 가서 그 불쌍한 넋이나 달래주로 실컷 울어주고 와야겠다."

문자 이모의 죽음을 두고 우리 방에 기생 하나를 앞세워 순경이 찾아오기는 이튿날 오전이었다. 자라 보고 놀란 가슴 솥뚜껑 보고 놀란다고, 전쟁 통에 서울과 진영에서 순경들로부터 적잖게 시달린 어머니라, 경찰관이 부엌 안으로 쑥 들어오자 방문을 연 어머니가 질겁을 했다. 방 안을 삐끔 들여다본 순경은 어머니가 어젯밤에 옮겨다놓은 경대부터 확인했다.

"와요? 주인집 안들이 가져가라고 하도 떠맡기길래 가주고 왔심더. 내가 내 마음대로 들고 온, 온 기 아이라예."

어머니가 떠듬거리며 황황히 변구부터 늘어놓았다.

"아지매, 나는 그런 일로 찾아온 게 아입니더. 경대야 아지매 것이니 아지매가 응당 차지해야지예." 순경이 웃으며 말했다. "그라모 내한테 멀 따질라고 왔어예?"

"따질 일이 아닙니더."

"그라모예?"

"죽은 색시 가호적을 조사해봤더니 정말 가까운 혈육이 없더군예. 있다 하더라도 여기서야 찾을 수도 없고예. 그래서 색시 사인을 조사하던 중, 주인집 아지매가 겁을 먹었던지 뒤늦게 색시가 유서를 남겼다고 실토를 합디다. 유서를 보니, 자기가 쓰던 물건 중에 쓸 만한 건 모두 양언니 되는 선례 엄마한테 넘겨주라 캐서…… 아지매가 언제 경찰서로 나와 인계장에 도장을 찍고 주인댁 방에 옮겨다 놓은 죽은 색시 사물을 챙겨 가야 할 것 같습니더."

"싫심더. 저 경대도 가주고 가이소. 경찰서로 가주고 가든, 팔아서 우리보다 더 행핀 에러분 사람 보태주든, 가주고 가뿌이소."

어머니는 꼴도 보기 싫다는 듯 방구석에 놓인 경대를 손가락질했다.

"그런데 아지매, 색시가 고급 요릿집 '향원'의 인기 있는 기생이었다면 돈도 제법 남겼을 낀데, 현찰이 10환 한 장 없어예. 일단 주인집을 의심해서 조사하고 있지만, 혹시 문자란 그 색시 계에 들었다는 말 몬 들었나요? 아니면 돈거래하던 은행이라도 압니껴?"

"모릅니더. 문자가 우리 집 아이들 묵어라고 간식거리는 종종 사 왔어도 내한테 돈 이바구는 안 했심더." 어머니가 당황해하며 잡아뗐다. "그라고 내 분명하게 말씀드리지마는 문자 물건은 내가 차지하지 않겠심더. 내가 아이들 데불고 바느질품 팔아 묵고살지마는 남으 물건을 눈꼽만큼도 탐내본 적은 읆심더. 그러이께 문자 물건은 고아원에 주든 양로원에 주든 순경들이 알아서 하이소. 불쌍한 문자 생각나모 저 경대 명경이나 쳐다볼라고 가주고 왔지마는, 저것도 마 가꼬 가이소."

"모두 어렵게 사는 시대에 아지매는 결백도 하시네. 아지매 뜻을 잘 알았으이 그 경대가 중 싫으모 아지매가 마음대로 처분해도 좋심더."

순경이 몇 마디 말을 더 묻곤, 다시 한번 들르겠다며 돌아갔다. 순경이 가버리고 난 뒤에도 어머니는 저고리 고름 매듭을 떨리는 손으로 누르며 한동안 뛰는 가슴을 가라앉히느라 숨결을 고르며 멍해져 있었다. 핏기 가신 얼굴이었고, 나는 문득 심장병으로 앓아누워 있다는 한주 어머니가 생각났다.

수사관이 한 사람도 아니고 네 사람이나 마당 깊은 집으로 들이닥치기는 그로부터 이틀 뒤, 새벽이었다.

막내아우 길수의 감기가 심해 밤내 쿨룩이던 깊은 기침이 새벽까지 이어졌을 때, 가게문과 대문을 동시에 두드리는 소리가 들렸다. 누구인가 아주 급하게 두드려대었다. 어머니가 스웨터 깃을 여미며 먼저 일어나 앉았고, 오줌이 마렵던 참이라 나도 눈을 떴다. 옆집 마당으로 트인 봉창이 엷은 먹물색으로 그 윤곽을 드러내고 있었다.

"누, 누군교?" 어머니가 황기 끼어 물었다.

"문 여시오. 빨리, 빨리 열어봐!"

바깥에서 수센 목소리가 들렸다.

"아이구 오메, 지금이 몇 신데, 이기 무신 날벼락이고."

어머니가 웅절거리며 속치마 위에 치마를 걸쳤다. 우리 식구 모두가 잠에서 깨어났다. 누나가 전등 스위치를 돌렸으나 불이 켜지지 않았다. 어머니가 가게 쪽문을 열자 정복을 입은 총을 멘 순경 하나와, 점퍼 차림의 사복 입은 사내와, 계급장 달리지 않은 군복 차림의 군인 둘이 가게 안으로 들어왔다. 손전지 불빛이 번쩍거렸다.

"아래채 끝에서 두번째 방이래. 덮쳐서 모두 끌어내!"

군용 파카를 입은 몸집이 굵은 상고머리였다.

"아이구, 우리 방은 아이구나."

어머니가 나직이 안도의 숨을 쉬었다.

"내사 놀래서 들어가볼 엄두도 안 난다. 길남이 니가 무슨 일인공 가보고 오너라."

어머니 허락이 떨어져 중문 안으로 우르르 몰려 들어가는 그들 뒤로 나는 발소리 죽여 따라갔다. 안마당 아래채로 내려간 그들 중에 군복 입은 한 사내는 집 뒤란으로 돌아 들어갔고, 사복 입은 사내는 평양댁 방문을 다짜고짜 열어제치려 했다. 그러나 방문은 안에서 잠겨 있었다. 그가 구둣발로 차며, 문을 열라고 냅다 고함을 질렀다. 방 안에서 순화 누나의 자지러진 비명이 터졌다. 그제서야 나는 방문을 발길질하는 그의 뒷모습이 그리 낯설지 않음을 알았다. 김천댁을 통해 얼굴에 칼자국 있는 사내를 쫓고 있는 팔초하게 생긴 강 형사였다.

평양댁네 방 안에서 문고리 벗기는 소리가 들리자, 강 형사가 문짝을 그대로 밀어 쓰러뜨리며 구둣발로 쳐들어갔다. 졸지에 평양댁 방 안은 수라장을 이루었고 전짓불빛에 입을 옷을 찾느라 허둥거리는 세 식구 모습이 언뜻 비쳤다.

마당 깊은 집 아래채 사람들은 모두 깨어나 바깥으로 몰려나왔다. 준호네 아기가 숨넘어가는 소리로 울어제쳤다. 위채도 방문 여닫는 소리가 요란했고 선잠 들린 식구 여럿이 대청으로 몰려나와 섰다.

"쌍놈으 연놈들, 두 손 머리에 얹고 나오라구! 쏴버리기 전에 빨랑 나와!" 강 형사가 감사납게 외쳤다.

평양댁네 세 식구는 옷을 제대로 챙겨 입지도 못하고 맨발인 채 마당으로 나섰다. 신을 찾느라고 어정거리던 민이 형은 순경 총대에 어깻죽지를 얻어맞았다. 그들은 두 손을 머리 꼭지에 얹고 땅바닥에 꿇어앉았다. 뒤란에서 돌아 나온 군복 입은 사내를 합쳐 셋은 신발을 신고 방 안으로 들어가 닥치는 대로 가재도구를 뒤지기 시작했다. 전짓불빛이 방 안 여기저기로 옮겨 다녔다.

"왜들 이러는 겁네까? 무슨 일이라요? 무슨 일인지 말이나 해보시라요." 꿇어앉은 평양댁의 겁먹은 목소리였다.

"알면서 물어? 이 빨갱이 종자들아. 아가리 닥치고 있지 않음 모두 골통 깨질 줄 알라구!"

방 안에 있던 상고머리가 평양댁 가족 얼굴을 전짓불로 훑으며 감사납게 협박했다.

하늘이 훤하게 밝아오고 사물이 제대로 그 모양을 드러낼 동안 셋은 방 안을 샅샅이 뒤졌고, 순경은 꿇어앉은 평양댁 가족을 시켰다. 그들은 간이 부엌까지 수색을 한 끝에, 이불 겉싸개를 북 뜯어내더니 따로이 몰아놓은 방 안 물건들을 그 겉싸개에 뭉쳐 쌌다. 대체로 정태 씨가 보던 책이었고 공책 따위도 섞여 있었다. 순경이 꿇어앉은 평양댁 가족 셋의 손에 수갑을 채웠다.

"자, 모두 일어나. 가더라구." 군복 입은 군인이 셋을 보고 말했다.

"무슨 일루 수갑까지 채워 가자는 겁니까? 이유나 알아야디요." 민이 형이 물었다.

"이 새끼, 머리 꼭대기 피도 안 마른 놈이 말이 많아. 이유를 몰라서 뻔뻔스럽게 물어? 네놈 나중에 죽어봐라!"

군복이 민이 형의 정강이뼈를 걷어찼다.

"조장님, 위채는 나도 잘 아니깐 슬슬 다뤄요."

강 형사가 위채 쪽으로 턱짓을 하며 상고머리에게 말하곤, 평양댁 가족 셋을 앞세워 중문을 빠져나갔다. 군인은 이불 겉싸개에 싼 보퉁이를 어깨에 메었다. 중문 앞에 서 있던 선례 누나와 길중이가 그들에게 길을 내주었다.

상고머리와 순경이 그제서야 위채 대청과 사랑채 난간에 늘어서서 아래채를 내려다보고 있는 주인댁 가족 쪽으로 성큼성큼 건너갔다.

"댁이 이 집 주인 되슈?"

상고머리가 사랑채 난간에 나와 서 있던 주인아저씨를 쳐다보았다.

"그렇소만."

"씨아이씨로 잠시 가줘야겠소. 댁만 아니고 댁의 처도 함께."

"씨아이씨? 우리가 와 방첩대로 가요? 뭘 잘못했다고."

팔짱을 낀 주인아저씨가 시아이시란 말에 얼마간 굳어져 눈을 껌뻑였다.

"글쎄, 가자면 따라나서기나 하슈. 조사할 게 있으니깐."

"판사가 발부한 영장부터 보여주소. 영장 없다모 한 발짝도 움직이지 않겠소" 하던 주인아저씨가 큰아들을 건너다보며 말했다. "성준아, 어서 삼덕동 아저씨네 집으로 가. 가서 아저씨 퍼뜩 오라고 해."

"아저씨고 아가씨고 간에 옷 갈아입고 나오시오. 우린 경찰서와 질이 달라. 성질부리기 전에 어서 나서라니깐. 점잖게 대해주니 우릴 뭘로 알아!" 상고머리가 무슨 일이라도 벌일 듯 파카 속 허리참에서 권총을 뽑아내더니 위채 축담 위로 올라섰다.

"알았심더. 나, 나가께예. 옷이나 갈아입고."

무슨 봉변이나 당할까 보아 잠옷을 입은 주인아주머니가 소사스럽게 말하곤 사랑방으로 얼른 몸을 감추었다.

"무슨 영문인지 이유를 알아야 가든 말든 하제. 우리 집안에도 육군 대령이 있고 대구경찰서에 높은 사람도 있심더. 대체 웬 소란들인교."

노마님이 나서서 상고머리 앞을 막아섰다.

"조사할 게 있다잖소. 할머니, 조사가 뭔지 몰라요?"

"무신 조산데?"

"비키슈. 가보면 알 만한 일일 테니."

성준 형이 중문 밖으로 뛰어나가고, 잠시 뒤 주인아저씨 내외가 수사관들을 따라 나갔다.

안마당에 섰던 사람들은 30분 남짓 일어난 집안의 북새통에 모두 어안이 벙벙한지 아무도 입을 떼는 자가 없었다. 마당 깊은 집 사람들이 부산하게 아침밥을 지을 시간인데도 아무도 움직이지 않았다. 수사관들이 죄 나가는 기척을 느끼고는 어머니가 그제서야 중문 안으로 들어서서 변소 앞에 걸음을 묶었다. 그때, 역시 먼저 말을 꺼낸 사람은 경기댁이었다.

"정태 그 청년이 일을 저질렀어. 틀림없어. 내 그러잖아두 정태 그 청년 평소 말하는 태도를 보구 어찌 위태하다 했지. 그 사람들이 평양댁 가족을 빨갱이루 취급하는 걸 보면 정태 그 청년이 사상 관계 무슨 일을 저질러 지금 군 수사기관에 잡혀 있는 게야." 경기댁이 사람들을 둘러보았으나 겁에 질려 아무도 대꾸하는 자가 없었다. 그러자 그네는 준호 아버지를 보며 같은 의견을 구했다. "상이군인 양반, 어때요, 내 말이 맞지요? 그렇게 된 게 틀림없지요?"

"글쎄, 듣구 보니 그런 것 같기두 하구…… 하여간 그런 어떤 사건일 거라 짚이기는 한데, 정태 그 청년이 그렇게나 과격하게 나올 줄은……"

준호 아버지의 풋감 씹는 듯한 떨떠름한 대답이었다.

"정태가 혹시 간첩과 접선한 게 아닐까요? 아니면 그런 활동을 암암리에 했다던가." 홍규 씨가 준호 아버지를 보고 물었다.

"모르겠수. 전쟁으루 남북 관계 골이 워낙 깊게 파인 데다 양쪽 다 증오심에 불타는 시대라. 하여간, 사상 문제에 걸렸다면 사태가 심각하다구 봐야겠지요."

"홍규야, 너도 봤지? 정말정말 조심해서, 살얼음 밟듯 살아야 해. 이 바닥서 살아남으려면 무엇보다 입조심이 제일이다. 한마디 말두 천금으로 알아 씹구 씹어 뱉어야지, 우리같이 이북서 내려온 치들은 사상 관계에 한해서는 더욱 조심하지 않으면 어느 손에 어떤 험한 변을 당할는지 몰라."

경기댁이 부들부들 떨며 아들에게 다짐했다.

"저야 저쪽과 담 친 놈이구, 자유주의 세상이 더 살기 좋은데 어머님두 괜한 걱정이슈."

"미선아, 제발 어서 미국으로 들어가 이 에미를 불러다오. 가족 초청을 해달란 말이다. 홍규야, 대구 처녀하구 결혼하면 여기 사람 되겠지만 난 이 바닥은 불안해서 못 살겠다. 언제 또 전쟁이 터질는지 누가 알아. 난 정말 몸서리치게 이 땅을 떠나고 싶어." 경기댁이 옆에 섰는 미선이 누나 손을 잡고 어린아이처럼 응석을 떨었다.

"어머니두 참, 죄 없는 사람을 누가 잡아가요. 괜한 걱정을 사서 하셔."

그런 말을 듣고 있던 노마님이 아래채로 쪼작걸음을 떼어 경기댁 가족 쪽으로 다가왔다.

"경기때기 나 좀 보제이. 그라모 우리 아들하고 며느리는 와 델꼬 갔노? 수갑이사 안 채우고 갔지만 무슨 일로 델꼬 갔노? 집주인이라 델꼬 갔나?"

"할머님, 그렇게두 짚이는 데가 없어요? 김천댁과 정태 그 청년이 살이 맞든 죽이 맞든 짝궁이 되어 일을 저지른 게 아니겠어요? 김천댁 가게에 아까 턱이 뾰족한 형사가 자주 찾아오는 걸 난 다 봤다우. 김천댁이 할머니 인척 아니에요?"

"하기사 그렇구나……"

노마님이 희부연 하늘을 바라보며 장탄식을 늘어놓았다.

"정태 그 청년과 김천댁이 무슨 사달을 저질렀거나 사상 관계로 혐의가 있구, 김천댁이 며느님과 또 관련이 있으니 조사가 필요한 게지요."

"내 예전에 그노므 중신 애비가 선산 집에 들랑거릴 쩍부텀 그 성혼이 뭔가 탐탁잖아 반대하고 나섰지러. 문벌 좋고 규수 인물 좋다고 그렇게 우기더니…… 독립운동가 집안? 독립운동하모 어느 늠이 논 주구 밭 주나? 집안 망쳐묵고 감옥소 가기 십상이제. 우리 집안하고 그 집안은 가는 길에 다른 쌍극이라고, 내가 애당초 궁합이 안 맞다고 그렇금 캤더라마는……"

"할머님, 지금 도대체 누굴 두고 하시는 소리세요? 설마 김천댁은 아니겠죠?" 경기댁이 노마님에게 되물었다.

"며누리년 아닌가. 김천때기가 며느리 사촌지간인 줄 너거들은 안죽 몰랐나? 우리 박씨 가문에는 아무도 그런 불온한 일에 나선 사람이 읎었다. 씨종자도 읎었다. 박씨 집안은 일정 시대도 줄줄이 관직에 나가 벼슬하미 탈 없이 편케 자알살았다 이 말이다. 그런데……"

노마님이 말을 뚝 끊고 엿듣는 낯선 귀나 없는지 하는 불안한 눈길을 중문에 보내었다.

"며느리분이 일정 시대 김천 고녀까지 나왔담서요? 그 시대 고녀 출신이라면 요즘 세상에야 박사하구 맞먹지요. 우리가 그 시절 고녀 다닐 쩍만 해두 재색 겸비한 수재가 아님 어디 입학이 됐나요." 경기댁이 잰 척 말했다.

"들어앉아 살림 살 여자가 신식 학문 배워 어디다 써먹어. 시어미 우습게 알고 시건방만 늘지."

안 씨가 문짝 넘어진 평양댁 방을 들여다보았다. 방 안이 널브러진 잡동사니로 발 디딜 틈 없게 어수선했다. 이불장 문과 서랍이 모두 열렸고 선반 고리짝도 방구석에 뚜껑이 젖힌 채 나뒹굴고 있었다.

"이렇게 어지럽혀놓을 수야. 방이라도 대충 치아줘야지러." 안 씨가 신발을 벗고 방 안으로 들어섰다.

"성주때기, 보래미. 니는 또 무슨 누명 뒤집어쓸라고 그 언슨시러분 방에 드가노. 퍼뜩 밥이나 짓거라."

노마님이 안 씨에게 결기를 돋우었다.

"길남아, 거기 섰지 말고 오너라. 선례는 어서 쌀 씻고."

어머니가 우리 남매를 불렀다.

내가 바깥마당으로 나서자 활짝 열린 대문 안으로 성준 형이 헐레벌떡 달려 들어왔고, 이어 경찰복에 금테 두른 경찰모 쓴 중년 남자가 들이닥쳤다. 경찰관은 크리스마스이브에 주인집 파티에 참석했던 대구경찰서 대공 담당 경감이란, 주인집 일가붙이였다.

오후에 내가 신문 배달을 나설 때까지 경찰서로 간 다섯 사람은 아무도 돌아오지 않았다. 신문 배달을 마치고 돌아올 때 나는 양키시장을 거쳐오며 평양댁을 찾았으나 그네의 장사 자리는 비어 있었다. 보금당 유리벽 안도 기웃거렸다. 그러나 주인아주머니 모습은 보이지 않았다. 집으로 오니 그때까지 순화 누나와 민이 형도 돌아와 있지 않았다. 방문이 열려진 채 쓰레기장이 되어버린 평양댁네 빈방이 그렇게 쓸쓸하게 보일 수 없었다.

밤이 이슥해서야, "이제 오십니까. 고생이 많으셨지유" 하고 인사말 하는 준호 엄마 목소리가 가게 쪽에서 들렸다. 가게 쪽 방문에 달린 손바닥만 한 유리를 통해 밖을 내다보던 길중이가, "주인아저씨와 아지매가 들어오시네" 하고 말했다. 선례 누나가 미처 솟을대문을 열어주기 전에 주인아저씨 내외는 우리 부엌을 거쳐 안채로 들어갔다.

"선례야, 길남아. 누가 머를 묻든지 간에 우리는 아무것도 모른다 캐라. 정태 그 사람이나 김천때기에 대해서 누가 무신 말을 묻든 무조건, 우리는 잘 모른다고 그래 대답해야 한데이. 말 한분 삐긋하모 큰코다치는 세상 아인가."

어머니가 우리 형제에게 낮은 목소리로 다짐했다.

"아뿌지, 모른다. 나 모른다……"

누워 있던 길수가 기침 끝에 헛소리 같게 중얼거렸다. 길수는 열이 높아 이틀 동안 헛소리를 내질렀고, 목이 부었는지 죽 이외는 아무것도 입안에 넘기지 못했다. 사팔뜨기 짝눈을 이리저리 굴리며 쉰 목소리로 헛소리를 내지를 때는 애처로워 차마 마주볼 수 없었다. 약 한 알 먹지 않았는데 아침에는 열이 내렸으나 기침은 쉬 가라앉지 않았다. 며칠 사이 길수는 얼굴이 더욱 핼쑥해져 머리통만 큰 기형아로 보였다.

"우리 길수가 어서 일어나야 할 낀데. 어이구, 저 불쌍한 내 새끼……"

어머니는 길수가 덮은 이불깃을 다독거려주며 혀를 찼다.

어머니가 대구에 터를 잡았던 이듬해 이야기다. 어머니는 자주 그 이야기를 꺼내었고 당시 나는 진영에 있었기에 그 정황을 머릿속에 그려볼 수밖에 없었다. 어머니가 세 자식에게 하루 두 끼니는 근근이 입에 풀칠을 시키다, 어느 날 하루를 꼬박 굶긴 적이 있었다 했다. 이튿날 아침, 어머니가 이모님댁에서 보리밥 한 그릇을 얻어 와 그 밥을 불려 먹는다고 죽을 쑤어, 당신은 먹지 않고 세 자식에게 나누어 주었다. 그런데 빈 배 속에 뜨거운 죽을 너무 급하게 먹었던지 길중이가 먹은 죽을 죄 토해내고 말았다. 길중이는 방바닥에 위액과 더불어 토해놓은 죽을 긁어 다시 먹었음은 물론인데, 걸레로 방바닥을 훔치는 어머니를 길수가 눈여겨보았던지, 길수가 나중에 그 걸레를 빨아 먹고 있더라 했다. "세 살밖에 안 된 것이 그때만은 머리가 잘 돌아갔는지 그 걸레에 죽이 묻었다꼬 빨아 묵고 안 있나." 어머니가 그렇게 말했고, 나 역시 그 말을 사실로 믿었다. 그러나 그 뒤 어느 때부터인가 나는 어머니 말을 나름대로 고쳐 해석하게 되었다. 길수는 걸레에 묻은 죽 찌꺼기를 빨아 먹기 위해서라기보다, 배가 고프면 시골 아이들이 부드러운 흙을 집어 먹듯, 빈 배 속을 채우려 무심히 걸레를 빨아 먹었으리라. 그러나 내 해석이야 어쨌든, 길수의 그런 일화를 회상할 때마다 그가 지금 이 지상에 살아 있지 않음으로써, 그를 향한 연민의 정이 내 마음을 늘 아프게 울린다.

이튿날 날이 밝아 세수를 하고 대변이 마려워 안마당으로 들어가니 변소는 이미 누가 차지하고 있었다. 언제 돌아왔는지 순화 누나가 쪽마루 아궁이에 장작불을 지펴 아침밥을 짓고 있었다. 아래채 방들이 아궁이에 불을 지펴 밥을 지을 때는 솥을 걸 너비만큼 쪽마루 바닥을 깐 판자 몇 장을 들어낼 수 있게 되어 있었다. 순화 누나를 보자 반가워 그쪽으로 가려다 경기댁이 순화 누나 옆에 쪼그리고 앉아 담배를 피우며 말을 붙여 나는 잠시 주춤거렸다.

"사상 관계 범죄는 씨아이씨란 데가 경찰서보담 아주 심하게 다룬다던데, 수사관들이 고문을 안 하던? 옷은 벗기지 않구?" 경기댁이 순화 누나에게 물었다.

"아주머니, 남 부아 끓는 말 자꾸 묻디 말아요. 그렇게 고문당했으믄 이렇게 나와 밥 짓갔어요." 순화 누나가 뾰로통해져 말을 받았다.

"오라버니는 만났구? 그렇다면 대질심문이란 게 있었겠구믄."

"못 봤습네다. 어디래 있갔디요. 이젠 찾아다닐 필요가 없게 됐으니 오히려 홀가분하외다."

"김천댁은 없더냐? 그 여편네가 칠성동으로 이사 간 게 아니지? 우릴 속이고 정태 그 청년과 행방을 감췄어."

"……"

"엄마 면회 갈라믄 벤또(도시락) 싸 가지고 가야겠군. 지하 취조실이란 게 콩밥 먹이며 잠 안 재우구 추달한다잖아. 그럴 땐 잘 먹어야 하니 돈 아끼지 말구 닭 잡구 쇠고기 볶아 반찬으로 만들어 가라구."

"아주머닌 정말 걱정두 팔자시네. 내가 알아 하갔으니 아주머닌 염려 마시래두요." 순화 누나가 팩 토라져 말했다.

"보자 하니 네 말버릇이 뭐이니. 평양댁이 장사두 못 하게 되어 남은 식구들이 어이 살꼬 싶어, 이웃사촌이라구 걱정 함께 나눠줄랬더니 나이도 몇 살 안 먹은 게 말끝마다 벌침을 쏴. 내가 너 같은 며느리 봤다면 당장 요절내겠어."

경기댁이 발끈해하며 담배꽁초를 장작불에 던지며 일어섰다.

"누가 아주머니 며느리 된댔시요. 말을 해두 복장 뒤집는 소리만 골라 하시네."

"너 정말 말 다했니? 이놈으 계집애 보자 하니 그냥 둬선 안 되겠군. 경찰서에 처넣어 콩밥을 석 달 열흘은 먹여야 버릇이 고쳐지겠어."

아침부터 싸움이 날 판이었다. 홍규 씨가 방문을 열고 제 어머니를 말리고, 민이 형도 방문을 열고 내다보았다. 가겟방 부엌에서 준호 엄마가 나오며 두 사람 말실랑이에 참견했다.

"그만들 하시우. 이남 내려와 어렵게 살며 싸움까지 해서야 되겠어유. 순화두 밤새 조사를 받으며 시달리다 나왔다 보니 잠두 못 자구 잔뜩 속이 상해서 하는 말이니 아주머니가 참으셔야지."

"참는 것도 유분수지, 아침부터 나잇살 어린 것한테 지청구 듣게 됐나"하더니, 경기댁이 물방귀를 흘리며 변소 앞에 서 있는 나를 보고 물었다.

"길남아, 변소간에 뉘 있니?"

"예, 누가 있는갑습니다."

"우리가 얼렁 집을 사서 이사를 가야지. 이웃 가려 살림 나라는 옛말두 있듯이, 더러워 못 살겠어. 못된 집안 이웃하다 우리까지 똥물 튈라"하던 경기댁이 자기네 방에 대고 말했다. "미선아, 늑장 부리지 말구 어서 밥이나 지어. 사다 놓은 고등어도 굽구. 방학인데두 요즘 날마다 더 늦게 들어오니 아침잠이 부족할 수밖에 더 있겠어."

변소에서 준호 아버지가 나왔다. 가로채기를 잘하는 경기댁이라 헌 신문지를 들고 섰던 나는 얼른 변소 안으로 들어갔다. 바깥에서는 여전히 경기댁 말소리가 들렸다. 이제 대놓고 하는, 그 대상이 정태 씨임이 분명했는데, 그 욕지거리에 내 마음까지 뜨끔했다.

"이 시국에 이북으로 넘어가겠다는 게 말이나 되는 소린가. 휴전선 방비가 얼마나 철저하다구 이북으로 넘어가. 넘어가서 어떡하겠다는 거야. 미친 연놈이 아니고 왜 그 붉은 땅으로 또 넘어가. 공산 치하 지긋지긋하지두 않아 다시 넘어가. 그런 연놈은 앞뒤 가릴 것 없이 총살시켜버려야 해. 전쟁 통에 3백만 명 넘이 죽구 그 원한으로 전국 방방곡곡에 아직두 곡성이 요란한 판에 어느 세상이라구 그런 엉뚱한 적심을 품어."

"아주머니, 말씀을 하셔두 너무합니다. 무슨 말씀을 그렇게 하셔요." 민이 형 목소리였다.

홍규 씨와 준호 아버지의 말리는 말이 들렸다. 이미 정태 씨에 대한 소문을 누구의 입을 통해서인지 경기댁은 웬만큼 꿰뚫고 있었다.

정태 씨가 이북으로 넘어가다 붙잡혔다? 정말 그랬을까? 가족은 여기에 두고 왜 그 땅으로 넘어가려 했을까? 목숨 걸고 넘어갈 만큼 그곳이 여기보다 살기 좋은 세상일까? 김천댁과 복술이는 어찌 되었을까? 그들도 이북으로 넘어가려 했을까? 그렇다면 복술이 아버지가 이북에 있단 말인가? 나는 낑낑 용을 쓰며 뛰는 가슴으로 그런 의문을 계속 던졌다. 만약 경기댁이 빨리 나오라고 채근하지 않았다면 나는 찐득하니 쪼그리고 앉아 항문 조리개를 열어놓고 있는 시원한 느낌과 더불어 그런 의문을 마음속에 더욱 키웠을 터였다.

평양댁이 넋 빠진 꼴이 되어 집으로 돌아오기는 사흘 뒤였다. 그네는 이튿날부터 다시 군복 장사 일터인 양키시장으로 나섰다. 평양댁이 그렇게 돌아온 뒤에도 방첩대 군인과 강 형사가 번갈아 평양댁네를 방문하여 무엇인가 조사해갔다. 그즈음부터 평양댁 입에서 흘러나왔는지, 정태 씨에 대한 사건이 한두 가지씩 마당 깊은 집에 퍼지기 시작했고, 그 말은 대체로 경기댁 입을 통해서였다. "그 안들이 평양댁 방과 막은 판자때기 어데다 구멍을 내놓고 쥐새끼처럼 모든 말을 엿들을 끼라. 자기네한테 아무 상관 없는 일까지 그렇게도 알고 싶어 하이 그것도 천성이다." 어머니 말씀이 그랬듯 경기댁이 왜자기는 말은 그네의 추측이 보태어졌을지라도 너무 그럴듯해서

마당 깊은 집 사람들이 그 말을 믿지 않을 수 없었다.

어느 날, 경기댁이 준호네 가게에 나앉아 군고구마를 군 것질하며 준호 아버지에게 하던 말을 나는 들을 수 있었다.

"정태 그 사람이 김천댁과 복술이를 데리구 월북을 시도 했다잖아요. 저 강원도 첩첩산인 태백산맥 쪽으로는 이남에 숨어 있던 인민군 패잔병들이며 좌익 일 했던 빨갱이들이 지금도 수월찮게 북으루 넘어간대요. 그놈들이 넘어가는 루트란 게 있고, 안내하는 사람도 다 있는 모양입디다. 그런데 어찌 됐는지 안내하는 사람하고 김천댁과 복술이는 무사히 넘어갔는데 정태 그 사람만 국군 초소에 붙잡혔다지 뭐예요. 준호아범, 그 참 이상하지 않아요? 애 거느린 아녀자는 험한 길을 타구 철조망 넘어갔는데 사대육신 멀쩡한 젊은 녀석이 오히려 잡히다니. 내 생각으로는 두 가지로 추측할 수 있을 것 같네요. 왜, 그 기차 철길에 건널목 있잖아요. 더러 신문을 보면 건널목 지키는 역무원이 기차에 치이려는 아녀자나 아이를 구해 내구 대신 죽는다는. 정태 그 사람두 김천댁과 복술이를 그렇게 넘겨주구 자기두 뒤따라 철조망을 넘다 잡혔지 않았나 싶어요. 아니면, 김천댁네를 이북으로 넘겨주구 자기는 다시 대구로 돌아오려다 잡히게 됐는지…… 그 둘 중에 하나라구 생각하는데, 준호 아범 의견은 어때요?"

안 씨는 안 씨대로 김천댁에 관한 소문을 부지런히 물어와 어머니께 알려주었다. 주 씨가 자주 장관동 골목길을 지나쳤고 그럴 때마다 안 씨가 그를 만나러 가게로 나왔다 안채로 들어가는 길에 우리 방 방문을 열고 한참 수다를 떨다 가곤 했던 것이다.

주인아주머니의 친정집은 김천시 남산동에서 정판서댁으로 통할 만큼 누대에 걸쳐 문벌 좋은 선비 집안이었으나 구한말부터 집안 여러 어른이 의병이다, 독립운동이다 하며 나서자 그때부터 가세가 많이 기울었다 했다. 김천댁 서방은 일제 때 보성전문학교까지 다닌 식자인데 학생 시절부터 좌익 민족운동가로 나서서, 8·15 해방도 김천감옥소에서 맞았다 했다. 그는 김천시가 인공 치하를 맞자 김천시 당 부위원장을 지냈고, 9·28 수복과 더불어 몸을 피한다는 게 혼자 북으로 올라갔다는 것이다. 김천댁보다 앞서 바깥채 가겟방을 차지하고 살았던, 해방 후 일본에서 나온 주인아주머니 재종숙 되는 이는 전쟁이 나던 해 내려오는 인민군 부대를 거슬러 가족과 함께 월북을 했다 하니, 김천댁 집안은 좌익운동하던 사람이 많음이 분명했다. 그래서 성준 도련님 미국 유학도 늘 신원 조회에서 걸리게 마련이라, 그걸 어떻게 쓱싹하느라 파티도 열고 어디에 뇌물도 쓰는 눈치라고 안 씨가 말했다.

날수가 지남에 따라 그런저런 풍문 이외에도 평양댁네에 대해서는 계속 좋지 않은 소문만 나돌았다. 서울대학교 법과대학을 지망하던 민이 형이 갑자기 경북대학교 의과대학으로 진학 길을 바꾸었다 했다. 정태 형이 그렇게 되었으므로 사법고시에 합격한다 해도 판·검사로 임관되기 어려우므로 전문직업을 택하게 되었다는 것이다. 그런데 입시를 불과 몇 달 앞두고 문과에서 이과로 진로를 바꿈에 따라 그 합격 여부가 불투명하다고 말했다. 또한 부산에 부대가 있는 동향 출신의 육군 중위와 결혼 말이 있던 순화 누나 역시 아무래도 파혼이 불가피하다는 것이다. 한마디로 정태 씨가 저지른 사건으로 평양댁 집안은 쑥대밭이 되고 만 셈이었다. 그러나 경기댁 아들 딸만은 보아란 듯 그 결혼 건이 순조롭게 진행되는 눈치였다.

어느 날 저녁, 내가 준호네 가게 앞에 나앉아 있을 때, 흥규 씨가 퇴근길에 애인과 함께 가게에 나타난 적이 있었다.

"경자 씨, 군고구마 먹어볼래요?" 흥규 씨가 말했다.

"크림빵을 세 개나 먹었는데 또 먹어예." 흥규 씨 애인이 수줍게 대답했다.

"뭐 그냥 준호 아버지네 군고구마를 얼마라두 팔아주구 싶어서 물어봤죠." 흥규 씨가 멋쩍게 대답하곤 경자란 아가씨 에게 물었다. "어머님한테 인사하고 가실래요?"

"시간이 너무 지나 실례가 될 것 같네예. 준비한 것도 읎 고예. 오늘은 그냥 가볼랍니더. 모레 저녁에 그 빵집에서 또 뵙지예."

"그러면 제가 바래다드리지요."

두 사람은 나란히 종로로 빠지는 골목길을 걸어나갔다. 내가 보기에 흥규 씨 결혼 상대는 부잣집 딸 같지 않았다. 갈 색 스웨터에 검정 바지 입은 차림이 평범했고 얼굴에 화장기 도 없었다. 몸매도 날씬하지 않고 푸더분했다. 그래서 세련된 도회지 여자티를 풍기지 않았고 오히려 촌스러운 순박한 소녀 같아 보였다. 흥규 씨가 휘파람을 불며 다시 가게 앞에 나타났 을 때, 서방 일을 돕던 준호 엄마도 경자란 아가씨를 눈여겨보 아두었던지, "흥규 청년이 좋은 색시감을 골랐네유" 하는 칭찬 말을 했다.

미선이 누나는 제임스란 미군 대위와 연애가 순조로워, 그 대위가 귀국하는 봄에 함께 미국으로 떠나게 된다고, 경기댁이 마당 깊은 집에 소문을 내었다. 제임스 대위는 거침없이 경기댁 방 앞까지 들어와 군용백에 가득 담아 온 갖가지 미제 물건을 부려놓고 가기도 했다. 경기댁은 그 미제 물건을 자랑하며 위채는 물론 이웃집에 팔았다. 우리 형제는 홍규 씨로부터 미제 비스킷과 초콜릿을 얻어먹기도 했다. 그렇게 경기댁의 제임스 대위 자랑이 늘어질 때면, 옆방에서 삐끔 내다보는 성준 형의 표정이 볼만했다. 화가 잔뜩 나서 얼굴이 붉으락푸르락하다 우거지상으로 구겨져, 거칠게 방문을 닫고 라디오의 미국 대중가요를 귀가 아프도록 크게 틀어대었다. 호시탐탐 미선이 누나를 넘보던 그로서는 파티의 통역으로 미선이 누나를 끌어들였다 오히려 제 발등에 도끼질을 하고 만 꼴이었다.

"미국 사람은 얼른 보면 나이를 알아보기 힘들지만 제임스 대위는 분명 총각이 아니라예. 적어도 서른 살은 됐을 낌더. 본토에 처자식이 멀거니 눈 뜨고 기다릴 낀데, 미선 양이 된통 당할걸. 미국으로 데려간다 캐도 단물만 빨아먹고 헌신짝처럼 버릴 낍니더." 성준 형이 밥을 먹다 제 할머니에게 그런 말을 했다고 안 씨가 어머니에게 귀뜸해주었다.

"니가 제임스 그 대위를 마음에 찍어 파티에 그 요란스러운 드레스를 입고 참석한 줄은 내가 다 안다. 내 속에서 나온 자식 속을 내가 왜 몰라. 그러나 미국으로 가기 전까지는 절대 몸을 주어서는 안 돼. 이혼 수속을 끝낸 증서를 보기 전에는 비행기를 타서두 아니 돼. 한 번 결정으로 너 인생은 모든 게 끝장이 난단 말이야. 냉정하고 신중하게, 그 한 번 결정을 후회 없이 마무리 지어야 한다. 인생으 결정적 승부는 꼭 한 번이라구 책에두 씌어져 있는 말이니라."

이 말은 경기댁이 딸에게 들려준 충고로, 어느 날 밤 판자벽을 통해 들었다며, 우리 방에 온 평양댁이 흘린 말이었다. 그때는 이미 방첩대에서 경찰서로 정태 씨 신변이 넘어와 평양댁이 면회를 다녀온 길에 잠시 우리 방에 들렀던 참이었다.

"피골이 상접한 걸 보니 폐병이 악화된 것 같은데, 죽어두 니북 정티가 좋아 마팀 같이 넘어갈 지하당원을 알게 되어 그 사람 안내루 다시 북으로 가려 했다구 그 안에서두 우긴다니, 정말 죽어서야 감방에서 나올런디 모르겠다우. 기팀이 터져나와 그만 잡혔다니, 필경 그 병으루 죽어 나올 것이우. 미군 공습으 그 생지옥 같은 폭격에두 살아남은 아까운 청춘을 이제 감옥에서 마감하게 됐으니……" 평양댁이 어머니 앞에 소리 내어 울며 탄식한 말이었다.

나는 같이 넘어갈 지하당원이 누군지는 몰랐으나 그가 바로 얼굴에 칼자국 흉터가 있는 그 수상한 사내가 아닐까 여겨졌다. 평양댁 말로 미루어보아 김천댁과 복술이, 그리고 그 사내는 이북으로 무사히 넘어갔음에 틀림없었는데, 철조망을 빠져나갈 순간 마구 터져 나온 정태 씨 기침이 순찰병에게 적발된 원인이 된 듯했다.

10.

2월 초순을 넘기자 낮이 눈에 띄게 길어졌다. 밤이면 여전히 영하 이십몇 도로 기온이 떨어져 밤새 문풍지가 울어대었고 나는 늘 기침 콜록이는 막내아우 길수를 화로처럼 품에 안고 잠을 잤다. 그러나 낮 정오쯤이면 햇살 포스라운 따뜻한 날이 많았다.

독감이 얼마나 지독했던지 한 달 넘게 누워서만 지내고도 질긴 목숨줄을 이어 살아난 길수가 그즈음부터 바깥출입을 시작했다. 어머니 말씀처럼 약 한 첩 안 쓰고도 살아난 게 기적이랄 정도로 길수의 명줄이 길었다. 당시로서는 그렇게 생각함이 당연했으나, 기동을 시작한 길수는 이미 팔팔한 아이가 아니었다. 머리터럭이 죄 빠져버려 우주인처럼 대갈장군이 된 길수는 평소에도 앙가발이걸음을 걸었지만, 새다리 같은 연약한 다리를 세울 힘도 없는지 벽을 짚고 쪼작걸음을 떼었다.

"쌔이야, 아뿌찌 가자."

길수는 곧잘, 해맑은 미소를 띠고 나에게 준호네 가게로 나앉자고 말했다. 햇솜처럼 가벼운 길수를 달랑 안고 준호네 가게 앞 문지방에 나앉으면 준호 아버지가 "길수 왔니" 하고 반겼다. 그러고는 작은 것으로 골라 군고구마 한 개를 주곤 했다. 준호와 뛰어다니며 놀기에도 힘에 부치는 길수인지라 준호 아버지로부터 군고구마를 받으면 가게 문턱에 걸터앉아 그 것을 한 시간도 넘게 조각조각 떼어서 침으로 녹여 먹었다.

따뜻한 볕 아래 앉아 사팔눈으로 골목길을 오가는 사람을 맹하니 보며 고구마를 거미손으로 떼어 오물오물 먹던 길수의 병든 병아리 같은 모습은 지금도 잊히지 않는다. 아니, 문풍지 울어대던 그 춥던 겨울밤을 떠올리면 그 마당 깊은 집 시절이 마치 겨울 밤하늘 바람 건너 천공에 걸린 등불이듯 쓸쓸하고 도 다습게 회상된다.

밤마다 따뜻한 짐승 새끼이듯 내게 화로 구실을 해주던 길수는 그 질긴 독감으로부터 살아났으나, 그로부터 겨우 3년을 더 채우고, 우리 집안에 가난의 그림자가 걷히기 전 '더러운 세월'과 함께 죽었다. 그 아둔한 걸음과 어눌한 발음 탓으로 다른 아이들이 다 가는 초등학교 입학조차 거절당한 채 병원 신세 한번 지지 못하고 어느 추운 겨울날 뇌막염으로 숨을 닫았으니, 그의 나이 만 여덟 살 때였다. 그 당시 우리는 마당 깊은 집에서 1백 미터 남짓 떨어진 약전골목 길가 '덕제한의원' 문간방에 살았는데 길수의 시신은 빈 쌀가마니에 담겨져 어느 지게꾼의 지겟짐에 실려 저 대구 서쪽 변두리 성당못 뒤 이름 모를 골짜기에 묻혀졌다.

세상이 죽음에서조차 얼마나 불공평한가를 알기는 길수

가 죽은 이듬해니, 내가 고등학교 2학년 때였다. 그해 늦가을, 약전골목 길가에는 많은 자가용이 늘어섰고, 수십 개의 만장이 장관동 긴 골목길을 채워 나부꼈다. 마당 깊은 집 위채 노마님이 여든 살을 넘겨 별세했던 것이다. 그즈음 이미 대구에서는 방적업계의 실력자로 성장한 주인아저씨의 상복 입은 모습을 보기도 오랜만이었다. 주인아저씨는 배가 나온 뚱보가 되어 있었다. 선산군 선영으로 가는 영구차는 유리창만 빼고 수천 송이의 흰 국화꽃으로 덮여 있었다.

길수는 노마님이 살았던 세월의 8분의 1도 못 살고, 들떡지게 쌀밥 한 그릇 먹어보지 못한 채 그렇게 죽었다. 그 죽음 또한 처참하다고밖에 말할 수 없는, 만약 생사화복을 관장하는 신이 정말 있다면 그 신으로부터 길수가 전생에 지은 어떤 죄로 하여 노여움을 사지 않았나 싶은, 그런 죽음이었다. 길수가 죽기 전에 어머니는 눈물에 흠씬 젖은 얼굴로 자주 이런 말씀을 했다. "우리 길수야말로 그저 묵는 욕심이나 쪼매 있을까, 남을 속일 줄 알았나, 거짓말할 줄 알았나. 그렇게 천사 마음을 가졌던 아아라 이 담에 눈감으모 누구보담도 먼첨 천당에 갈 끼다. 천당에서 복받고 살겠지러. 이래 생각하모 내 마음이 쪼매 해깝다(가볍다)." 그럴 때면 길수는 어머니가 말한 천당이 마치 이웃집이나 된다는 듯, 너무 말라 해골이 된 얼굴에 겹주름의 웃음을 히죽히죽 띠며, "나 쩐땅 아부찌하고 놀 끼다" 하는 말을 무슨 예언처럼 곧잘 했다. 몸속의 살과 물기를 다 뽑아낸 듯 뼛가죽만 남기고 머리터럭조차 죄 빠져버린 그 흉측한 병의 병인을 심증적으로 캔다면, 태어난 뒤 전쟁을 만나 젖은 물론 건더기 있는 음식을 두 해 넘게 제대로 먹지

254

못함으로써 뇌와 오장육부가 제 터를 잡지 못했음이라 나는 지금도 믿고 있다. 하루에 열대여섯 시간은, 머리가 '아뿌다' 며 끝없이 게걸거리던 죽기 직전의 그 깡마른 길수 모습은 지금도 생각하기조차 끔찍하다. 아니, 나는 아우의 그 모습을 영양실조로 굶주린 에티오피아 어린 소년으로 환치하여 떠올림으로써 애써 지우려 한다. 차라리 길수의 모습은 죽기 직전보다 마당 깊은 집 시절, 잠결에도 섬돌 밑 강아지처럼 골골 앓던 추위에 전 숨결과 더불어 더 애틋하게 회상된다. 이제 겨울에도 길중이와 나는 제가끔 장만한 아파트의 훈훈한 집에서 캐시밀론 이불을 다리에 감고 네 활개 편 채 편안하게 잠을 잔다. 중년이 된 그런 우리 형제를 길수는 아직도 추운 겨울 밤하늘의 천사로, 아니면 쓸쓸하고도 다스운 등불이 되어 내려다보고 있을까. 그 하늘나라는 추위가 없고 굶주림이 없는 곳인지 알 수 없지만, 길수는 지금도 이 반도 땅 골골 샅샅을 사팔눈으로 살피며 얼굴 모르고 생사조차 알 수 없는 '아뿌지'를 부르며 찾고 있을까. 그 유현한 세계의 사정을 나는 알 수 없으므로 겨울 밤하늘의 별무리 중에 떨어져 제 혼자 숨듯 나타나듯 반짝이는, 유독 추워 보이는 별 하나를 따로 볼 때마다 나는 그 별이 마치 막내아우이듯 어린 날의 길수를 그려보곤 한다.

정태 씨의 재판이 시작되기는 위채 성준 형이 당시로서는 마치 천국으로 올라가듯, 하늘에 별 따기만큼 어려운 미국 유학을 떠난 뒤였으니, 3월로 들어서서 마당 깊은 집 안마당의 화단에 개나리꽃이 활짝 피었을 무렵이었다. 마당 깊은 집 사람들은 김천댁 사건으로 하여 성준 형의 미국 유학이 꺾일 줄 알았는데, 역시 문벌과 재력으로 그런 문제를 쉽게 뒤처리할 수가 있었던 모양이었다. 누가 먼저 미국으로 떠나냐며 미선이 누나와 마치 경쟁이라도 하듯 열을 내던 성준 형은, 그래도 떠날 때는 섭섭했던지 경기댁 식구에게 작별 인사를 하며, 미국 가서 편지하겠다고 말했다. 미선이 누나에게는 미국에서 다시 만나자고, 그 넓다는 미국 땅을 어디까지 뒤지고 다니겠다는지 별 가능성 없는 말을 미련처럼 남겼다고 했다.

정태 씨는 일심 공판에서 담당 검사에 의해 무기징역의 구형이 떨어졌고, 20년 형의 선고 판결을 받았다. 만약 정태 씨가 자신의 죄가를 뉘우쳤다면 15년 정도의 구형에 10년 정도의 선고로 끝났을 텐데 말이 씨가 되어 형량이 늘어났다고 평양댁이 한숨 끝에 말했다. 정태 형이 재판정에서, 조선민주주의인민공화국이 남조선을 해방시켜야 할 당위성과 공산 국가 사회가 이 조선 땅에 실현되어야 한다는 열변을 무려 40분에 걸쳐 토로했음은, 호기심 많은 경기댁이 평양댁을 따라 재판정 방청을 하고 온 뒤 마당 깊은 집에 퍼뜨린 말이었다.

"깡마른 정태 그 사람 보기보다 대단한데. 연방 기침을 캑캑 뱉으면서두 피를 토하듯이, 조국 분단으 책임이 미국에 있고 이남을 미국 식민지라구 조목조목 대어 우기는데 기도 안 차데. 아 참, 정태가 미국을 말할 때는 반드시 미 제국주의라는 말을 골라 쓰더군. 한다는 소리가, 정치계·경제계·군·경찰을 매국노 친일파 무리가 실권을 잡구 있는 게 그 단적인 증거요, 미국이 그들을 앞장세워 일정 시대식으로 식민지 통치를 실현하는 데 있다구 말하자, 판사조차 듣기가 거북한지 발언을 중단시키더군. 소수 독점 자본주의니, 제국주의식 식민지 경제 체제니, 계급 갈등 모순으로서으 해방 전쟁이니, 이런 어려운 문자를 줄줄이 엮자, 검사 양반이, 그럼 당신은 왜 이 남으로 내려왔는가고 묻더군. 그러나 부친과 상의 끝에 중국군의 참전으로 남조선 해방이 가능하리라 믿었구 미국으 무차별 폭격이 하도 극악해 당분간 몸을 피하기로 하구 내려왔다구 그럴싸하게 답변하더군……" 경기댁은 정태 씨 주장은 물론, 재판정 풍경을 듣는 이로 하여금 마치 그 자리에 있게 만들 듯 소상하게 늘어놓았다.

정태 씨는 국선 변호인조차 거절했지만, 상고를 스스로 포기하여 '남조선이 조선민주주의인민공화국으로 통일될 그날'까지 감방에서의 삶을 택하고 말았다.

나는 지방 대학을 졸업한 그해 곧 서울로 올라와 출판사에 취직했다. 그러나 결혼은 장관동 이모님이 중신을 서서 대구 처녀를 아내로 맞았으므로 처가가 지금도 대구 봉덕동 앞산 밑에 살고 있다. 여름휴가 때면 남들이 한더위를 피해 바다나 산을 찾을 때 나는 오히려 전국에서도 가장 더운 지방인 대구를 찾아 처가에 식구를 부려놓곤 했다. 이제 자식들은 입시생이요, 나 역시 직장을 그만둔 뒤 자유 문필업으로 생활을 꾸려나가므로 그런 휴가 타령도 지난 이야기가 되고 말았지만, 내가 직장 생활을 했던 5년 전 그해 여름 휴가 때도 우리 식구는 대구로 내려갔다. 대학 동창생을 만나 낮술을 한잔하고 중앙통 길을 걷고 있었다. 오후 6시가 가까웠으나 아직 해는 중천에 떠 있었다. 그런데 나는 새로 지은 말끔한 오층 건물에 내걸린 무척 낯익은 간판 하나를 발견했다. '최정민내과병원'

이었다. 바로 마당 깊은 집에 살 때 의과대학을 지망했던 민이 형 이름이 거기에 내걸려 있었던 것이다. 나는 간판 앞에서 잠시 망설이다 계단을 밟고 2층과 3층을 쓰는 병원으로 올라갔다. 사십대 후반의 민이 형은 이미 머리카락이 희끗한 중년으로 변해 있었다. 그가 나를 알아보지 못했음은 당연했다. 나 역시 안경 낀 그의 알맞게 살이 찐 얼굴이 낯설었다. 통성명을 하고 우리는 서로 반갑게 손을 마주 잡았다. 마침 퇴근 시간이라 진료 환자가 없었으므로 그와 나는 그 건물 지하 다방으로 옮겨 앉았다. 시원한 에어컨 바람을 맞으며 우리는 냉커피를 한 잔씩 주문했다. 자연 마당 깊은 집 시절 이야기부터 화제에 올랐다. "준호 아버지 아시지요?" 민이 형이 물었다. 나는, 물론 잘 안다고 대답했다. "칠성시장에서 경북대학교로 가는 길목에서 서점을 한답니다. 우연히 그 앞을 지나다 만나게 되었지요. 준호 어머니는 참으로 억척같은 분이셨는데, 그 서점 옆에서 지금두 구멍가게를 내구 있더군요. 물론 살림집을 겸한 그 2층 건물이 그분들 소유였습니다. 준호 아버지와는 부근 맥줏집에서 맥주를 한잔했더랬지요. 그분두 많이 늙으셨습니다." 억척같은 면에서는 평양댁도 지지 않았으므로 나는 평양댁 안부를 물었다. "어머님은 제가 모시고 있지요. 누님은 엔지니어한테 시집갔는데 큰조카가 올해 대학을 졸업하구 직장에 나간답니다. 참, 이 형 모친두 이제 연세가 꽤 되셨을 텐데요?" "3년 전에 돌아가셨습니다. 평소에 혈압이 높으셔서……" 하곤, 내 쪽에서 조심스럽게 정태 씨에 대해 뒷소식을 물었다. "말도 마십시오. 그 사건이 터진 해가 55년 정월 아니었습니까. 그러나 한쪽 폐만으로 버티며 꼬박 스무 해 형량을 채워

75년 정월에야 석방됐는데, 그해 7월 '사회안전법'이란 게 새로 제정되지 않았습니까. 그래서 전향 거부에 따른 보안 감호 처분을 받아 7개월 만에 다시 재수감됐지 뭡니까. 골수에 박힌 그 이념을 형님은 그 길고 긴 수형 생활 중에두 계속 소중히 간직하고 계시니…… 올해로 꼭 28년째 됩니다. 그러니 인생 절반을 감방에서 보내고 있는 셈이지요. 이제 나머지 한쪽 폐마저 그 기능이 아주 좋지 않아 얼마 전 청주보안감호소로 제가 면회를 가서, 어머님 마지막 소원이 자식과 한솥밥을 하루라두 같이 먹구, 같이 잠자보구, 눈감는 것이니 전향하셔서 사회에 나오시라구 말씀드렸지요. 그러나 형님은 대답이 없으셨습니다…… 연로하시기두 하지만 어머님은 형님으로 하여 지금 거의 실명 상태입니다. 하두 울어서요……" 말을 더 잇지 못하고 민이 형은 손수건을 꺼내더니 안경을 벗고 눈물을 닦았다.

나는 두 달 전, 서준식 씨에 관한 글을 신문과 잡지에서 읽은 적이 있다. 재일교포인 그는 1967년 서울대 법대에 유학 왔다 1971년 육군 보안사령부에 '유학생 간첩단'으로 체포되어 징역 7년 형을 받았으나 1975년 7월 사회안전법이 제정되어 세 번에 걸쳐 전향을 거부한 끝에 다시 10년을 보호 감호 명목으로 재수감되었다 지난 5월에 17년 만에 '주거 제한' 조치를 받고 석방된 분이었다. 월간지 『샘이 깊은 물』 88호인 6월 호에 실린 그분 글을 읽으며, 나는 정태 씨를 떠올리지 않을 수 없었다. 그 글 88면에 있는 이런 구절은 바로 정태 씨에 관한 보고서에 다름 아니었다.

"[……] 무엇보다 잔인한 것은 불치의 병으로 시한부 인생을 선고받은 노인들의 얼마 남지 않은 인생을 가족과 함께 살다가 죽을 수 있도록 석방하지 않고 숨이 끊어지기 직전 아슬아슬한 시점까지 감금해놓은 채로 전향하면 즉시 석방해준다는 미끼를 계속 던진다는 점이다. 이것은 누구의 눈에도 '재범의 현저한 위험성' 때문에 감금해놓고 있는 것이 아님이 명백하다. 나는 이곳에서 오랫동안 살면서 이와 같은 유혹에 굴복하여 한두 달이라도 바깥세상에서 살다가 죽기 위해 전향하고 석방된 사람을 한 사람만 보았다. 그 밖의 사람들, 다가오는 자신의 죽음 앞에서 끝까지 의연하게 양심과 인간 존엄을 고수하고 죽기 바로 직전까지 고독한 독거 감방에서 투병하다 거의 석방과 동시에 죽어간 송순의(간암)·최점수(간암)·공인두(뇌종양)·문갑수(위암)·이상률(뇌낭충증) 노인들을 나는 결코 잊을 수 없다. [……]"

그 노인들은 대체로 1950년대 초반 휴전 전후에 '부역'에 따른 죄명이나 간첩죄로 실형을 선고받고 수감된 뒤, 사회안전법에 다시 묶여 독거 감방 생활을 강요당하고 있는 장기복역수 정치범들이었다. 만약 정태 씨가 아직도 전향을 거부한 공산주의자로서 살아 있다면 그의 나이 쉰댓쯤 되었을 것이다.

선례 누나가 대구사범학교에 무난히 합격한 뒤, 나는 누나와 함께 경상중학교로 찾아가 원서를 내었다. 경상중학교는 일류가 아니었고 그렇다고 삼류도 아닌, 시내 초등학교 학급

성적이 중간치인 아이들이 주로 입학하는 공납금이 비교적 싼 공립학교였다. 중학 입학시험이 두 주일도 채 남지 않아 나는 공부에 매달리지 않으면 안 되었고, 이제 시험에서 한시름 놓여난 누나가 내 공부를 도왔다.

"나는 니가 이래 산수 문제를 몬 풀 줄이사 몰랐다. 5학년 문제도 제대로 몬 풀면서 우째 중학교에 들어갈라 카노."

누나가 나를 가르치다 자주 짜증을 내었다. 사실 나는 진영 울산댁 주막집에서 불목하니 노릇을 할 동안 책과 공책조차 변변히 없어 건성으로 학교를 다닌 데다 누구의 간섭도 없었기에 공부를 거의 놓고 지냈던 것이다. 더욱 시골 초등학교였다 보니 내 실력이 뻔할 수밖에 없었다. 대구로 올라와서도 나는 1년 동안 어머니 눈치를 살피며 공부하는 시늉만 했지 동화책과 소설책만 열심히 읽었으므로 초등학교 때 배운 공부를 그나마 까먹고 만 셈이었다.

"중학교 시험 떨어지모 마 때리치아뿌리라. 머리 읎이 공부하모 머할 끼고. 신문 배달이나 하고, 배달 안 하는 시간에는 한주 갸맨쿠로 장사나 하모 되지러."

어머니의 이런 말씀이 나를 더 의기소침하게 만들었다.

미선이 누나가 제임스 대위와 혼인 수속을 끝내고 그 배우자 자격으로 미국으로 떠난 것이 그즈음이었다. 미선이 누나는 오빠 결혼식을 못 보고 떠난다며 무척 서운해했다. 제임스 대위가 장모님을 꼭 초청하겠다고 말했건만, 경기댁은 빠른 시일 안에 꼭 어미를 데려가달라고 딸에게 신신당부하며 눈물을 질금거렸다. 그러나 마당 깊은 집의 세 든 사람들이 그해 4월 중순에 모두 뿔뿔이 헤어지게 되었으므로 나는 경기댁이 그 뒤 미국으로 떠났는지 어쨌는지 지금까지 알지 못한다.

　　주인집 가세가 너무 센 불길같이 일어남으로써 집 없는 자들이 쫓겨나게 되었다고 말해야 옳을 그 일은 내가 경상중학교 입학 시험에서 낙방한 3월 하순에 주인아저씨 입을 통해 통보되었다.

　　어느 일요일 아침, 밥을 막 먹고 났을 때였다. 안 씨가 우리 가겟방으로 건너와, 세 든 집 사람들을 주인아저씨가 모두 보자는 전갈을 해왔다.

　　"드디어 방을 비우라는 소리로군." 어머니가 별로 놀라지 않고 시큰둥 말했다.

　　며칠 전부터 측량 기사가 안마당과 바깥마당을 들랑거리며 지적도를 펴 들고 측량을 할 때부터 마당 깊은 집에 세를 든 사람들은 무엇인가 심상치 않은 일이 벌어지고 있음을 짐작하고 있었다. 우리가 사는 가겟방은 어차피 3월 말로 보금당 정 기사에게 내주기로 약속되어 있었기에 이사 갈 집을 구해두고 있었다. 장관동 긴 골목에서 종로로 거의 다 빠져나가, 우리가 뒷날 '건식이네집'으로 부르게 된 네 칸 기와집 건넌방으로 어머니가 4월 8일 입주하기로 계약했던 것이다. 보증금 5만 환에 월세 3천5백 환이었다. 나는 그 말을 듣고, 지난여름 우리 형제를 그렇게 굶기면서도 어머니가 몫돈을 5만 환이나 모았다는 데 적이 감탄했고, 한편으로는 지독하다고 속으로 어머니를 욕질했다.

　　"아래채며 여기 가게며, 대문까지 몽땅 허문답니더. 그래서 멋지게 서양식 새 집을 짓는다 카데예." 안 씨가 말했다.

　　"나도 경기때기한테 들었어."

안 씨가 부엌을 나서려다 머뭇거리며 돌아섰다.

"선례 어무이, 나도 이 집을 그만두게 됐심더." 안 씨가 나이답잖게 얼굴을 붉히며 말했다.

"그만두다이. 그라모 성주 고향으로 내리갈라꼬?"

"그 주 씨 있잖습니껴. 장작 패던 주 씨하고 시골에 들어가 농사짓기로 했거덩예. 친정집에서 밭뙈기를 쪼매 떼내준다 캐서 밭도 부치고, 돼지도 치고, 개간도 하고…… 주 씨가 어디 조용한 농촌에 들어앉아 흙이나 파며 살고 싶다 캐서 그래 의논을 맞췄심더."

"잘됐네. 주 씨 그 사람은 생긴 그대로 농사꾼 자슥이다. 부지런하고 심성 무던하고. 안 씨가 착하이 하늘님이 복을 준 기제. 주 씨가 이북서 홀홀단신 내려온 외로분 사람인께 성주때기가 어느 열녀 못잖게 지성으로 섬기거라. 아들딸 많이 놓고 자알 살아야 서로 전쟁에서 당한 한을 풀 끼데이."

어머니가 물코를 들이마셨다.

안 씨는 아래채를 허물기 전에, 파종 시기를 놓치면 안 된다며 보퉁이를 꾸려선 고향으로 떠났다.

몇 년 전 텔레비전 방송국에서 '이산 가족 찾기'를 장기간 생중계로 방영할 때, 나는 틈틈이 그 화면에서 주 씨가 나오는가를 살폈다. 황해도 수안군 삼정면은 내가 지금도 잊지 않고 외는 고장이다. 주 씨가 때와 장소를 가리지 않고 그 고향을 입에 올렸기 때문이었다. 그러나 나는, 대구 어느 고아원 출신이라는 소녀 적 옥이와 무척 닮은 옥금이란 중년 여인의 눈물 찔끔거리는 모습은 화면에서 보았으나 그 여인이 마당 깊은 집 시절의 옥이라고 단언할 자신은 없다. 아마 그렇지 않겠느냐는 추측은 가능하다. 그러나 나는 끝내 화면에서 주 씨는 발견하지 못했다. 아니, 주 씨가 그동안 부모 형제를 찾았는지도 몰랐고, 그분이 출현한 화면을 내가 놓쳤을 수도 있었다. 다만, 나는 그 마당 깊은 집과 관련해서 한 사람을 신문에서 찾아낸 적이 있었다. 내가 군에서 제대한 해니, 1966년 가을이었다. 경북인쇄소에서 대학신문을 만들다 한가한 짬에 일간지를 펼쳐 보게 되었다. 신문에 손톱만 하게 사진이 박혀 있었으나 그의 뺨에 있던 칼자국 흉터까지 찾아낼 수는 없었다. 그러나 길쭘한 얼굴의 그는 김천댁 집을 찾아오던 그 수상한 남자와 닮아 있었다.

　　　고정 간첩 체포. 휴전 직후부터 대구 지방을 무대로 암약하며 1954년부터 1963년까지 3회에 걸쳐 북괴를 내왕, 각종 군사 기밀을 탐지하여 북괴 대남공작부에 보고하는 한편, 거점 확보를 위한 고정책 포섭에 [⋯⋯]

내 추측이 사실과 다를 수도 있겠으나, 나는 그 기사를 읽고 그가 왼쪽 뺨에서 턱까지 긴 칼자국이 있던 사내라고 단정했다. 그가 김천댁과 정태 씨의 월북을 주선하여 그 루트를 안내했으리라 나는 그렇게 짐작했고, 일행이 그 삼엄한 휴전선 방책을 넘는 숨 막히는 순간을 떠올릴 때면, 그 길 안내자의 얼굴이 그자의 날카로운 모습으로 대치되곤 했다.

어머니를 뒤따라 안마당으로 들어가니 아래채 사람들이 위채 축담 아래 웅기중기 모여 있었다. 주인아저씨가 지대 위에 팔짱을 끼고 서 있었다.

"이거 뭐 아침부터 좀 언짢은 말이 되겠습니다만, 우리 집에 세 든 여러분은 내달 십일 안으로 모두 방을 비워줘야겠습니더. 여러분도 지난여름 장마를 당해봐서 알다시피 우리 집은 마당이 깊어 여름이면 꼭 물난리를 맞거던예. 그래서 이번 기회에 아래채를 몽땅 헐고 안마당을 바깥마당만큼 돋우어서 아래채는 허물고 이층으로 양옥을 신축할 예정입니더. 장마 들기 전에 지붕을 얹어야 하니 여러분 이사는 빠를수록 좋습니더. 바깥채도 허물어 운전사 방과 관리인 방을 신축할라 카이 같이 비워줘야겠심더. 알다시피 우리 집이 지난달에 전화를 가설하고 내가 찌푸차로 자가용을 한 대 들여놓았다 보니 기사 방이 필요하다 이 말입니더."

주인집 아저씨 말이 끝나자 준호 엄마가 어머니 옆에 다가서더니 나지막한 소리로 속달거렸다.

"보금당 정 기사 그 사람 순 사기꾼이우. 주인아줌마한테 가게 허문다는 말을 들었을 텐데 매달 6백 환씩 달라며 한 달 치 선불을 요구하잖우. 금세 들통날 거짓말을 그렇게 할 수가 있어요?"

어머니는 민망한지 그저 웃기만 했다. 우리 집은 3월분의 6백 환을 내가 직접 보금당으로 가서 정 기사를 불러내어 건네주었기 때문이었고, 어머니는 정 기사와 그런 계약 조건을 두 달 전에 이미 준호 엄마에게 귀띔해주었던 것이다.

마당 깊은 집에 세를 든 가구는 4월 10일로 약속된 기간을 채우자, 모두 떠났다. 평양댁네는 양키시장 끝머리 동인동으로, 준호네는 당시 능금밭이 많았던 복현동 피난민 판자촌

동네로, 그렇게 셋방을 얻어 쪼개어져 흩어졌다. 경기댁네만이, 결혼식 날짜를 잡아놓은 홍규 씨가 새살림 시작할 집을 색시 집 쪽에서 두 칸 전셋방으로 마련해주어 가장 홀가분하게 이사를 났다. 우리 집은 새로운 셋방으로 옮겨 앉았으나, 마당 깊은 집과의 거리는 불과 1백 미터 남짓 되었다.

4월 중순 어느 날이었다. 신문 배달 나선 길에 나는 가난한 사람들의 슬픔과 눈물과 분노가 벽마다 배어 있는 그 아래채 네 칸과 바깥채 가겟방과, 기우뚱 쓰러질 듯한 솟을대문이 허물어지는 순간을 목격할 수 있었다. 내 마음의 한 귀퉁이가 무너져 내리듯 아픔이 마음을 쳤다. 그날 나는 내내 우울했다.

삶이 우울하기는 내 경우도 마찬가지였으니, 4월 하순에서야 나는 겨우 중학교에 입학할 수 있어 늘 선망하던 교모와 교복을 처음으로 입어보게 되었기 때문이었다. 신문 배달을 하다 우연히 전봇대에 붙어 있는 신설 공립 중학교 학생 모집 광고를 보고 입학하게 된 학교였다. 방천에 걸린 수성교에서 따온 이름으로, 수성중학교는 교사조차 없었으므로 삼덕동에 있던 경북대학교 사범대 부속고등학교 가교사 교실 두 칸을 빌려 쓰게 되었다. 선생은 교장까지 다섯 명이었고, 입학 시기를 놓치고 빈둥거리는 아이들을 긁어모아 보니 마흔 명을 간신히 넘겼는데, 학생 중에는 전쟁 통에 공부할 기회를 놓친 여드름 자국 숭숭하고 수염 거뭇한 덩치까지 몇 끼여 있었다. 그들은 쉬는 시간이면 변소 뒤로 가서 담배를 피웠고 중학교 1학년 주제에 부속고등학교 학생들을 공갈로 위협하여 주머니를 터는 말썽까지 부렸다. 나머지 학생들도 대체로 공부에 흥미가 없는 농땡이들로 수업 시간이면 다른 호작질을 하거나, "선생님, 이바구 한차례 해주이소"하고 엉뚱한 소리를 뱉기 일쑤였다. 신설 학교라 전통이 없어서인지, 좋은 학교에서 밀려나 그 따라지 학교로 전근 오게 되었음인지 선생들조차 열심히 가르치지를 않았다. 그런 학교 분위기에 나는 실망하여 날마다 아침 등굣길이 우울했으나 일차 시험에 낙방한 벌로 공납금이 아주 싼 그런 학교라도 다니지 않을 수 없었다.

그렇게 학교와 대구일보사로 맥 빠진 채 나다니던 4월 하순 어느 날, 나는 마당 깊은 집의 그 깊은 안마당을 화물 트럭에 싣고 온 새 흙으로 채우는 공사 현장을 목격했다. 내 대구생활 첫 1년이 저렇게 묻히고 마는구나 하고 나는 슬픔 가득찬 마음으로 그 광경을 지켜보았다. 굶주림과 설움이 그렇게 묻혀 내 눈에 자취를 남기지 않게 된 게 달가웠으나, 곧 2층 양옥집이 초라한 내 생활의 발자취를 딛듯 그 땅에 우뚝 서게 될 것이다.

변전하며 증식하는 가족소설의 중심에 놓인
실재로서의 어머니
―김원일 소설 세계 속 『마당 깊은 집』의 위상

손정수
(문학평론가)

1. 『마당 깊은 집』의 역사

"고향 장터거리의 주막에서 불목하니 노릇을 하며 어렵사리 초등학교를 졸업하자, 선례 누나가 나를 데리러 왔다"는 문장으로 『마당 깊은 집』의 이야기는 시작된다. 때는 한국전쟁이 멈춘 이듬해의 늦봄인 1954년 4월의 하순. 전쟁의 와중에 아버지는 실종되고 어머니를 비롯한 남은 가족들과도 헤어져 고향에서 먼 친척에 얹혀살며 초등학교를 막 졸업한 소년(길남)은 누나를 따라 대구에 살고 있던 가족들과 다시 만나러 간다. 어머니와 누나, 그리고 길중, 길수 두 남동생 등 가족들은 대구 중심부 어느 한옥 아래채의 방 한 칸에서 지내고 있었다. 전후의 상황에도 불구하고 제법 부유한 주인집과 그 아래채에 세를 든 길남네를 비롯한 다섯 피난민 가족이 살고 있는 그곳이 바로 '마당 깊은 집'이다. 소년이 약 1년 동안 이곳에 머물면서 여러 가지 사건을 겪고 성장의 시간을 보내게 되는 과정이 『마당 깊은 집』의 내용을 이루고 있다.

이 이야기는 1988년 『문학과사회』 여름호와 가을호에 나누어 연재되면서 처음 세상에 모습을 보였고, 그해 11월 앞서 발표된 「깨끗한 몸」(1987), 「불망(不忘)」(1984)과 함께 묶여 문학과지성사에서 『마당 깊은 집』이라는 단행본으로 출간되었다. 이 책의 표지에는 '김원일 장편소설'이라 되어 있으니, 아마도 당시에는 세 소설을 묶어 하나의 이야기로 생각했던 것 같다(그런데 그렇게 보면 세 소설 사이의 관계는 다소 애매하다. 「깨끗한 몸」은 '마당 깊은 집' 이야기에 직접적으로 연결되어 있는 반면 「불망」은 그 연결 관계가 매우 느슨하기 때문이다. 그런데 뒤에서 살펴볼 테지만, 이 글의 맥락에서는 이 비대칭성이 어머니를 모티프로 한 김원일 소설 세계의 범위와 특징을 말해주고 있다고 생각할 수 있다). 이 책에 실린 해설(김주연, 「모자 관계의 소외/동화의 구조」)은 한국전쟁을 배경으로 하되 이념보다 일상에 초점을 맞춘 이 소설을 '여성적 6·25문학'으로 규정하고, "서로 갈등을 일으키면서도 도와가는 피난민들의 훈기가 있고, 그 폐쇄된 공기에서 탈출하고자 하는 몸부림이 있고, 작은 에로티시즘을 바라보는 애정 어린 시선도 있다"(p. 314)라고 설명하면서 객관성과 서정성을 균형 있게 갖춘 이 이야기의 특징을 부각시킨 바 있다. 이처럼 『마당 깊은 집』의 가장 기본적인 독법은 작가의 체험에 기초하여 한국전쟁 직후의 시대적 상황을 사실적으로 재현한 이야기로, 그러니까 전쟁 직후의 피난지에서 한 소년과 가족이 겪은 고통스러운 생활상과 그 극복의 과정을 담고 있는 성장의 드라마로 읽는 것일 터이다.

한편 1998년, 이 소설이 세상에 처음 나온 지 10년 만에 『마당 깊은 집』의 개정판이 '문학과지성 소설 명작선'이라는 시리즈의 한 권으로 출간된다. 그 사이에 이 이야기는 TV 드라마(MBC 월화 드라마 「마당 깊은 집」, 박진숙 극본, 장수봉 연출, 1990. 1. 8.~30., 8부작)로 만들어져 인기리에 방영되기도 했다. 이때에는 수정 과정에서 분량이 늘어나고 초판에 함께 실렸던 「깨끗한 몸」과 「불망」이 빠지면서 이 작품의 독립적 성격이 더 확고해진다. 개정판에 추가된 새로운 해설(우찬제, 「타자화된 자아의 글쓰기—김원일의 『마당 깊은 집』 다시 읽기」)에서는 "전쟁과 더불어 가족의 삼각형을 빠져나간 아버지로 인해 어머니와 아들이 겪어야 했던 심리적 불균형 현상 내지 일그러진 가족의 심리학"(p. 288)에 중심을 두고 논의가 이루어졌다. 이런 심리학적 독법에 의거하면, 어머니의 억압에 대한 거부와 수용, 반역과 동화라는 아들의 양가적인 심리적 반응은 현실을 받아들이는 한편 자신의 정체성을 마련해나가는 계기로 이해될 수 있다. 그리고 소설 결말의 화해는 어머니와의 관계에서 겪은 심리적 외상을 처리하기 위한 글쓰기 전략의 일환으로 설명되고 있다.

이와 같은 사회학적·심리학적 독법은 그 시대의 연장선상에서 살아가고 있는 지금도 여전히 유효한 측면을 갖는다. 하지만 그럼에도 시간이 흘러 지금의 현실은 그 당시와 비교하여 크게 변화했다. 우리는 소설 속의 그 시대만큼 가난하지 않고 오늘날의 가족 관계를 기준으로 바라보면 소설 속의 모자 관계의 모습이나 여성을 바라보는 시선에서는 다소 납득하기 어려운 장면도 발견된다. 이 같은 상황은 『마당 깊은 집』

을 현실 속의 우리의 모습보다는 지나간 시대의 실상을 전해 주는 문화적·교육적 텍스트로 읽는 독법의 현실적 조건이 된다. 이런 맥락에서 『마당 깊은 집』은 2002년 9월 한 TV 예능 프로그램의 독서 권장 코너(MBC 「느낌표──책을 읽읍시다」)의 대상 도서로 선정되어 새로운 세대의 독자들과 만나는 일도 있었고, 2010년 10월에는 소설의 무대가 된 공간(대구 중구)에서 '마당 깊은 집' 축제가 열리기도 했다. 2010년대 중반에 발표된 한 논문(양진오, 「『마당 깊은 집』은 대구를, 대구는 『마당 깊은 집』을 어떻게 기억하며 기억해야 하는가?」, 『한민족어문학』 66집, 2014)에서는 『마당 깊은 집』을 "1954년의 대구를 기억하는 로컬 텍스트"이자 "궁극적으로 기억해야 할 본원적 가치를 탐색하는 인문적 텍스트"(p. 535)로 읽을 것을 제안하고 있다.

이제 어느덧 『마당 깊은 집』이 처음 독자들을 만난 지 30년의 세월이 지났고, 그동안 작가의 소설 세계 또한 유구하게 흘러 그 하구에 이르러 있다. 새로운 개정판의 해설로 씌어지는 이 글은 『마당 깊은 집』을 둘러싸고 있는 김원일의 소설 세계 전체를 바라보면서 이 소설이 그 세계에서 차지하고 있는 위상을 확인하는 한편 그 각별한 의미를 되새겨보는 또 하나의 독법을 위한 시도이기도 하다.

2. 실재의 프리즘으로부터 분광된 어머니의 이미지들

지금까지 김원일의 소설 세계를 설명하는 중심적인 키워드는 '분단'이라고 할 수 있었으며 그 문제의 추구는 이념의 담지자인 아버지를 중심에 두고 이루어져왔다. 등단 이후 실존주의풍의 소설들을 발표했지만 평단으로부터 별다른 관심을 받지 못했던 그가 새삼 주목을 받기 시작한 것 역시 한국전쟁을 배경으로 사상범 아버지의 죽음을 경험하는 소년의 이야기인 「어둠의 혼」(1973)을 통해서였다(이 사정은 "이 단편을 발표하고 갑자기 주목을 받게 되어, 그해 일곱 편의 소설을 썼다. 청탁이 밀려들어오고, 즐거운 마음으로 열심히 썼다"고 기록하고 있는 작가의 회고에서도 확인된다. 「허위단심—내가 살아온 길」, 『사랑하는 자는 괴로움을 안다』, 문이당, 1991, pp. 213~14). 「어둠의 혼」에서 비롯되어 『노을』(1978), 「환멸을 찾아서」(1983), 『불의 제전』(1980~1997) 등의 대표작을 통해 지속적으로 탐사된 아버지 찾기의 과정은 개인사에 연원을 둔 것이면서, 동시에 한국 사회 전체의 이념적 과제에 대응되는 것이기도 했다는 점에서 보편적 의미를 아울러 갖는 문제적인 것이었다.

어머니 역시 그런 관점에서 그 일부로 다루어져왔다(앞서 『마당 깊은 집』을 '여성적 6·25문학'으로 규정하는 시각에서도 그와 같은 태도가 드러나 있다). 하지만 작가의 소설 세계 전체에서 바라보면 어머니를 중심에 둔 일군의 소설들 역시 하나의 큰 계열을 이루고 있는데, 그 한가운데에 『마당 깊은 집』이 자리 잡고 있다. 작가는 어느 대담에서 『마당 깊은 집』의 어머니의 형상화에 대해 다음과 같이 이야기한 바 있다.

『마당 깊은 집』은 휴전 이후 가난했던 삶을 그린 것입니다. 고통스럽고 어려웠던 시간에 대한 그림이죠. 3분의 2쯤은 실제 사실 그대로를 그렸습니다. 있는 그대로의 역사죠. 특히 어머니의 문제는 사실 그대로입니다. 어머니는 80년도에 고혈압으로 돌아가셨습니다. 어머니 생전에는 어머니에 대한 이야기 자체가 힘들었습니다. 어머니에 대한 원망이나 애증, 즉 현실적인 압박이 매우 컸던 것입니다. 오히려 두렵기까지 했지요. 그런데 어머니가 돌아가시고 나자 이제 어머니에 대한 이야기가 하고 싶어졌습니다. 일종의 거리감 같은 것이 생긴 거지요. (김원일·한원균 대담, 「기억의 저편, 아름다운 상처에 대한 기록」, 『김원일의 '마당 깊은 집'을 찾아가는 발걸음』, 청동거울, 2002, p. 195)

위의 인용에서 작가는 『마당 깊은 집』이 어머니 이야기를 '있는 그대로' 그린 것이라 밝히고 있다. 어머니의 생전에는 '어머니에 대한 원망이나 애증'의 '현실적인 압박'과 '두려움'으로 좀처럼 이야기를 하기가 어려웠다고도 적고 있다. 그런데 이 대목에서 작가는 어머니에 대한 이야기를 『마당 깊은 집』에서 처음 하기 시작하는 것처럼 말하고 있지만, 사실 그 이전에도 김원일의 소설 속에는 여러 차례 어머니가 모습을 드러낸 바 있다.

가령 어머니가 돌아가시기 전에 발표된 「바느질」(1979)에는 전쟁 중에 남편을 여의고 아들마저 폐렴으로 일찍 잃은 채 바느질을 생계로 딸 순지와 함께 살아온 석교댁이 나온다. 이 이야기가 가족소설의 변형태라는 사실은 석교댁의 월북한 오빠, 그리고 해직 기자 출신의 사위를 통해 간접적으로, 그렇지만 결정적으로 나타나고 있다. 그럼에도 모녀 관계로 대체된 소설 속의 인물 구도는 표현의 욕망과 방어의 기제가 함께 작동한 결과라고 볼 수 있다. 이 글의 맥락에서는 특히 그 가운데에 자리 잡은 어머니의 '바느질' 모티프에 주목하지 않을 수 없다. 그것은 어머니와 직접적으로 연결된 환유적 기표로서 『마당 깊은 집』의 선명한 밑그림을 앞서 제시하고 있기 때문이다.

한편 그 무렵의 작품인 「목숨」(1979)에서 소년 길수는 죽어가는 동생 종수를 품은 어머니(여주댁)와 함께 비 오는 사당동의 산등성이를 오르고 있다. 이 소설에서 아버지는 강도 살인 미수로 7년을 감옥에서 살고 출소했으나 훔친 휴대용 녹음기를 장물로 팔려다 붙잡혀 다시 복역 중이다. 길수는 초등학교를 4학년까지 다니다가 그만두고 산동반점에서 먹고 자면서 일을 하고 있다. 살던 집이 철거되는 바람에 아픈 종수를 안고 서울역 대합실에서 노숙을 하고 있던 어머니(『마당 깊은 집』에서와는 반대로 여기에서는 어머니가 기차역 대합실에서 노숙을 한다)는 '영락없는 거지꼴'을 하고 길수와 함께 싸늘해지고 있는 종수를 묻으러 가고 있다. 작가의 이력을 참조하면 막내아우 원도는 1975년 25세로 작고하는데, 이 비극적인 체험은 실제 그대로 이야기에 담기지 않고 시간을 거스르고 공간을 달리하여 소설 속의 장면으로 변용되어 있다. 그리고 이 장면이 다시 『마당 깊은 집』에서 길남의 동생인 길수가 마당 깊은 집을 나온 지 3년이 지난 어느 추운 겨울날 뇌막염으로 숨을 거두는 장면의 원천으로 기능하고 있다. 가족 구조 내에서 서로 어긋나는 위치에 놓여 있지만 그럼에도 두 소설에서 반복하여 등장하는 '길수'라는 고유명은 '압축'을 매개로 한 상호텍스트적 연관을 보여주는 근거일 것이다. 「목숨」에는 작가의 체험이 실제보다 더 자학적인 방식으로 뒤틀려 있으며, 『마당 깊은 집』은 상대적으로 실제의 상황을 사실적으로 그려내는 방식에 가깝지만 그럼에도 이 소설에서 어린 길수의 죽음 장면은 작가의 연대기적 사실보다 「목숨」에서 생성된 판타지에 더 직접적으로 연결되어 있는 듯 보인다.

「불망」에서의 소년 종열의 어머니 또한 「목숨」과 같은 계열에 놓인다. 아들은 비록 서자로 태어났으나 그 아버지의 죽음 이후 전쟁이라는 상황과 맞물려 종택의 종손으로 거두어졌지만, 행랑어멈과 같은 처지에 놓인 어머니는 가까이에 있는 아들을 지켜보고 있을 수밖에 없는 안타까운 상황 속에 놓여 있기 때문이다. 이 소설에서는 앞의 작품들과는 다르게 가족 구도 내에서 주인공 소년의 위치가 어머니와 격리된 채 아버지(가문) 쪽에 더 가깝게 설정되어 있다. 그 관계로 인해 어머니에 대한 아들의 감정 또한 다른 색채를 띠게 된다. 원망이나 두려움보다 연민과 그리움의 대상이 되고 있는 것이다.

한편 실제의 상흔보다 더 극단적으로 형상화된 어머니와 달리 그 반대의 이미지로 그려진 어머니도 있다. 「가을볕」(1985)에서 병상에 나란히 앉아 있는 어머니와 신림동 할머니는 「미망(未忘)」(1982)에서의 어머니와 할머니 관계의 변형으로 볼 수 있는데, 그렇지만 「미망」에서 심각한 갈등을 펼치고 있는 고부 관계와는 대조적으로 이 소설에서 두 사람은 정답게 대화를 나누고 있다. 이 소설의 어머니는 다른 소설들에서와는 달리 말이 많고 다정하며 "온실의 화초같이 나를 그렇게 감싸고만 키워"(「가을볕」, 『미망 | 오마니별 외(김원일 소설전집 27)』, 강, 2013, p. 293) 자식을 착하지만 유약한 모습으로 살아

가도록 만든 인물로 등장한다. 그렇지만 그런 어머니의 존재로 인해 큰아들인 '나'를 비롯하여 저마다의 문제를 가지고 있기는 하나 어머니의 병원 마당에 모인 가족들은 자유롭고 화목하되 질서 있는 관계를 이루고 있다. 이 가족들이 가을볕처럼 평화로운 분위기 속에 모인 가운데 어머니의 임종을 맞으면서 소설은 끝을 맺고 있는데『마당 깊은 집』을 비롯한 김원일의 다른 소설들과 비교되는 이 장면 또한 '향년 예순여섯'으로 삶을 마감한 어머니(작가의 이력에 의하면 김원일의 어머니 역시 이 소설에서와 같이 66세에 별세했다)에 근거한 '미망'의 산물일 것이다.

「세월의 너울」의 어머니 역시 긍정적인 집합의 일원이다. 다정하기보다는 엄격한 편이지만 대가족의 중심에서 전통적 가치를 체현하고 있는 법도의 화신과도 같은 존재로 등장하고 있기 때문이다.

이처럼 사실은『마당 깊은 집』이전에도 김원일의 소설에서 어머니는 자주 등장하고 있지만 작가는 이 이후의 시점에서 '이제 어머니의 이야기를 하고 싶어졌다'고 말하고 있다. 이들 소설의 어머니 또한 실제 모습으로부터 파생되었겠으나 그럼에도 실제의 모습에 비해 더 극단적으로 뒤틀려 있거나 아니면 정반대의 이미지로 변형되어 있는 탓에 그렇게 이야기했을지도 모른다. 그렇지만 그 형상들 역시 작가의 말을 빌리면 "어머니에 대한 원망이나 애증, 즉 현실적인 압박"과 마주하면서도 그것을 표현 가능한 형태로 수용한 결과일 것이다.

그런가 하면『마당 깊은 집』직전에 발표된「깨끗한 몸」에 등장하는 어머니가 있다.「깨끗한 몸」은 내용에서도『마당 깊은 집』에 직접적으로 이어져 있는데, 그것은 두 소설에 등장하는 소년이 '길남'이라는 이름을 공유하고 있는 점에서도 분명하게 드러난다. 그러니까 「깨끗한 몸」은 길남이 대구에 있는 가족과 합류하기 이전 고향 진영에서 지내던 열한 살 때의 이야기로, 『마당 깊은 집』의 2년 전의 가족 상황을 배경으로 삼고 있는 것이다. 「깨끗한 몸」의 어머니는 외모나 성격 모두의 측면에서 『마당 깊은 집』의 어머니를 떠올리게 만드는데, 그럼에도 이 소설에서는 청결벽을 지닌 어머니의 강박과 그로 인해 소년이 겪는 긴장과 억압이 보다 강조되어 있다. 그런 의미에서 「깨끗한 몸」은 "그때, 심한 차멀미 탓도 있었겠지만, 풀 죽은 내 신세가 팔려 가는 망아지 꼴이었다. 왠지 어머니와 함께 살아갈 앞으로의 생활이 암담하게만 느껴졌다"(p. 7)는, 『마당 깊은 집』의 서두에 나타난 주인공의 의식을 이해할 수 있는 근거가 되는 소설이기도 하다.

『마당 깊은 집』은 이와 같은 어머니들을 거쳐서 도달한, 상대적으로 사실적인 형상화가 비로소 마련된 지점이다. 김원일의 경우에 소설을 통해 어머니의 모습을 사실적으로 담아내는 일은 이처럼 먼 우회로를 거치면서 굴곡을 겪으며 이루어진 것이다. 그런데 작가가 쓴 다른 산문에 의거하면 『마당 깊은 집』의 이야기는 애초에 어머니를 중심에 두고 만들어진 이야기가 아니었다.

이 작품을 처음 구상했을 때, 나는 전쟁으로 상처받은 피란민들의 힘든 삶을 쓰려는 의도가 없었다. 더욱 1천2백여 장의 장편소설로 만들 마음은 애초에 없었다. 열 살 남짓

한 나이에 도회로 나온 시골 소년이 처음 보았던 여러 것 중에, 장작 패는 사람이 강렬한 인상으로 남았기에, 그 사람에 대한 짤막한 단편을 써보기로 작정했던 것이다.

북한 출신. 인민군 입대. 포로가 되어 거제도 수용소에 갇힘. 가족이 월남했다는 소식을 풍문으로 듣고, 반공 포로로 석방. 단신으로 남한에 정착. 장작 패는 일로 여러 지방을 떠돌며 피란온 가족을 수소문. 지극히 선량하고 우직한 젊은이.

나는 이런 젊은이를 주인공으로 실향민의 애환, 인간과 나무의 친화력, 노동의 건강성 따위를 그려보려 했다. (「장작 패는 사람」, 『사랑하는 자는 괴로움을 안다』, p. 36)

구상의 과정에서 이야기의 출발점은 오히려 피난 시절 관찰했던 장작 패는 사내(소설 속에서 주 씨로 등장한다)에 놓여 있었다. 그런데 그 구상이 텍스트로 구체화되는 과정에서는 오히려 후면에 잠재되어 있던 어머니의 이야기가 전경화되는 일이 발생한 것이다. 어떤 의미에서는 이 창작의 과정이 이전 소설들과 달리 어머니와 관련된 기억을 긴장이나 위장 없이 이야기 속으로 소환할 수 있었던 이유라고도 볼 수 있지 않을까. 그렇다면 오히려 어머니의 이야기를 실제와 가까운 형태로 그려내면서 어머니에 대한 거리감이 사후적으로 실감된 것은 아니었을까. 이렇게 생각하면 이 소설에서 어머니의 형상화는 단순한 기억의 재현이 아니라 의식과 무의식이 함께 작용하여 만들어낸 창작 과정의 효과라고 할 수 있을지도 모르겠다. 어쨌든 결과적으로 어머니와의 감정적인 거리가 확보

된 상황에서 가능해진 사실적 형상화의 산물이 곧 『마당 깊은 집』의 어머니라고 할 수 있다.

김원일의 소설 세계에서 아버지가 분단이라는 현실적 상황으로부터 강요되는 금기로 인해 상징화되기 어려운 존재였다고 한다면, 어머니 또한 유년과 청년기에 걸친 성장 과정에서 겪은 심리적 외상이라는 이유로 인해 쉽게 재현될 수 없는 '실재'와 같은 대상이었다고 할 수 있다. 그러하되 부재의 상태에서 일종의 관념으로 존재하는 아버지와 달리 어머니는 실체로서 존재하는 대상이니 그 재현을 둘러싼 상황은 보다 현실적이고 직접적인 문제를 안고 있는 것이다.

사회적 혹은 심리적 금기로 인해 가로막혀 있지만 그럼에도 불구하고 그에 비례하여 그 대상을 표현하고자 하는 욕망은 더욱 내밀해진다. 김원일의 소설에서 여러 모습으로 변주되어 나타나는 아버지와 어머니, 그리고 자신의 모습은 그와 같은 금기와 표현의 욕망이 맞부딪쳐 그때그때의 상황에서 생성된 타협의 흔적일 것이다. 텍스트로 드러난 것만 해도 이처럼 그 변주의 폭이 넓은데, 실제 작가의 삶 속에서는 생시와 꿈, 의식과 무의식에 걸쳐 얼마나 많은 아버지와 어머니, 그리고 자신을 꼭짓점으로 하는 삼각형이 그려졌던 것일까. 글쓰기를 통해 이루어낸 표현의 역량과 정신적 성장이 금기의 경계선을 조금씩 밀어내면서 대상은 서서히 그 본래의 모습에 가까워졌던 것일 터이다. 그런 맥락에서 기억을 사실적으로 재현한 듯 보이는 『마당 깊은 집』의 어머니의 모습은 실상 이 오랜 고투 끝에 힘겹게 실현된 자기 외상의 응시라고 하지 않을 수 없다.

3. 가족소설의 방법론적 진화 과정

이처럼 『마당 깊은 집』에서 어머니에 대한 사실적인 형상화가 이루어지기까지 작가는 그 과정에서 대상을 초과하거나 비껴가는 상상의 이미지들을 만들어내지 않으면 안 되었는데, 이와 같이 현실 속의 가족 관계를 부인하고 상상 속에서 새로운 가족을 만들어내는 아이의 환상을 지칭하는 것으로 프로이트의 '가족소설'이라는 개념이 있으며, 김원일 소설에 등장하는 다양한 어머니의 이미지들은 그에 부합하는 전형적인 사례라고 볼 수 있다. 『마당 깊은 집』이 발표된 직후 한 문학평론가에 의해 그 맥락에서 깊이 있게 분석된 바도 있고(김현, 「이야기의 뿌리, 뿌리의 이야기」, 『문학과사회』 1989년 봄호), 『마당 깊은 집』을 전후로 한 가족 관계의 변주 양상에 대해서도 재차 분석이 이루어진 바 있다(이동하, 「가족사의 다양한 소설적 변형」, 『마음의 감옥(김원일 중단편전집 5)』, 문이당, 1997).

그렇다면 『마당 깊은 집』에 이르러 작가는 가족소설로부터 벗어난 것인가. 어머니의 형상화만 두고 보자면 부분적으로는 그렇다고 말할 수도 있을지 모르겠다. 그럼에도 이 소설에서 가족소설의 양상은 다소 다른 방식으로 여전히 작동하고 있다고 할 수 있다. 앞서 인용한 대담의 다른 부분을 한 차례 더 들여다보면서 이 문제를 살펴보고자 한다.

한원균 : 저는 이 소설을 다시 정독하면서 잔잔한 감동을 받았습니다. 특히 길남이가 신문사 뒷마당에서, 자신을 찾아온 선례 누나와 이야기하는 대목이라든가, 대구역 대합

실에서 잠들던 모습, 혹은 쓰레기통을 뒤져 꽁꽁 언 국수 가
락을 집어내는 장면 등이 인상적인데요. 뿐만 아니라, 당시
의 시대적 상황, 가령, 신문 기사 등이 소개되기도 합니다.
소설적 리얼리티의 확보라는 점에서 이 작품은 성공을 거두
고 있습니다. 이 작품의 경우 기억(체험)과 자료의 힘이 모
두 작용하고 있는 것 같습니다. 기억을 재구성하는 데 자료
는 어떻게 필요했으며, 어떤 방향으로 작용했는지요?

김원일: 오히려 내가 상상으로 만들어낸 부분에서 감동
을 받으셨군요. (웃음) 이 작품의 60%~70%는 사실입니다.
마당 깊은 집에 살던 식구들 가운데 주인집 이야기는 정말
입니다. 주인은 같고, 아래채에 사는 사람들이 조금 다른데
요. 아래채에 세 가구가 살고 있었습니다. 한 가구는 주인집
아들로 생각되는 사람이 살았습니다. 아마 그는 장애인이었
던 것으로 기억합니다. 곱사등이였습니다. 그리고 옆에 개
성댁이 살았고, 그 옆이 우리 집이었습니다. 사실 소설과 달
리 그해 5월에 중학교에 입학을 했지요. 그런데 제 성격이
당시에는 매우 우울했고 자폐적이기까지 했습니다. 시대적
인 환경 탓도 있었겠지만 어머니의 영향이 컸다고 봅니다.
나는 집에서 벗어날 수 없는 삶을 살았던 겁니다. 감히 어머
니를 거역하거나 그곳으로부터 탈출할 수 없었지요. 그 경
험의 힘이랄까, 기억으로부터 벗어나던 시점에서 이 소설
이 이루어진 것이지요. (「기억의 저편, 아름다운 상처에 대한 기
록」, pp. 196~98)

질문의 앞부분에 대한 반응으로 인해 정작 기억의 재구성과 리얼리티의 확보에 자료가 어떻게 작용했는지의 질문 자체에 대한 작가의 대답은 없다. 자신의 창작 과정에 대해 알고 있는 작가에게 경험이 아닌 허구에 의해 만들어진 부분으로부터 감동을 받았다는 질문자의 발언이 의외였기 때문일 것이다. 그러면서 김원일은『마당 깊은 집』에서 사실과 허구 부분을 구분하여 설명하고 있는데, 그 과정에서 소설 속의 길남의 가출이 경험이 아닌, 그 힘으로부터 벗어나면서 발생한 허구라는 사실이 드러나 있다.

이 장면은 가족 상황의 불완전함으로부터 발생하는 불만이나 원망을 처리하는 다른 방식을 생각하게 만든다. 여기에서는 이전처럼 어머니의 존재를 변형시키는 것이 아니라 반대로 자신을 움직여서 실제 상태에 대한 교정을 시도하고 있는 것이다. 그것은 어떤 의미에서 가족 구조 속에 묶인 현실 속의 주체를 허구의 상상 속에서 해방시키는 것이다. 그래서 실제로 현실 속에서는 가능하지 못했던 일들이 상상 속에서 일어나고 실현된다. 길남의 가출 역시 허구라는 이름의 세계가 주체에게 허용하는 정신적인 자유로 인해 발생한 가능 세계의 사건이라고 할 수 있다.

허구라고 해도 그것이 지시하는 세계가 비현실적인 가상이 아닌 경험적 현실이라면 실제의 기록과 쉽게 구분되지 않는다. 오히려 현실의 복잡한 절차 없이 의식의 논리만으로 구성되는 세계이기에 더 정연하고 자연스러울 수 있다. 그렇게 허구적 세계 속에서 자신의 분신과도 같은 존재가 하는 행위는 실제로 주체가 욕망하는 것이 무엇인지 드러내는 계기가 된다. 말하자면 주체가 객관화되고 있는 것인데, 그리하여『마당 깊은 집』에서 가족소설은 이야기의 차원이 아니라 소설 속 인물의 의식의 차원에서 이루어지고 있다.

> "아이다. 니는 우리 어무이가 을매나 매정하고 무서분지 잘 모른다. 나는 집으로 안 들어갈 끼데이. 어무이는 내 같은 자슥은 기다리지도 않아. 너한테 인제사 하는 말이지만 난 사실 우리 어무이가 낳은 자식이 아니거덩. 아부지가 어데서 나를 낳아 집으로 델꼬 왔어. 그래서 난 날 낳은 어무이가 누군지 얼굴도 몰라. 운젠가 찾게 될란지 모르지만."
> (p. 214)

이전 소설들이 위에서와 같은 의식으로부터 생성된 가상의 어머니, 혹은 아버지를 상상하는 일이었다면,『마당 깊은 집』은 그런 상상을 하고 있는 자기 자신을 소설 속에 등장시키고 있다. 말하자면 이전에는 가족소설이라는 환상이 그 자체로 소설의 내용을 이루고 있었다면, 여기에서는 가족소설을 상상하는 소년 길남의 상황을 보여줌으로써 그것이 환상이라는 사실을 분명히 드러내고 있는 것이다. 말하자면 작가 자신의 글쓰기 상황이 소설 속 길남의 허구적 상황을 통해 객관화되고 있는 것이다.

이것은 곧 작가와 인물 사이의 객관적 거리가 확보되었다는 사실을 말해주는 것이며, 이로 인해 소설은 가족 바깥의 세계에도 시선을 돌릴 수 있게 된다. 덕분에『마당 깊은 집』에는 가족 구조 밖의 현실이 폭넓게 담길 수 있었던 것이다. 또

한 이 상태는 소설을 쓰고 있는 주체와 소설 사이의 거리를 의미하는 것이기도 하다. 그리하여 소설의 내용은 적절하게 제어되어 소설을 쓰고 있는 주체의 목적에 부합하는 방식의 결말이 가능해진다. 결과적으로 소설을 쓰는 입장에서도 과장이나 뒤틀림 없이 비교적 원만하게 어머니의 존재를 그려내어 외부화할 수 있고, 독자의 입장에서도 불편함 없이 받아들일 수 있는 방식의 소설이 가능해진 것이다. 어떤 의미에서 보면 「깨끗한 몸」의 어머니가 실재에 더 가까운 것이라고 볼 수 있고, 『마당 깊은 집』은 일종의 타협의 산물로 볼 수 있는 셈이다. 이 소설이 간난을 겪었던 시절에 대한 기억임에도 서정성을 간직하고 있는 이유도 여기에서 찾을 수 있다고 생각된다. "마당 깊은 집"이라는 낭만적 제목이 그것을 상징적으로 보여주고 있다.

이처럼 『마당 깊은 집』에서 허구의 영역은 가족소설을 주관적 환상의 차원에 머물지 않고 현실적 문제와 결합하여 한 편의 소설로 객관화되도록 만들어주고 있다. 이 자체로도 각별한 의미를 갖는 것이지만, 더 중요한 의의는 이 국면을 거치면서 김원일 소설에서 가족소설이 현실적 모티프를 담을 수 있는 일종의 그릇 같은 것으로 기능하는 계기가 마련되었다는 점에서 찾을 수 있다. 「마음의 감옥」(1990)은 그와 같은 새로운 가족소설의 활용법을 보여주는 적절한 사례라고 할 수 있는 작품이다.

택시에서 내리자, 미명 속의 의과대학과 부속병원 사이의 좁장한 한길은 한적했다. 불현듯 중학 시절이 생각났다.

중앙지 조간신문을 배달할 때, 내 구역이 삼덕동과 동인동 일대였다. 길은 물론 주위의 풍경까지 그때와 변한 데가 없었으나, 그 시절은 사차선 팔차선 도로가 없던 때여선지 널찍한 큰길이었다. 나는 사람 자취가 없는 휑한 이 길로 신문 덩이를 끼고 새벽별 보며 종종걸음 쳤다. 의과대학에서 신문 여섯 부, 부속병원에서 일곱 부를 구독했는데, 양쪽 수위실에 신문 열세 장을 문틈에 밀어넣고 나면 마치 배달을 절반쯤 마친 듯 끼고 있는 신문 덩이가 가뿐했다. 그 시절이 1955년이던가. 아우가 사변둥이이니 다섯 살이었으리라. 어머니가 양키시장에서 미제 물건을 팔아 삼남매를 키웠고, 다른 피난민들도 그렇게 힘들게 살았듯 우리 역시 전후 애옥살이한 시절이었다. (「마음의 감옥」, 『마음의 감옥 | 히로시마의 불꽃 외(김원일 소설전집 23)』, 강, 2012, pp. 74~75)

해직 기자 출신으로 서울에서 작은 출판사를 운영하는 화자는 아우가 입원해 있는 대구의 대학병원으로 가고 있는 중이다. 주변의 풍경들이 화자로 하여금 중학 시절을 떠올리게 만드는데, 흥미로운 것은 그 시절의 기억이 『마당 깊은 집』의 내용과 미묘하게 어긋나면서도 그 골격에서는 거의 일치하여 낯익다는 사실이다. 일단 월남한 목사였던 아버지가 전쟁 중 폭격으로 사망하여 부재한다는 점에서 다르지 않으며 그로 인해 어머니가 삼 남매를 키워내는 애옥살이를 했다는 점 역시 대체로 유사하여 작가 자신의 가족소설의 변형태로 보아도 큰 무리가 없다. 다만 『마당 깊은 집』에서는 어릴 때 사망했던 아우가 여기에서는 실제 사망한 나이를 지나 서른아홉이 되기까지 살아 있다는 점이 크게 달라진 부분이다. 화자의 여덟 살 아래(실제 작가와 스물다섯에 사망한 막내아우의 나이 차이기도 하다)의 동생 현구는 해방 신학의 영향을 받아 사회운동에 뛰어들어 수배와 구속으로 점철된 삶을 살았고 나중에는 빈민운동에 투신하여 철거 과정에서 일어난 사건으로 복역하다가 병으로 인해 죽음을 앞두고 있다.

여기에서 중요한 것은 이 소설의 긴장과 에너지가 전적으로 가족소설 그 자체를 만들어내는 데 바쳐지지 않는다는 점이다. 오히려 가장 크게 변형된 가족 구조의 축인 아우를 통해 당대의 현실에 대응되는 사회적 문제가 담겨 있고 그 문제를 소설적으로 형상화하는 데서 이 소설의 주제가 성립되고 있는 것이다. 아우를 성스러운 인물로 그려냄으로써 애도의 감정을 소설 속에서 처리하는 한편 아버지의 이념 문제 또한 간접적으로 담아내면서 가족소설로서도 그 기능을 충실히 수행하고 있다고 생각되지만, 거기에 그치지 않고 그 가족소설이 사회적 문제와 관련된 새로운 주제를 담을 수 있는 그릇 역할을 하고 있다는 점에서 그 새로운 활용 방법을 확인할 수 있다.

「믿음의 충돌」(1994) 또한 이 맥락에서 흥미로운 시도를 보여주고 있는 소설이다. 이 소설의 화자는 어머니를 소재로 소설을 쓰고 있는 작가이다.

내가 몇 해 동안 천착해왔듯, 이번 소설 역시 한국 기독교 문제가 주제이므로, 나는 줄곧 어머니 생전 모습을 떠올리지 않을 수 없었다. 당신은 이미 현세를 떠났으나 내 생애에 숙명과 같이 따라다닐 대상이요, 내 문학의 뿌리도 따

지고 보면 당신에서부터 출발했다 해도 별 틀린 말이 아니었기 때문이다. 그러나 나는 여태 어머니를 내 소설 속에 올곧게 재현시켜본 적이 없었다. 당신 생애를 통해 당신이 받은 상처와 환희를 의사가 개복수술하듯 내장을 열어 까발리기엔 지금 내 입장이 그만큼 냉정할 수 없었고, 당신 믿음에 대해서도 아직은 비판하는 입장에 더 많이 섰지 포용하는 경지에 이르지 못했다. 그러므로 막상 집필을 시작하긴 했지만 당신 생전 모습을 떠올림이 사실 두려웠다. (「믿음의 충돌」, 『마음의 감옥 | 히로시마의 불꽃 외(김원일 소설전집 23)』, pp. 299~300)

이 소설의 중심이 되는 사건은 대학 동기 신주엽이 이끄는 종교 공동체의 의식에 참석하기 위해 화자가 남해의 한 섬을 찾는 일이다. 그 의식에서 신주엽은 타락한 세상에 대한 대속의 행위로 자신의 성기를 절단하는데, 그 사건과 마주하여 광적인 신앙의 삶을 살았던 어머니와 그 때문에 교회에 불을 지른 아버지의 기억이 배치되어 있다. 김원일의 가족소설 구도에서 보자면 이념과 신앙을 매개로 아버지와 어머니의 자리가 뒤바뀌어 있다. 그리고 화자가 쓰고 있는 소설 속에서는 그 어머니의 모습이 실제와는 다르게, 어떤 경우에는 정반대로 그려진다. 그런 글쓰기를 수행하고 있는 자신의 심리를 화자스스로가 분석하는 대목이야말로 이 맥락에서는 소설의 성패 여부와는 별도로 주목되는 부분이다. 그리고 그렇게 생각하면 이 소설에서 '종교'라는 대상은 일종의 알레고리로 볼 수도 있다. 『마당 깊은 집』에서 가족소설을 상상하는 소년 길남의 모

습을 그려내면서 자기 객관화가 이루어지는 장면을 살펴보았
는데, 이 소설에서는 거기에서 한 걸음 더 나아가 가족소설을
통해 종교(분단) 문제를 취급하는 글쓰기 행위 자체에 대한 자
의식이 드러나 있어 소설 창작과 관련된 방법론적 객관화가
이루어지고 있다.

　　표면상으로는 여전히 가족소설을 반복하여 변주하고 있
는 듯 보이지만, 『마당 깊은 집』 이후에는 이처럼 그 방식에
대한 자의식과 객관화가 동반하여 이루어지고 있다는 점에
서 결정적인 차이가 있다. 그리고 그 과정에서 가족소설 자체
가 아니라 그 형식에 새로운 사건과 주제를 담는 김원일 소설
의 새로운 국면이 비롯되고 있다. 그와 같은 방식에 입각하여
이념의 변절(『바람과 강』, 1985), 거창 양민학살 사건(『겨울 골짜
기』, 1987), 한국전쟁(『불의 제전』) 등의 사회적, 역사적 문제를
장편의 형식 속에서 본격적으로 탐구하는 일이 가능해진다.
이 방식에 대해 작가는 한참 후에 다음처럼 서술해놓고 있다.

　　　이 작품을 집필하던 당시, 나는 성장 과정 중 애옥살이
　한 시절을 내내 회상하며 그때를 떠올렸으니, 어쩌면 나의
　분신을 거창군 신원면이란 첩첩한 산과 오지 마을에 박아놓
　고 줄기차게 그들의 들피진 삶을 따라다녔음에 다름 아니었
　다. 다섯 식구가 문간채 셋방에서 오골거리며 살았던 차디
　찬 겨울 냉돌방, 니 애비를 닮아서는 안 된다며 장자를 가혹
　한 매질로 한풀이하던 어머니에 대한 공포감, 만성적인 허
　기와 어지럼증, 새벽별을 보고 나서서 살을 에는 추위 속에
　언 손을 입김으로 녹여가며 어둠을 밟고 종종걸음쳤던 신문

배달의 아르르한 기억이 결과적으로 이 소설의 현장을 열심히 취재하게 하고, 소설을 쓰게 했음이 되짚어졌다. (「작가의 말」, 『겨울 골짜기(김원일 소설전집 4)』, 강, 2014, p. 495)

이처럼 가족소설의 밑그림 위에 역사적 문제를 얹어놓았기에 이야기는 분명한 초점과 실감을 가진 인물들의 드라마로 펼쳐질 수 있었다. 이렇게 이념적·심리적 금기와 마주하면서 그로 인해 굴절된 가족소설을 써내던 국면으로부터 가족소설의 형식 위에 보편적인 주제를 추구하는 새로운 국면으로 이행하는 과정을 확인할 수 있는데, 바로 그 변곡점에 『마당 깊은 집』이 놓여 있다. 생사 불명의 상태로 늘 상상 속에서만 존재하는 아버지에 비교한다면, 기억과 현실 속에서 실체로서 존재하는 어머니야말로 김원일 소설의 가장 뚜렷한 현실적 근거라고 할 수 있다. 그에 비하면 아버지를 둘러싼 역사의 사실적 기록은 그 전모가 어느 정도 밝혀진 이후에야 가능할 수 있었다. 이미 무수한 아버지 이야기가 씌어졌음에도 불구하고 좀더 객관적인 형식을 취하고 있는 『아들의 아버지』(2013)가 다시 씌어져야 했던 사정을 여기에서 확인할 수 있다.

4. 가족소설이라는 판타지의 리얼리티

이처럼 김원일의 가족 이야기에서 독특한 점은 그것이 상황이 만들어낸 일시적인 환상에 머무는 것이 아니라 (그 당시

평론가들의 기대처럼 현실과 역사에 대한 서사로 이행하기 위한 단계적 과정으로 끝나지 않고) 평생에 걸쳐 지속되는 다시 쓰기의 대상이 되고 있다는 사실에서 찾을 수 있다. 그 변주에 대한 작가의 태도 또한 의식적이어서 소설들은 판타지의 분위기를 풍긴다기보다 어느 경우에나 실제 겪은 이야기를 그대로 서술하고 있는 듯한 실감을 준다. 상상이 의식 속에서 그대로 현실이 되어 경험적 기억과 구분되지 않는 상태가 초래된 것인데, 이와 같은 특징은 소설을 쓰는 일이란 어떤 허구의 세계를 만들어내는 일 이전에 자신이 상상으로 만든 그 세계를 사는 일이라는 것을 새삼 일깨워주고 있다.

작가는 자신에게 운명처럼 부과된 삶의 상처를 글쓰기를 통해 정면으로 마주하고자 한 존재에게 부여된 이름이라고 할 수 있다. 그리고 그 과정에서 자신을 고통스럽게 억누르고 있던 억압의 원인을 확인하고 그것을 자신의 숙명으로 수용하기에 이른다. 그 작업은 기본적으로 힘겨운 것이지만 그럼에도 불구하고 그것이 성공적으로 실현되었을 경우 작가로서의 지위와 영예가 뒤따른다. 상처와 고통은 이제 존재의 범위 바깥에 놓여 더 이상 주체를 긴장시키지 않고 오히려 부담스러운 짐 같은 것이 되어버린다. 이전에 그렸던 존재의 그림 위에 상승한 자신의 지위에 부합하는 새로운 채색을 덧입히고자 하는 욕망이 생겨난다. 그리고 그 순간 글쓰기는 현실적 근거와 동력을 잃어버리게 되는 역설이 발생하기도 한다.

혹은 그렇게까지는 아니라고 하더라도 자신의 글 속에 뒤틀린 모습으로 등장하여 시달린 인물들에게 다소의 위로와 보상을 하고 싶다는 생각이 드는 것은 자연스러울 수 있다. 현실 속의 초라한 가족을 바라보는 주체의 의식 혹은 무의식 속에는 그 공백에 더 풍요로운 배경을 제공하고자 하는 욕망의 지향성이 있을 것이다. 김원일의 소설에서는 그와 같은 욕망이 풍요롭고 조화로운 대가족에 대한 판타지로 나타나는 경향이 있다. 『마당 깊은 집』 이전에도 「세월의 너울」 「가을볕」 같은 소설에서 그런 모습을 볼 수 있었는데, 그 이후에도 『가족』(2000) 같은 장편이나 「비단길」(2014) 같은 후기의 단편에서 그런 양상을 확인할 수 있다.

그런데 기본적으로는 보수적인 성향일 수밖에 없는 대가족의 조화로운 질서를 그릴 경우에도 김원일은 그 내부의 구성원들 사이에 이념과 삶의 지향을 둘러싼 갈등을 배치해놓기를 잊지 않는다. 그런 장면에서는 자신의 입장과 거슬러 작용하는 힘들을 자기 속에 간직하고 이야기 속에서 유지되도록 세심하게 배려하고자 하는 의지를 느낄 수 있다. 이런 장치들은 김원일 소설의 인물들이 나르시시즘에 빠지지 않도록 하면서 이념적 주장으로 향하지 않고 항상 현실로 되돌아오도록 견제하고 있다. 그 결과 김원일 소설 세계의 이념적 폭은 한국 소설로는 유례없이 편향되지 않은 넓은 범위를 보여줄 수 있었다.

또한 김원일의 소설 세계는 전체적으로 성숙이라고 할 만한 확장과 심화의 과정을 보여주고 있지만 그 과정은 한 방향의 선조적 형태로 진행되는 것이 아니라 일종의 왕복운동처럼 양방향으로 이루어지고 있다는 점에서 특징적이다. 그로 인해 그의 소설 세계는 시간의 흐름에 따라 수시로 변화하면서 옅게 퍼져 있는 것이 아니라 한 겹 한 겹 두텁게 쌓인 무게와 밀도를 가지고 있다. 이런 특징은 자신의 글쓰기에 대한 반성을 통해 비어 있는 자리를 되돌아보고 균형을 회복하는 성실하고 묵묵한 글쓰기에 대한 보상이라고 해도 좋을 것이다.

김원일이 지속적으로 자신의 소설의 형식으로 삼았던 가족소설은 기본적으로는 판타지라고 말할 수 있는 욕망의 흔적이 나타나기 마련이지만, 그럼에도 불구하고 그의 경우에는 자기 존재에 대한 응시가 그 판타지로 하여금 현실성의 색채를 잃지 않도록 해주는 거멀못의 역할을 하고 있었다. 그것은 김원일 소설 가운데 가장 현실로부터 먼 판타지라고 할 수 있을 「비단길」에도 해당된다. 이 소설은 17차 이산가족 상봉이 이야기의 배경으로 설정되어 있다. 흥미롭게도 이 소설 속에서는 나이 든 화자의 월북한 아버지와 그동안 남한에서 자식을 키우며 늙은 어머니가 모두 생존해 있다. 60년 전 전쟁의 와중에 헤어져 생사를 알지 못했던 아버지로부터 남한의 가족을 만나고 싶다는 전언을 그 아들인 화자가 통보받는 장면으로부터 시작하는 이 소설은, 마침내 주인공이 아들, 고모, 어머니와 함께 아버지를 만나는 장면으로 이어진다. 등장인물의 이름과 그들의 내력 등 몇 가지 허구화의 장치들이 있지만 그럼에도 불구하고 이 이야기에서 판타지는 직접적이고도 선명하다. 그럼에도 이 순정한 판타지가 현실을 벗어나 있다고 말하기는 힘들다. 그동안 힘겹게 억눌러온 욕망이 글쓰기의 끝자락에서 한순간 허용되고 있는 것이기 때문이다.

그렇기 때문에 어떤 사실적 기록보다도 이 판타지는 솔직하고 순수한 고백으로 느껴져서 감동을 일으킨다. 대체로 가족소설은 현실의 부모를 부정하고 환상 속에서 가짜 부모를 만들어내어 그것을 믿는 심리적 기제에 의해 만들어진다. 그런데 김원일의 경우에는 부모를 부정하는 것과는 반대의 방향으로 가족소설의 영역이 확장되는 독특한 양상을 보여주고 있다. 그런데 사실은 프로이트 자신이 이렇게 말하고 있다. "이런 상상이 적대적인 것으로 보일지는 몰라도 악의는 전혀 없으며, 조금만 들춰보면 거기에는 부모에 대한 애정이 깔려 있음을 주시해야 한다. 불신과 배은망덕은 표면적인 것일 뿐이다"(「가족 로맨스」, 『성욕에 관한 세 편의 에세이』, 열린책들, 1996, p. 60). 그렇다면 김원일 소설에 나타나는 부모에 대한 양면적인 감정을 담고 있는 이야기의 진폭은 그가 자신의 존재론적 운명과 성실하고도 지속적으로 대면했다는 사실에 대한 증거일 것이다. 그리고 그 종결의 지점에서 생성된 가족 재회의 판타지야말로 무수한 변주의 형태들을 현실로 분출되도록 만들었던 가장 심층의 가족소설이었다고 할 수 있을 것이다.

　전쟁이 막 끝난 1954년, 모두가 어렵게 살던 시절에 우리
가족 다섯 식구 역시 단칸 셋방에서 힘들게 그 세월을 넘겼다.
대구에서 실제로 '마당 깊은 집' 아래채에 세 들어 살며 어머
니가 바느질 일로 우리 형제 넷을 길렀다. 전쟁으로 과수댁이
된 어머니는 강직했던 여장부였는데, 장자였던 나는 어머니의
엄한 훈육을 받으며 성장했다. 그런 의미에서 이 소설은 많은
부분이 자전적이다. 그러나 소설 속의 피난민 여러 가구는 다
함께 살지 않았다. 대구 중심가 동네에서 대여섯 차례 셋방을
옮겨 다닐 동안 만났던 피난민 가족들을 한 집에 욱여넣었다.
당시 이 나라 백성 모두가 하루 세끼 밥 먹기도 힘들었던 때였
지만, 지금 와서 '마당 깊은 집' 시절을 돌이켜보면 우리 식구
는 물론이고, 가난한 이웃들이 이른 봄 들녘의 엄동을 넘긴 보
리처럼 안쓰럽고 풋풋하게 떠오른다. 그래서 그 이웃들을 떠
올리며 가난은 절망으로 가는 길이 아니라 희망으로 가는 길

로, 마당이 깊었던 집의 남루한 삶은 언젠가 언덕 위의 집처럼 푸른 하늘과 더 가까이 살고 싶은 사람들의 꿈이 서렸던 집으로 그리고 싶었다.

세월이 변한 지금도 집 없고 가난한 사람들은 그런 꿈이 이루어지기를 소망하기에 오늘의 슬픔과 고단을 힘겹게 이겨 내며 열심히 살고 있는지도 모른다.

2002년 11월
김원일